마담 보바리

MINI BOOK
CLOUD
LIBRARY
32

마담 보바리
-2-

Madame Bovary
A Tale of
Provincial Life

귀스타브 플로베르 지음

이재호·이한준 옮김

생각뿔

차례

두 사람은 다시 사랑을 시작했다. 이제 엠마는 때때로 낮에도 그에게 편지를 썼다. 창 너머로 쥐스탱에게 신호를 보내면 그 아이는 위세트 저택으로 달려가 편지를 전했다. 그러면 조금 지나지 않아 로돌프가 나타났다. 그는 엠마에게 따분해 죽겠다, 남편이 싫어서 견딜 수가 없다, 생활이 너무 지루하다는 등의 말을 들어야 했다.

"도대체 나더러 어쩌란 말이오?"

로돌프는 더 이상 참지 못하고 말했다.

"당신만 원하신다면……."

엠마는 로돌프의 무릎 사이로 마루 위에 주저앉아 있었는데, 머리는 헝클어지고 눈에는 초점이 없었다.

"무슨 말을 하려고?"

"우리 둘이 도망가서 살아요. 그곳이 어떤 곳이든 상관없어요."

"농담하지 마. 그게 될 것 같소?"

로돌프는 비웃듯이 말했다. 엠마는 계속 그 말만을 되풀이했다. 그러면 그는 무슨 소리인지 모르겠다는 듯이 다른 것으로 화제를 돌렸다. 로돌프는 단지 남녀 간의 관능적 사랑을 하고 있는데, 왜 그런 번거로운 일을 저질러야 하는 것인지 이해할 수 없었다. 물론 엠마에게는 그럴만한 이유와 동기가 있었다. 로돌프에 대한 애착을 필사적으로 드러내는 데도 말이다.

그녀는 남편에 대한 혐오감 때문에 로돌프에 대한 사랑이 점점 강렬해졌다. 로돌프에게 열중할수록 샤를에 대한 지겨운 마음은 깊어만 갔다. 로돌프와 밀회를 즐기고 나서 남편과 마주 앉아 있으면 샤를에게 불쾌한 마음만 들었고, 그의 손가락이 뭉툭하게 보였으며, 그의 머리는 우둔해 보였고, 태도는 천박해 보였다. 그녀는 남들이 보기에는 정숙한 태도를 보였다. 하지만 햇볕에 그을린 이마, 잘 손질된 검은 머리, 튼튼하고 우아한 모습, 사물을 판단하는 데 충분한 경험과 열정, 격렬하게 흥분하는 그 남자를 생각하면서 남몰래 정념을 불태웠다. 그녀는 이 남자 때문에 금속 세공사처럼 공들여 손톱을 깎았고, 콜드크림을 많이 바르고 손수건에 향수를 뿌리고 나서도 부족하다는 생각이 들었다. 그녀는 팔찌, 반지, 목걸이 등으로 잔뜩 몸을 치장했다.

그녀는 로돌프가 오기로 했을 때가 되면 커다랗고 푸른색인 두 개의 유리 꽃병에 장미를 가득 꽂아 놓고, 왕자의 행차를 기다리는 시녀처럼 방 안과 몸을 잘 꾸몄다. 펠리시테는 늘 속옷을 세탁해야 했고, 온종일 부엌에 처박혀 있어야 했다. 그러다가 쥐스탱이 오면 그녀가 일하는 모습을 바라보았다.

쥐스탱은 펠리시테가 다림질하는 긴 판자 위에 팔꿈치를 대고 주변에 있는 여러 여성용 옷가지들을 탐욕스러운 눈으로 쳐다보았다. 그는 속치마, 숄, 옷깃, 그리고 허리는 넓고 밑으로 내려가면서 좁아지는 끈 달린 부인용 속치마 등을 바라보았다.

"이건 어디에 쓰는 거야?"

쥐스탱은 말총으로 짠 천이나 호크, 스커트 등을 만지면서 물었다.

"어, 너는 아직 그런 걸 본 적이 없구나. 너희 집 안주인이신 오메 부인도 이런 걸 입고 있을걸."

펠리시테가 웃으면서 말했다.

"맞아, 오메 부인."

그는 무슨 생각을 하는 것처럼 덧붙였다.

"우리 주인아주머니는 이 댁 마님 같지 않아."

펠리시테는 쥐스탱이 옆에서 얼쩡거리는 게 싫었다. 그녀는 쥐스탱보다 여섯 살이나 많았고, 기요맹 씨네 하인인 테오도르가 그녀에게 은근한 눈빛을 보내고 있었기 때문이다.

"왜 이렇게 귀찮게 굴어. 어서 돌아가 아몬드 열매라도 찧고 있어라. 조그만 게 여자들하고 어울리려 하고, 그런 일은 수염이라도 나거든 하렴."

펠리시테는 풀 항아리를 옮겨 놓으면서 야단을 쳤다.

"화내지는 마! 내 주인아씨의 구두를 대신 닦아 줄게."

쥐스탱은 선반 위에서 온통 흙투성이가 된 구두(밀회의 흔적)를 집었다. 손가락으로 건드리자 진흙이 가루가 되어 흩어졌다. 그는 그 먼지가 햇빛 속에서 살며시 날아오르는 것을 보고 있었다.

"구두가 상하기라도 할까 봐 겁나나 보지?"

펠리시테가 말했다. 엠마는 가죽이 조금이라도 낡으면 그녀에게 주었기 때문에 그녀의 신발을 조심스럽게 닦지는 않았다.

엠마는 신발장 안에 구두가 많아서 이것저것 신다 버리곤 했지만 샤를은 전혀 잔소리를 하지 않았다.

엠마가 샤를더러 이폴리트에게 의족을 사 주는 게 어떠냐고 묻자, 그는 300프랑이나 들여 그것을 사서 이폴리트에게 주었다. 의족의 몸체는 코르크로 되어 있었고, 용수철이 움직이는 관절들이 장착되어 있었다. 이 복잡한 기구는 전체가 검은 바지로 싸여 있었고, 발 쪽으로 에나멜 칠을 한 장화가 달려 있었다. 하지만 이폴리트는 어떻게 자신이 이렇게 멋진 다리를 쓰겠냐며 보바리 부인에게 좀 싼 것을 하나 마련해 달라고 부탁했다. 의사는 이를 위해 비용을 부담했다.

그리하여 젊은 마부는 차츰 다시 일을 시작했고, 예전처럼 마을 안을 돌아다닐 수 있었다. 보도 위를 걸을 때마다 딸그락거리는 의족 소리가 들리면 샤를은 얼른 다른 길로 도망쳤다.

의족 주문을 맡은 사람은 상인 뢰르 씨였다. 이에 따라 그는 엠마와 가까워질 기회를 얻었다. 그는 파리에서 온 새로운 물건이나 갖가지 처음 보는 부인용 물건들에 대한 이야기를 엠마에게 해 주었고, 단지 호의를 베풀 뿐 돈을 지급하라고 독촉하지 않았다. 엠마는 자신의 변덕스러운 취향을 만족시켜 주는 그의 상냥함에 반하게 되었다. 그리하여 그녀는 로돌프에게 선물하기 위해 루앙의 양산 가게에서 아주 멋진 채찍을 사기로 마음먹었다. 뢰르 씨는 그다음 주에 그것을 엠마의 책상 위에 가져다 놓았다.

그런데 다음 날, 그는 273프랑이라 적힌 청구서를 가지고 그녀를 찾았다. 엠마는 당황했다. 책상 서랍은 텅텅 비어 있었다. 레스티부드와에게는 15일 치 노임이 밀려 있었고, 하녀에게는 6개월 치의 급료가 밀려 있었으며, 그 밖에 갚아야 할 돈이 많았다. 샤를은 해마다 성 베드로 축일 즈음에 드로즈레 씨로부터 송금을 받았기에 그걸 기다리고 있었다.

엠마는 처음에는 뢰르를 적당히 돌려보내곤 했다. 하지만 그는 더는 참지 않았다. 그는 지금 자신이 고소를 당했다면서 수중에 돈이 없으니 조금이라도 회수하지 않으면 엠마가 구매한 물건을 되찾아갈 수밖에 없다고 말했다.

"그래요, 모두 가져가세요."

엠마가 말했다.

"아니요. 그것은 농담입니다. 다만 난처하니 채찍만이라도 되돌려 주시면 감사하겠습니다. 그렇지 않으면 주인어른께 돌려달라고 말씀드려야겠어요."

"안 돼요. 절대 안 돼요."

'흠, 이제 꼬리를 잡았구나.'

뢰르는 생각했다.

그러고는 자신의 짐작이 맞았다고 확신한 뢰르는 언제나처럼 휘파람 같은 소리를 내면서 낮은 목소리로 말했다.

"좋아요. 그럼 또 뵙겠습니다. 며칠 내로요."

엠마가 다급한 처지에 몰려 어떻게 헤쳐 나가면 좋을까 고민하고 있을 때 하녀가 "드로즈레 씨에게서 왔습니다."라고 하면서 푸른 종이로 싼 작은 두루마리를 벽난로 위에 놓았다. 엠마는 얼른 그것을 펼쳐 보았다. 나폴레옹 금화 15개가 그

속에 들어 있었다. 그때 샤를의 발소리가 층계에서 들려왔다. 그녀는 금화를 자기 서랍 속에 재빨리 던져 넣고 열쇠로 잠갔다.

사흘 뒤에 뢰르가 왔다.

"상의할 일이 있어서 왔습니다."

뢰르가 말을 이었다.

"약속된 금액 대신에 부인만 좋으시다면……."

"자, 돈 여기 있어요."

엠마는 그에게 14개의 나폴레옹 금화를 건네면서 말했다. 뢰르는 깜짝 놀랐고, 실망한 표정을 감추기 위해 잔뜩 변명을 늘어놓았다. 그러면서 앞으로도 많이 도와드리겠다고 약속했지만 엠마는 모두 거절했다. 엠마는 뢰르가 거슬러 준 5프랑짜리 동전 두 개를 앞치마 주머니 안에서 만지작거렸다.

'이제부터는 절약해야겠구나.'

그녀는 앞으로 샤를에게 돈을 갚아야겠다고 생각했지만, 곧 그가 잊으리라고 생각했다.

손잡이 끝을 은으로 도금한 채찍 외에 로돌프는 '아모르 넬 코르'라는 명문이 새겨진 도장을 엠마로부터 받았다. 그 밖에 스카프 한 장, 그리고 예전에 샤를이 주웠던, 자작의 잎담배 케이스와 똑같은 것을 선물 받았다. 하지만 그는 남자로서 선물을 받기만 하는 것은 좀 창피스러운 일이라고 생각했다. 그래서 그중 몇 가지를 거절했지만, 엠마는 막무가내였다. 로돌프는 결국 받아들였지만, 그녀가 모든 것을 제멋대로 하는 고집쟁이라고 생각했다.

한번은 그녀가 의아한 제의를 했다.

"매일 자정이 되면 제 생각을 해 주세요."

그가 깜빡 잊었다고 말하면 잔소리를 늘어놓았고, 매번 같은 말을 반복했다.

"나를 사랑하나요?"

"네, 사랑합니다."

로돌프는 대답했다.

"진심으로요?"

"그럼요."

"다른 여자를 사랑한 적도 없지요?"

"내가 당신을 만나기 전 여자를 사귀어 본 적이 없을 거라는 거요?"

그는 크게 웃으면서 말했다. 그러면 엠마는 울었다. 그러자 그는 농담으로 장난삼아 사과하면서 그녀를 위로했다.

"제가 이렇게 나오는 것도 당신을 사랑하기 때문이에요. 저는 이제 당신 없이는 살 수 없는 여자가 되었어요. 가끔 당신이 보고 싶을 때면 너무 괴로워서 몸이 갈기갈기 찢어져 나가는 것 같단 말이에요. 당신은 지금 어디에 있을까, 다른 여자들이 환하게 웃으면서 당신에게로 다가서는 것은 아닐까. 이런 생각 따위를 한다고요. 그럴 리는 없는 거지요? 마음에 둔 여자가 있는 건 아니겠지요? 물론 세상에 저보다 예쁜 여자가 많은 건 인정해요. 하지만 저는 누구보다도 당신을 사랑하고 있어요. 저는 당신의 종이면서 정부이고, 당신은 저의

왕이자 우상이에요. 당신은 착하잖아요. 미남에다가 영리하고 힘이 세요."

하지만 로돌프는 이런 말을 너무 많이 들어서 싫증이 났기 때문에 새로운 느낌을 전혀 받을 수 없었다. 엠마 역시 여타의 정부들과 다를 것이 없었다. 그래서 그에게 새롭게 다가오던 매력도 오래된 옷처럼 한 꺼풀씩 벗겨져 나갔고, 언제나 같은 말을 반복하는 정열의 단조로움에 슬슬 지치기 시작했다. 실제로 많은 여자를 사귀었지만, 같은 표현을 하더라도 그 내면에 숨겨진 여러 가지 감정의 차이는 분간이 되지 않았다. 바람이 났거나 돈을 주면 살 수 있는 입술이 똑같은 말들을 뱉어 냈기 때문에 그는 엠마의 순진함을 믿지는 않았다. 그러므로 평범한 애정을 과장해 말하는 것을 헤아려야 한다고 생각했다. 하지만 그는 가슴 가득 사랑이 넘치는 영혼이 참으로 어설픈 말로 표현되는 것을 모르고 있었다. 누구도 자신의 사상이나 욕망, 관념, 고통이 어느 정도인지 말로 다 표현할 수 없고, 사람의 언어는 깨어진 냄비 같아서 그것을 두드려 별이라도 감동케 하고 싶지만, 곰을 춤추게 할 정도의 멜로디밖에 낼 수 없는 것이다.

하지만 로돌프는 어떤 상황이 닥쳐도 한 걸음 뒤로 물러설 줄 아는 탁월한 비판력 덕분에 엠마와의 연애에서 다른 쾌락을 끄집어낼 수 있다고 생각했다. 그는 이제 그녀를 거칠게 다루었고, 남자가 마음대로 다룰 수 있는 타락한 여자로 만들었다.

그것은 그에게 자신을 찬탄케 하는 행위였고, 여자에게는 쾌락이 넘치는 백치 같은 집착으로 여자를 마비시키는 행복감이었다. 이제 그녀의 영혼은 그리스 포도주 통 속에 잠긴 클라란스 공작처럼 도락에 빠져 시들어 버린 채 헤어 나오지 못했다.

정사(情事)가 습관이 되자, 엠마의 태도는 무섭게 달라졌다. 눈길은 더욱더 대담해지고, 노골적으로 말했다. 그녀는 마치 세상을 얕잡아 보듯 담배를 입에 문 채 로돌프와 산책하는 지경까지 이르렀다.

마침내 설마 했던 사람들도 어느 날 엠마가 남자들처럼 허리를 조끼로 졸라매고 제비에서 내리는 것을 보고 의심을 거두었다. 남편과 크게 싸우고 아들 집에 머물렀던 보바리 노부인은 다른 집 부인네들과 마찬가지로 이맛살을 찌푸렸다. 그녀에게 거슬리는 것은 많았다. 엠마가 소설을 읽지 못하게 하라는 자신의 충고를 샤를은 받아들이지 않았고, 이 집의 가풍도 마음에 들지 않았다. 그녀는 이런저런 잔소리를 하면서 참견했고, 펠리시테를 괜히 야단치기도 했다.

보바리 노부인은 전날 밤 복도를 지나다가 하녀가 어떤 남자와 같이 있는 것을 보았다. 남자는 턱에서 볼까지 수염을 길렀으며 40세 정도로 보였고, 그녀가 내는 발소리에 얼른 부엌에서 나갔다. 그 말을 들은 엠마는 웃음을 터뜨렸다. 그러자 노부인은 버럭 화를 내면서 예의범절을 무시하는 고용인의 품행을 감시할 필요가 있다고 말했다.

"그러는 어머니는 어떠신가요?"

엠마가 말했다. 시어머니를 바라보는 눈초리가 너무 날카로워 그녀는 혹시 엠마가 하녀를 싸고도는 것이 자신의 행동을 변호하는 것은 아니냐고 물었다.

"당장 나가 주세요."

엠마는 벌떡 자리에서 일어나며 말했다.

"아니, 엠마. 그리고 어머니!"

샤를은 두 사람이 다투는 것을 보고 말리려고 했다. 그러나 두 사람은 모두 화가 난 상태라 제정신이 아니었다. 이내 노부인은 방에서 나갔고, 엠마는 분하다는 듯 발을 구르면서 말했다.

"뭘 안다고, 이 시골뜨기 할머니가!"

샤를은 어머니를 쫓아 나갔다. 그녀는 극도로 화가 치밀어 말도 제대로 잇지 못했다.

"버르장머리 없는 것, 못돼 먹었어. 아니, 그 이상으로 몹쓸 년인지도 몰라."

그러고는 며느리가 사과하러 오지 않으면 집으로 돌아가겠다고 말했다. 샤를은 아내에게로 가서 제발 한 번만 양보해 달라고 애원했다. 그는 무릎을 꿇었고, 그녀는 다음과 같이 말했다.

"좋아요. 어머니께 가지요."

그녀는 공작 부인처럼 의연하게 시어머니에게 손을 내밀면서 말했다.

"잘못했어요, 어머니."

그러고는 자기 방으로 돌아간 엠마는 침대에 엎드려 얼굴을 베개에 묻고 울음을 터뜨렸다.

엠마와 로돌프는 미리 약속해 놓은 게 있었다. 뭔가 일이 생겼을 때는 하얀 종잇조각을 덧문에 매달아 놓기로 한 것이었다. 만일 그때 로돌프가 용빌에 와 있다면, 집 뒷골목으로 달려오기로 한 것이었다. 엠마는 종이를 덧문에 걸었다. 그리고 채 한 시간이 지나지 않아 시장 모퉁이로 로돌프가 보였다. 엠마는 창문을 열고 그를 부르고 싶었지만, 갑자기 그는 보이지 않았다. 그녀는 크게 실망하고 다시 쓰러졌다.

그러나 곧 누군가 보도를 걷는 듯한 소리가 들려왔다. 로돌프였다. 그녀는 계단을 내려가 안뜰을 가로질러 달렸다. 바깥에 로돌프가 와 있었고, 그녀는 그의 품 안으로 안겼다.

"누가 보면 어쩌려고."

로돌프가 말했다.

"정말 너무해요. 제 말을 한 번 들어 보시라고요."

그녀는 자초지종을 낱낱이 이야기했다. 하지만 말을 과장해서 하고, 없었던 일을 지어내면서 말해 로돌프는 무슨 소리인지 하나도 알아듣지 못했다.

"안됐군요. 그래도 힘내요. 그리고 마음을 진정시키고 참으세요."

"저는 4년이나 참고 또 참았어요. 우리와 같은 사랑이라면 하늘을 우러러 세상에 고백해도 좋은 거 아니에요? 모두 저를 괴롭혀요. 더는 참을 수 없어요. 이제는 제발 저를 도와주세요."

엠마는 로돌프에게 바싹 다가갔다. 눈물로 가득 찬 두 눈은 물속의 불꽃처럼 빛나고 있었고, 가슴은 터질 것처럼 두근거렸다. 그는 그녀가 지금처럼 매력 있어 보인 적이 없었다.

"어떻게 하면 좋을까. 어떻게 하자는 거요."

그는 제정신을 잃고 말했다.

"나하고 멀리 아무도 모르는 곳으로 떠나요, 네? 제발 부탁이에요."

그러면서 그녀는 자신의 입술을 그의 입술에 대고는 키스했다. 마치 그 키스를 통해 승낙을 받을 수 있으리라는 기대를 가지며 말이다.

"그렇지만."

로돌프가 말했다.

"어째서요."

"그럼 당신 딸은 어떻게 하고요."

그녀는 잠시 생각하더니 말을 꺼냈다.

"함께 가야지요. 하는 수 없잖아요."

'정말 대책 없는 여자군.'

로돌프는 그녀가 멀어지자 그렇게 중얼거렸다. 엠마는 누군가가 자신을 찾는 소리가 들렸기 때문에 가 버린 것이다.

그날부터 보바리 노부인은 고분고분해진 며느리의 태도에 놀랐다. 엠마는 오이 절이는 법까지 노부인에게 물을 정도로 겸손해졌다. 이는 시어머니와 남편을 교묘하게 속이려는 속셈 때문이었을까, 아니면 자기를 억제하는 데서 오는 은밀한 즐거움을 깊이 음미하려는 것이었을까? 하지만 그녀는 그런 것에는 관심이 없었다. 그저 머지않아 다가올 행복감에 미리 취해 지냈던 것이었다. 로돌프와 만나면 그녀는 항상 그런 이야기를 해 주었다. 그녀는 그의 어깨에 머리를 기대고 속삭이곤 했다.

"우리가 역마차를 타게 되면 어떨까요? 그런 생각 해 본 적 있어요? 정말 그렇게 될 수 있을까요? 마차가 달리기 시작하면 마치 기구를 타고 붕 떠오르는 것 같고, 구름을 따라다니는 기분 같을 거예요. 저는 그런 날이 빨리 오기를 진정으로 바란답니다."

엠마의 모습은 그 순간 가장 아름다워 보였다. 그녀는 환희와 열정과 성공에서 우러나오는 형언할 수 없는 아름다움을 지니고 있었다. 그녀의 아름다움은 기질과 닥친 상황이 절묘하게 어우러져 나오는 것이었다. 욕망, 슬픔, 쾌락의 경험, 그리고 젊은 환상들이 성장시켜 마침내 그녀의 천성을 살린 풍만한 모습으로 꽃피운 것이다. 그녀의 젖은 눈동자는 상대의 가슴 깊숙이 스며드는 사랑의 눈길을 전하기 위해 존재하는 것 같았다. 또한 뜨거운 숨결은 그녀의 작은 콧구멍을 볼록하게 만들었고, 솜털로 가뭇해진 통통한 입술 끝을 위로 추켜올리게 했다. 목덜미를 덮은 머리카락은 마치 음란한 그림을 그리는 화가가 상대를 자극하기 위해 그려 놓은 것 같았다. 그녀의 머리카락은 매일 되풀이되는 정사와 밀회로 말미암아 아무렇게나 묶여 있었다. 이제 그녀의 목소리는 더욱 나긋나긋해졌고, 몸매 또한 마찬가지였다. 그녀의 주름진 옷자락이나 다리 선에서 사람의 가슴속에 스며드는 묘한 무언가가 발산되었다. 샤를은 아내가 신혼 때처럼 감미로웠다고 생각했다. 밤중에 집으로 돌아왔을 때 그는 그녀를 깨우지 않왔다. 도자기로 만든 등잔불이 천장에서 떨리는 빛을 둥글게 드리우고 있었다. 그리고 어린아이 침대에 두른 커튼은 하얀 오두막처럼 침대 곁의 어둠 속에서 가볍게 흔들렸다. 샤를은 그것을 묵묵히 바라보았다. 그는 귀여운 딸아이의 가벼운 숨소리를 들었다. 이제 어린 아기는 성장할 것이다. 계절이 지날 때마다 쑥쑥 자라날 것이다. 그는 벌써 딸아이가 조끼에 잉크를 묻힌 채 책 바구니를 팔에 걸고 학교에서 돌아오는 모습을 그려 보았다.

'아이가 크면 기숙사에 보내야지. 그러기 위해서는 많은 돈이 필요해.'

샤를은 생각했다.

'근처에 조그마한 농장을 빌려서 매일 아침 왕진 가는 도중에 들러 감독하는 건 어떨까? 그러면 농장에서 벌어들인 돈을 절약해서 통장에 넣어 두어야지. 그리고 어떤 상황이든 증권을 사야겠다. 그러다 보면 환자도 늘 거야.'

그는 그렇게 생각했다.

'베르트를 훌륭하게 키워서 여러 재능도 살려 주고, 피아노도 가르칠 거야. 열다섯 살쯤 되면 엄마처럼 예쁘게 자라겠지. 그해 여름에 엠마와 같이 커다란 밀짚모자를 쓰면 사람들이 자매 같다고 할 거야.'

그는 그들 부부 옆의 딸아이가 불빛 아래서 일하는 모습도 그려 보았다.

'저 아이가 내 실내화에 수를 놓아 줄 거야. 집안일도 잘 돌보겠지. 온 집 안을 쾌적하고 정답게 만들 거야. 또 때가 되면 결혼 문제도 생각해야겠지. 딸아이에게 좋은 직업을 가진 건 실한 남자를 찾아 줄 거야. 그리고 사위는 내 아이를 행복하게 해 줄 거야. 그 행복은 영원할 거야.'

그동안 엠마는 자는 척하고 있었다. 남편이 옆에서 잠에 빠지면, 그녀는 다른 몽상에 빠졌다.

그녀는 네 마리의 말이 이끄는 마차를 타고 일주일 동안 앞으로 살아갈 새로운 고장에 가고 있다. 그들은 팔짱을 끼고 아무 말도 하지 않은 채 가고 또 간다. 가끔 두 사람은 산꼭대기에서 둥근 지붕과 다리, 배, 레몬 나무 숲과 하얀 대리석으로 된 성당을 바라본다. 뾰족한 종루에는 황새가 둥지를 틀고 있다. 두 사람은 포석이 깔린 거리를 천천히 걸어간다. 땅에는 빨간 코르셋을 입은 여자들이 가져다 놓은 꽃다발이 놓여 있다. 어디선가 종소리가 들려온다. 말 울음소리, 기타 치는 소리, 분수가 솟구쳐 오르는 소리도 들려온다. 분수가 내뿜는 물안개는 그 아래서 미소 짓고 있는 석상들의 발아래에 놓아둔, 피라미드 모양으로 장식한 과일을 식혀 주고 있다. 어느 날 저녁, 두 사람은 한 어촌에 도착한다. 그곳에는 절벽에 오두막집이 있고, 갈색의 그물이 널린 채 나부끼고 있다. 그들은 이 어촌에 정착한다. 그들은 해변의 만 안쪽 종려나무 그늘에 있는 납작한 지붕의 낮은 집에서 살 예정이다. 그들은 곤돌라를 타고 이리저리 돌아다니고, 해먹에 흔들리면서 쉬기도 한다. 그들의 생활은 그들이 입은 비단옷처럼 안락하고 편안하며, 그들이 바라보는 밤하늘은 평온하고 별들이 총총히 박혀 벌레처럼 꿈틀거릴 것이다. 하지만 엠마가 상상하는 미래의 그림 속에는 그다지 특별한 것이 없었다. 하루하루는 한결같이 흐르고, 단지 무한하고 조화로운 푸른빛 속에서 햇빛이 빛나는 지평선 근처에서 어른거릴 뿐이었다.

그녀가 이런 몽상에 빠져 있을 때 아기는 요람 속에서 기침하고 있었고, 샤를이 코를 고는 소리는 점차 커졌다. 엠마는 아침에야 비로소 잠들었다. 그 순간 새벽빛이 유리창을 두드리고 있었고, 광장에서는 어린 쥐스탱이 약국의 차양을 열고 있었다.

엠마는 뤼르 씨를 불러 말했다.

"커다란 망토가 있었으면 해서요. 옷깃이 넓고, 안감을 넣은 것 말이에요."

"여행이라도 가시나요?"

뤼르가 물었다.

"아뇨, 아무렴 어때요. 어쨌든 부탁해요. 될 수 있는 한 빨리!"

뤼르는 머리를 숙였다.

"그리고 여행용 트렁크도요."

그녀는 계속 말했다.

"너무 무겁지 않은 것으로요. 크기는 적당한 것으로."

"네, 알겠습니다. 50cm에 90cm가량이면 되겠네요. 요즘 유행하는 걸로 구매해 오겠습니다."

"또 손가방도 필요해요."

'뭔가 문제가 생겼구나.'

뤼르는 생각했다.

"그리고."

그녀는 허리띠에서 회중시계를 꺼내더니 말했다.

"이거면 계산은 끝날 것 같군요."

뤼르는 그러지 말라고 말했다.

"서로 모르는 사이도 아니고, 저는 부인을 신용합니다."

그렇다면 시곗줄이라도 받아 달라고 엠마는 말했다. 뤼르가 그것을 주머니에 넣고 막 돌아서는데 엠마가 그를 불렀다.

"물건은 모두 당신네 가게에 놓아두세요. 망토는…….."

엠마는 잠깐 생각하더니 말을 이었다.

"그것도 그곳에 두세요. 그리고 망토 직공의 주소만 알면 돼요. 내가 언제든 찾아갈 수 있도록 조치해 주시고요."

두 사람은 다음 달에 함께 도망가기로 정했다. 엠마는 루앙에 볼일을 보러 가는 것처럼 용빌을 출발하고 로돌프는 마차를 예약해 여권을 만든 다음, 파리에서 연락해 마르세유까지 역마차를 빌려 두기로 했다. 그곳에서 마차를 사서 제노아 가도를 거침없이 달릴 것이다. 엠마는 미리 짐을 뤼르네 가게에 보내기로 했다. 그 짐은 가게에서 직접 제비에 실을 것이기 때문에 아무도 이상하게 생각하지 않을 것이었다. 하지만 이 과정에 딸아이 문제는 거론되지 않았다. 로돌프가 말을 꺼내기 꺼렸거나 잊어버렸을 것이다.

로돌프는 뒷마무리를 위해 2주 정도의 여유가 있었으면 좋겠다고 말했다. 일주일이 지나자 그는 다시 2주가 더 필요하다고 말했다. 그러다가 병이 났다고 말하더니 홀연히 혼자서 여행을 갔다. 그러는 바람에 8월이 그냥 지나가 버렸다. 이렇게 여러 우여곡절 속에서 그들은 9월 4일 월요일에 반드시 떠나기로 약속했다.

마침내 토요일이 됐고, 떠나기 이틀 전이었다.

그날 밤 로돌프는 생각보다 이른 시간에 왔다.

"준비는 다 되었지요?"

"그럼요."

두 사람은 화단 한 바퀴를 돌고 테라스 옆의 돌에 앉았다.

"어쩐지 우울해 보여요."

엠마가 말했다.

"그래요?"

로돌프는 깊은 애정을 담은 표정으로 엠마를 바라보았다.

"먼 곳으로 가는 거라 그래요?"

엠마는 계속해서 말했다.

"정들었던 모든 것들과 당신의 생활이 바뀔 테니까 그럴 수 있어요. 하지만 나는 아무것도 가진 게 없어요. 당신만이 전부인걸요. 당신 역시 그렇지요? 내가 당신의 가족, 당신의 고향이 되어 줄게요. 당신을 소중하게 여기고 잘 챙길게요."

"어쩜 이리도 예쁠까!"

로돌프는 엠마를 안았다.

"정말요?"

그녀는 요염하게 말했다.

"당신은 저를 사랑하나요? 그렇다면 맹세해 주세요."

"당신만을 사랑하고 있고, 또 영원히 사랑할 거예요."

불그스레한 빛을 띤 둥그런 달이 목장 쪽 지평선 위를 비추고 있었다. 달이 곧 미루나무 가지 사이로 오르자, 가지들은 달을 군데군데 가렸다. 그러다가 다시 달은 구름 한 점 없는 밤하늘에서 하얗게 빛나면서 온 세상을 비추었다. 이내 달은 점점 걸음을 늦추면서 강물 위에 많은 별을 뿌린 것처럼 커다란 반점이 되어 빛났다. 그 은빛 광채는 비늘로 덮인 머리 없는 뱀처럼 물 밑에서 꿈틀거렸다. 또한 그것은 다이아몬드 방울이 뚝뚝 떨어지는 것을 연상시켰다.

두 사람 주위로 조용하고 아늑한 밤의 기색이 짙어만 갔다. 가지의 잎 사이로는 어둠이 나뭇잎들을 감싸고 있었다. 엠마는 눈을 반쯤 감고 깊게 숨을 쉬고 나서 어디선가 불어오는 신선한 바람을 들이마셨다. 그들은 마음속에 밀려드는 상념 때문에 아무 말도 할 수 없었다. 지난날의 사랑이 강물처럼 조용히 흘러 지나가, 고광나무 향기에 실려 오는 달콤함이 그들 가슴에 스며들었다. 그리고 풀밭 위에 드리워져 있는 버드나무의 그림자보다 더 크고 우울한 그림자를 추억 속으로 초대했다. 가끔 고슴도치나 족제비 같은 동물들이 먹을 것을 찾고 있는지 나뭇잎이 조심스럽게 흔들리곤 했다. 또한 농익은 복숭아가 과수원에서 저절로 떨어지는 소리도 들려왔다.

"참 분위기 좋은 밤이네요."

로돌프가 말했다.

"이런 밤은 앞으로도 계속될 거예요."

엠마가 대답했다. 그러고는 혼잣말을 늘어놓았다.

"맞아요. 여행하면서 기분이 더 좋아질 거예요. 그런데 왜 이리 슬픈 걸까요. 미래에 대한 두려움 때문일까요. 지금까지와는 다른 생활을 해야 한다는 압박감 때문일까요. 아니면…… 그래요, 이건 행복에 겨운 말이지요. 저 참 나약하지요? 하지만 용서하세요."

"아직 늦지 않았어요. 잘 생각해 보아요. 나중에 후회할 수도 있으니."

로돌프가 빠르게 말했다.

"그렇지 않아요. 절대로 후회하지 않을 거예요."

엠마가 힘을 주어 말했다. 그러고는 로돌프에게 좀 더 가까이 다가가면서 말을 계속 이었다.

"나에게 불행한 일이 닥칠 이유는 없어요. 당신과 함께라면 사막이나 절벽, 바다까지도 넘을 수 있으니까요. 우리 두 사람은 이제 함께 살면서 더욱더 힘껏 껴안을 수 있어요. 우리 앞에 번민이나 걱정, 장애물 따위는 나타나지 않을 거예요. 두 사람이 서로 모든 것을 바치고 영원토록 함께 하는 거예요. 그렇지요? 무슨 말이라도 해 봐요."

"그래요."

로돌프는 천천히 말했다. 엠마는 양손을 그의 머리카락 속에 넣었다. 그러고는 구슬 같은 눈물을 뚝뚝 흘리면서 어린애 같은 목소리로 계속 되풀이해 말했다.

"로돌프! 로돌프! 나의 사랑스러운 로돌프!"

그때 자정을 알리는 종소리가 들려왔다. 그녀는 흥분해서 말했다.

"12시예요. 드디어 내일이네요. 이제 하루만이 남았군요."

그때 로돌프는 일어나서 돌아가려고 했다. 그의 몸짓이 도피의 신호라도 되는 것마냥 엠마는 갑자기 들떠 말했다.

"여권은 잘 챙겼지요?"

"물론이요."

"잊으신 건 없나요."

"없어요."

"틀림없지요?"

"그럼."

"프로방스 호텔이라고 말했지요? 거기서 기다리는 거 맞지요, 정오에!"

그는 고개를 끄덕였다.

"그럼 내일이에요."

엠마는 마지막으로 애무하면서 말했다. 그러고는 그가 멀어지는 모습을 물끄러미 쳐다보았다.

로돌프는 뒤돌아보지 않았다. 그녀는 그의 뒤를 뛰어서 좇았다. 그러고는 물가의 가시덤불 사이로 허리를 구부리며 소리쳤다.

"로돌프, 내일이에요!"

그는 이미 강을 건너 목장을 향해 빠른 걸음으로 걸었다. 몇 분 정도 지나 로돌프는 걸음을 멈추었다. 그리고 흰 옷을 입은 그녀가 어둠 속으로 사라져 가는 것을 보았다. 그는 가슴이 심하게 고동쳐 쓰러지지 않으려는 듯 나무에 몸을 기댔다.

"나는 왜 이리도 바보 같을까!"

로돌프는 스스로에게 욕했다.

"하지만 엠마는 정말로 아름다운 여자야."

그러자 갑자기 엠마의 아름다움이 사랑을 나누는 쾌락과 함께 마음속에서 울렁거렸다. 그러고는 그리운 마음에 사로잡혔지만, 갑자기 여자에 대한 반발심이 생겼다.

"어쨌든."

그는 소리 내어 말했다.

"나는 고향을 떠날 수도 없고, 어린아이를 맡을 수도 없잖아."

그가 스스로 소리 내어 이런 말을 한 것은 자신의 결심을 더 단단하게 만들기 위해서였다.

"또 여러 가지 귀찮은 일이 생길 것이고, 비용도 만만치 않다. 아, 안 될 일이야. 안 되고말고, 그것은 너무나 어리석은 짓이다."

13

집에 돌아온 로돌프는 사냥 기념으로 벽에 걸어 놓은 사슴의 머리 아래에 있는 책상에 앉았다. 그는 펜을 잡았다. 하지만 아무런 말도 머릿속에 떠오르지 않아 팔꿈치를 괴고 깊은 생각에 잠겼다. 결국 그는 자신의 결심으로 말미암아 갑자기 두 사람 사이에 커다란 거리가 생겼고, 엠마가 먼 곳으로 사라져 버린 듯한 느낌이 들었다.

그는 엠마에 대해 뭔가를 떠올리기 위해 침대 머리맡 벽장에서 오래된 과자 상자를 꺼냈다. 평소 여자들에게 받은 편지를 넣어 둔 상자였다. 상자를 열자 퀴퀴한 먼지 냄새와 시든 장미의 향이 풍겨 나왔다. 먼저 여기저기에 얼룩이 묻은 손수건이 눈에 들어왔다. 그것은 엠마의 손수건이었다. 언젠가 그녀가 산책하던 중 코피를 흘렸을 때 닦은 것이지만, 그는 까맣게 잊고 있었다. 그 옆에는 엠마에게서 받은 작은 초상화가 담겨 있었는데, 네 귀퉁이가 모두 접혀 있었다. 새삼 그녀의 차림새가 부자연스러워 보였고, 추파를 던지는 듯한 눈빛은 딱하다는 생각이 들 정도였다.

로돌프는 초상화를 들여다보면서 엠마의 얼굴을 생각해 보려고 했다. 그러자 그녀의 현재 얼굴과 초상화에 그려진 얼굴이 그의 기억 속에서 혼란을 일으키면서 그녀의 얼굴 윤곽이 흐려져 갔다. 그는 엠마가 보낸 몇 통의 편지를 읽었다. 내용은 모두 여행에 대한 의논으로 가득 차 있었다. 게다가 사무적이며 틀에 박혀 있었고, 조급함이 느껴졌다. 그는 그보다 훨씬 전에 받은 장문의 편지를 읽고 싶어서 쌓아 놓은 종이와 물건들을 뒤적거렸다. 그곳에는 꽃다발이나 양말, 검은 가면, 머리핀, 머리카락 등이 뒤죽박죽 헝클어져 있었다. 머리카락은 갈색인 것도 있었고, 금발도 있었으며, 그중 어떤 것은 상자의 장식물에 걸려 뚜껑을 열 때 끊어지기도 했다.

그는 이렇게 추억 속에서 방황하면서 철자법처럼 저마다 다른 글씨체와 글귀를 들여다보았다. 그것에는 다정한 내용, 쾌활한 내용, 장난스러운 내용, 우울한 내용 등이 들어 있었다. 어떤 것은 사랑받기를 원하는 내용을 담고 있었고, 심지어 돈을 요구하는 내용도 있었다. 그것을 통해 그는 다양한 표정과 몸짓, 목소리의 톤을 생각해 냈다. 아무 생각도 떠오르지 않는 편지도 있었다.

사실 그 여자들은 그의 머릿속에 한꺼번에 몰려와 우글거리면서 똑같은 양의 사랑을 고르게 분배한 것처럼 조그맣게 오그라들었다. 그래서 그는 뒤섞인 편지를 한 움큼 쥐고는 오른손에서 왼손으로, 왼손에서 오른손으로 번갈아 받으면서 장난을 쳤다. 그러나 그것도 싫증이 나고 피곤하기도 해서 그는 상자를 벽장 속에 도로 집어넣으면서 생각했다.

'모두 거짓으로 가득 차 있군.'

이것은 그의 생각을 제대로 요약한 한 마디의 말이었다. 사랑의 쾌락은 운동장에서 뛰어노는 아이들처럼 그의 마음을 짓밟아 놓아 그곳에서는 푸른 풀잎조차 자라지 못했다. 그런데 스쳐 지났었던 여자들은 학생들보다 훨씬 경박해서 담벼락에 적어 놓은 이름만도 못했다.

"그럼 이제 시작해야지."

그는 혼잣말했다. 그리고 그는 글을 쓰기 시작했다.

용기를 가져요, 엠마. 용기를 내라고요. 나는 당신을 불행하게 만들고 싶지 않아요.

'사실 이건 진심이야.'
로돌프는 생각했다.

'그 여자를 위한 것이니까 좋은 일이다.'

당신 자신의 결심을 충분히 돌이켜 보았나요? 내가 당신을 심연 속으로 끌어넣었다는 것을 아시겠습니까? 가련한 사람, 당신은 모릅니다. 당신은 행복과 미래만을 생각하면서 거기에 빠져들어 분별없이 걸어 나갔던 것입니다. 우리의 사랑은 참으로 무모하고 불행했습니다.

이 대목에서 변명을 좀 해야겠다는 생각이 들어 로돌프는 잠시 펜을 내려놓았다.

'재산을 몽땅 날려버렸다고 할까? 안 돼, 그걸로는. 그런 말을 하더라도 그 여자는 변하지 않을 거야. 그러다가는 처음부터 다시 시작하게 되어 있어. 도대체 이런 여자는 어떻게 정신을 차리게 해야 하는 걸까?'

그는 깊이 생각한 후에 다시 글을 써 내려갔다.

나는 당신을 잊지 않을 것입니다. 그것만은 믿어 주세요. 그리고 나는 앞으로도 항상 당신에게 내 모든 것을 바칠 것입니다. 하지만 곧 가까운 시일에 우리의 격렬한 감정은 흐려지고 말 것입니다. 그래서 인간이지요. 또 권태가 찾아올지도 몰라요. 그러면 나는 당신이 후회하는 것을 괴로움 속에서 바라보아야 하고, 나 역시 회한에 잠겨 당신을 그렇게 만든 것을 후회할 것입니다. 당신을 슬픔에 빠지게 만든다는 생각만으로도 나는 괴롭습니다. 엠마, 부디 나를 잊으세요. 우리는 어찌하여 서로 알게 되었을까요. 왜 당신은 그렇게 아름답습니까? 내가 나쁜 걸까요? 아니, 그렇지는 않습니다. 제발 엠마, 운명만을 탓해 주세요.

'이런 문구는 항상 효과가 있었지. 내 경험상 말이야.'

만일 당신이 흔히 볼 수 있는 경박한 여성에 불과하다면 나는 이기적인 마음으로 당신에게 별로 해가 되지 않는 계획을 세웠을 겁니다. 하지만 당신의 매력이자 고통이기도 한 당신의 그 순진한 정열 때문에 우리 미래가 얼마나 불안한 것인지 생각할 겨를이 없었습니다. 나 역시 현실을 직시하지 못했던 것입니다. 이렇게 결과를 예상하지 못한 채 이상적 행복의 그늘에서 편히 쉬고만 있었던 것입니다.

'그녀는 내가 돈이 아까워 포기한 것으로 생각할지도 몰라. 하긴 아무려면 어때. 어쨌든 결론을 내 보자.'

엠마, 세상은 냉혹합니다. 어디로 우리가 가든지 냉혹한 현실에서 벗어날 수는 없습니다. 특히 당신은 뻔뻔스러운 질문을 받거나 중상모략, 멸시, 그리고 모욕을 당할지도 모릅니다. 당신이 모욕을 받도록 할 수는 없습니다. 나는 당신을 옥좌에 올려놓고 싶지만, 내가 당신에게 준 고통의 벌을 받기 위해 나는 먼곳으로 떠날 예정입니다. 그곳이 어디인지는 나도 모릅니다. 내가 미친 것입니다. 안녕히 계세요. 언제나처럼 착한 마음 잃지 말고요. 당신을 잃은 불행한 나를 잊지는 마십시오. 당신의 어린

아이에게도 나의 이름을 말해 주세요. 기도할 때 제 이름을 부르도록 말입니다.

양초 두 개의 심지가 떨고 있었다. 로돌프는 창문을 닫기 위해 자리에서 일어났다. 그리고 다시 자리에 앉아 생각했다. '이만하면 잘 마무리된 거 같군. 하지만 이 여자가 울고불고할 수 있으니 조금 더 덧붙여야 할 것 같아.'

당신이 이 슬픈 편지를 읽고 있을 때면 난 이미 먼 곳으로 떠나 있을 겁니다. 당신을 딱 한 번만이라도 보고자 하는 유혹을 떨쳐 버리기 위해 되도록 빨리 도망치고 싶기 때문입니다. 강하게 마음먹으세요. 나는 다시 돌아올 것입니다. 아마 세월이 많이 흐르면 우리는 함께했던 지난날의 사랑을 냉정하게 얘기할 수 있을 것입니다. 그럼 안녕!

'그럼 이제 뭐라고 서명하지?'
그는 생각했다.
'당신의 충실한, 아니지, 당신의 벗? 이게 좋겠다.'

    당신의 벗

편지를 다 쓰고 나서 쭉 읽어 본 뒤 로돌프는 이 정도면 되었다고 생각했다.
'불쌍한 여자야.'

그는 조금 감정적으로 생각해 보았다.

'그 여자는 나를 무정한 남자라고 여기겠지. 편지에 눈물 흔적이라도 묻어 있으면 좋겠군. 눈물이 나오지는 않지만 내 잘못은 아니잖아.'

로돌프는 컵에 물을 붓고 나서 손가락을 담갔다가 물방울 하나를 편지 위에 떨어뜨렸다. 그러자 파란 얼룩이 졌다. 그러고는 편지를 봉인하려고 하다가 '아모르 넬 코르'라고 새겨져 있는 도장이 눈에 들어왔다. 엠마가 선물했던 것이었다.

"지금 상황에 맞지는 않지만, 아무튼 하는 수 없지 뭐."

그러고 나서 로돌프는 파이프를 세 모금 빨고 나서 잠자리에 들었다.

다음 날, 로돌프는 일어나자마자 하인 지라르에게 살구 한 바구니를 가져오라고 말했다. 그는 편지를 바구니 바닥에 넣고 포도 잎으로 덮은 다음 살구를 담아 들일을 나가려는 하인에게 보바리 부인에게 전하라고 말했다. 그는 계절에 맞추어 과일이나 사냥감을 그녀에게 보내면서 편지를 주고받아 왔었다.

"만일 부인이 나에 관해 묻거든 여행을 갔다고 말해."

그는 하인에게 말했다.

"바구니는 부인에게 직접 드려. 그럼 조심히 다녀와."

지라르는 새 작업복을 입고 손수건을 바구니 주위에 붙들어 맸다. 그리고 나막신을 딸각거리면서 느릿느릿 용빌로 갔다.

엠마는 그가 도착했을 때 펠리시테와 함께 부엌 탁자 위에서 빨래를 정리하고 있었다.

"여기요. 주인어른께서 보내신 겁니다."

순간 그녀는 불길한 예감에 깜짝 놀랐다. 그녀는 주머니에서 잔돈을 꺼내려 하면서 허둥대는 눈초리로 그를 바라보았다. 하인은 이런 것 정도로 그렇게까지 놀라는 그녀가 이해되지 않아 그녀를 바라보았다. 이내 하인은 집으로 돌아갔다. 그렇지만 부엌에는 펠리시테가 있었다. 견디지 못한 그녀는 살구를 가져가는 척하면서 큰방으로 달려가 바구니를 뒤집어 쏟았다. 포도 잎을 휘젓고 나니 편지가 있어 얼른 겉봉을 뜯고 몸에 불이라도 붙은 것처럼 자기 침실 쪽으로 도망쳤다.

샤를이 그 안에 있었다. 엠마도 남편의 모습을 보았다. 샤를이 그녀에게 말을 걸었지만 알아듣지 못했다. 그리고 숨을 가쁘게 쉬면서 미친 듯이 그 무서운 종이쪽지를 움켜쥐고는 빠른 걸음으로 계단을 올라갔다. 편지가 손가락 사이에서 마치 양철판처럼 덜덜 떨리면서 소리를 내고 있었다. 3층 다락방 문 앞에서 그녀는 걸음을 멈추었고, 문은 닫혀 있었다.

그녀는 마음을 진정시키기 위해 애썼다. 편지 생각이 났다. 마저 읽어야 하는데 용기가 없었다. 게다가 어디서 어떻게 읽어 볼 것인가! 사람 눈에 띌 텐데 말이다.

'아, 그래. 여기라면 괜찮을 거야.'

그렇게 생각한 그녀는 문을 밀고 안으로 들어갔다.

슬레이트 지붕에서 찌는 듯한 연기가 내려와 관자놀이를 죄는 것 같아 숨이 막힐 듯했다. 그녀는 지붕 밑 채광창까지 가서 빗장을 뽑았다. 그러자 눈이 안 보일 만큼 강렬한 햇살이 눈을 찔렀다.

맞은편 지붕 너머로 시야에 들어오지 않을 만큼 넓은 들판이 펼쳐져 있었다. 눈 아래로 보이는 마을의 광장은 인적이 없었다. 보도의 조약돌들이 반짝반짝 빛나고 집마다 달린 바람개비는 움직임이 전혀 없었다. 길모퉁이 아래층 방에서는 날카롭고 뭔가 깨지는 듯한 소리가 울려왔다. 비네가 녹로를 돌리는 소리였다.

그녀는 다락방 창가에 몸을 기대고 분노로 가득 찬 편지를 읽고 또 읽었다. 그러나 정신을 집중할수록 마음은 혼란스러워지기만 했다. 로돌프의 모습이 보이고, 그의 목소리도 들려왔다. 그녀는 두 팔로 그를 꼭 껴안았다. 그러자 망치로 가슴을 두드리기라도 하는 듯 심장의 고동이 불규칙해지더니 점점 더 빨라지고 있었다. 그녀는 땅이 꺼지기라도 했으면 하는 마음에 주위를 둘러보았다.

"왜 나는 죽지도 못하지? 무엇이 나를 가로막고 있는 걸까. 아, 나는 이제 자유로운 몸이 되었구나."

그녀는 창가에서 돌을 깔아 놓은 보도를 내려다보았다. 그러고는 마음속으로 말했다.

"자, 뛰어내려."

밑에서 곧장 솟아오르는 광선이 그녀의 몸을 깊은 구렁 속으로 잡아당기고 있었다. 광장의 지면이 일렁거리면서 벽을 따라 솟구쳐 올라오는 것 같았고, 자신이 서 있는 마루가 앞뒤로 흔들리는 배처럼 기울어지고 있다는 느낌이 들었다. 그녀는 광활한 공간에 둘러싸인 채 공중에 떠 있는 것처럼 벼랑 끝에 서 있는 것만 같았다. 하늘에서 내리쬐는 파란빛이 그녀에게로 밀려 들어왔고, 바람이 그녀의 머릿속을 마구 헤치고 있었다. 이제 몸을 내맡기기만 하면 된다.

녹로를 돌리는 소리는 그녀를 불러 대는 성난 목소리처럼 계속해서 들려왔다.

"엠마! 여보!"

그때 샤를이 자신을 부르는 소리가 들리자 그녀는 흠씬 놀랐다.

"지금 대체 어디에 있는 거요? 어서 나에게로 와 줘."

이제 죽음이 코앞이라고 생각하니, 그녀는 몸이 오싹해지고 기절할 것만 같았다. 그녀는 눈을 꼭 감았다. 그때 누군가의 손이 소매 깃을 스치는 듯한 느낌을 받으면서 몸서리가 쳐졌다. 펠리시테였다.

"나리께서 기다리고 계세요. 마님, 저녁 식사 준비가 다 되었어요."

'이제는 내려가야 한다. 그리고 식탁에 앉아야지.'

엠마는 음식을 먹으려고 했다. 하지만 음식이 목구멍에서 내려가지 않았다. 그래서 꿰매야 할 것이 있는지 살피는 것처럼 냅킨을 펼쳤다. 그리고 그 헝겊의 올을 하나둘 세어 보았다. 그러다가 문득 편지를 어디에 두었는지 모른다는 생각이 들었다.

"그 편지를 내가 어떻게 해 두었지? 잃어버린 건가? 아니, 도대체 어디에 두었지?"

하지만 그녀는 정신적으로 너무 지쳐 있어 식탁에서 벗어

날 궁리를 했지만 잘 떠오르지 않았다. 게다가 엠마는 겁먹고 있었고, 샤를이 두려웠다. 그는 모든 것을 다 알고 있는지도 모른다고 생각했다. 그런데 샤를은 약간 묘한 어조로 말했다.

"아마 로돌프 씨는 당분간 못 보게 될 거야."

"누가 그랬어요?"

그녀는 몸을 떨면서 물었다.

"누가 그랬냐니?" 그는 엠마의 느닷없는 목소리에 좀 놀라 되물었다.

"지라르가 그렇게 말했어. 방금 카페 프랑세 문 앞에서 만났거든. 자기 주인이 여행을 떠난다고 말하더군."

그녀는 순간 울음을 터뜨렸다.

"왜 우는 거지? 그 사람은 가끔 훌쩍 떠나곤 하잖아. 하긴 그럴 만도 해. 재산 많겠다, 독신이겠다. 하여튼 그 사람은 뭐든 즐기는 타입이야. 랑글르와 씨 얘기로는……."

마침 하녀가 그 순간 들어와 그는 말하지 않았다.

하녀는 선반 위에 흩어져 있는 살구를 바구니에 담았다. 샤를은 아내의 얼굴이 빨갛게 달아오른 것도 느끼지 못한 채 살구를 가져오게 했다. 그러고는 살구 하나를 집어 덥석 물었다.

"오, 맛이 좋은걸? 당신도 하나 먹어 봐."

샤를이 바구니를 내밀자 그녀는 그것을 밀쳤다.

"그럼 냄새라도 맡아 보구려. 냄새가 아주 좋아."

샤를은 자꾸만 살구를 엠마의 코앞에 대었다.

"저는 지금 숨이 막힐 것 같아요."

그녀는 벌떡 일어서면서 말했다. 그러다가 가까스로 자신의 행동을 자제했다.

"아무 일도 아니에요. 지금 신경이 좀 날카로워 있어요. 당신이나 좀 더 드세요."

엠마는 샤를이 이런저런 질문을 하면서 자신을 위로하거나 옆에 붙어서 그 자리를 떠나지 않을까 봐 두려웠다.

샤를은 엠마의 말대로 다시 앉았다. 그리고 살구씨를 손바닥에 뱉었다가 접시에 올려놓았다.

그때 갑자기 푸른색 이륜마차가 빠른 속도로 광장을 달리고 있었다. 엠마는 외마디 소리를 지르며 몸이 뻣뻣하게 굳어진 채 그만 쓰러져 버렸다.

로돌프는 여러 가지 고민 끝에 루앙으로 가기로 마음먹었다. 그런데 위세트에서 뷔시까지 가려면 용빌을 거쳐 갈 수밖에 없어 마을을 건너질러야 했다. 그리하여 엠마는 어둠을 가르는 램프의 불빛을 통해 그 남자라는 것을 알게 된 것이다.

약제사가 떠들썩거리는 소리를 듣고 샤를 집으로 왔다. 식탁은 그 위에 놓았던 접시들과 함께 어질러져 있었고, 소스, 고기, 나이프, 소금 그릇, 기름병 등이 여기저기 흩어져 있었다. 샤를은 도와달라고 소리를 쳤고, 베르트는 겁에 질려 큰소리로 울었다. 펠리시테는 떨리는 손으로 온몸에 경련을 일으키고 있는 엠마의 옷끈을 풀었다.

"제가 약국에 가서 방향초산을 가져올게요."

약제사가 말했다.

잠시 후 약제사가 가지고 온 방향초산의 냄새를 맡고 엠마가 눈을 떴다.

"역시 약효가 좋아. 이 약은 죽은 사람도 살려 낼 수 있을 겁니다."

그때 샤를이 엠마에게 말했다.

"말해 봐요."

샤를은 되풀이해서 말했다.

"말해 보라니까. 기운을 내요, 기운을. 나 알아보겠소? 당신을 사랑하는 샤를이야. 여기 당신의 귀여운 딸도 있소. 키스해 줘요."

딸아이는 엄마 목에 매달리려고 두 팔을 내밀었으나 엠마는 얼굴을 돌리며 말했다.

"싫어, 싫다고, 모두 다 싫어."

그러더니 그녀는 다시 정신을 잃었다. 이내 침대로 옮겨진 그녀는 입을 벌리고 눈을 감은 채 두 팔을 펴고서는 꼼짝도 하지 않았다. 그녀의 모습은 밀랍 인형처럼 창백해 보였다. 이내 눈물이 흐르자 베개 위로 천천히 스며들었다.

샤를은 침대 곁에 가만히 서 있었다. 약제사는 그의 곁에서 인생의 엄숙한 순간에는 당연히 그래야 한다는 생각으로 명상하는 듯 침묵했다.

"안심하세요. 발작이 멎은 것 같군요."

약제사가 팔꿈치로 샤를을 치면서 말했다.

"네, 좀 진정이 된 것 같아요."

샤를은 아내가 자는 모습을 보면서 말했다.

"가여운 사람! 또 병이 도졌군."

샤를이 생각에 잠겨 있는 동안 약제사는 어떻게 이 지경에 이르렀냐고 물었다. 샤를은 그녀가 살구를 먹다가 갑자기 발작을 일으켰다고 대답했다.

"희한하군요."

약제사는 말을 이었다.

"물론 살구 때문에 졸도할 수도 있겠지요. 일정한 냄새에 극도로 예민한 체질을 가진 사람들도 많거든요. 이것은 병리학적으로나 생리학상으로도 매우 좋은 연구 과제인 것 같습니다. 신부들은 이런 문제의 중요함을 잘 알았기에 종교 의식 때 향료를 사용한 것입니다. 그러면 이성이 마비되고 황홀한 기분을 자아내곤 하지요. 게다가 섬세한 여자들에게 효과가 좋아요. 뿔을 태우는 냄새나 심지어 빵 냄새만 맡아도 기절하는 경우가 있거든요."

"아내가 깨지 않도록 조심해 주십시오."

샤를이 낮은 목소리로 말했다.

"또 사람만이 이런 증상을 보이는 게 아닙니다. 동물들도 그런 경우가 있어요. 예를 들어 네페타카타리아 같이 흔히 고양이풀이라 불리는 식물이 고양이들에게 최음 효과를 보인다는 것은 알고 계시겠지요. 그리고 제가 확실히 보증할 수 있는 한 가지 예를 알려 드릴게요. 브리두라는 제 친구가 기르는 개는 담배쌈지만 들이대면 경련을 일으킵니다. 브리두는 브와기욤에 있는 자기 별장에 사람들을 모아 놓고는 그 실험을 해 보이곤 하지요. 단순한 재채기 촉진제가 동물의 신체 조직에 심한 영향을 끼친다는 게 믿어지십까? 정말 이상한 일이에요. 안 그런가요?"

"그렇군요."

샤를은 듣는 둥 마는 둥 하다가 짧게 대답했다.

"이것은 결국 신경 계통의 장애가 무수히 많다는 증거입니다. 솔직히 댁의 부인은 정말 예민한 체질이라 느낀 적이 많습니다. 그래서 아무리 좋다는 약이라도 부인에게 권하고 싶지 않습니다. 증세를 고쳐야겠다는 생각 때문에 자칫하다 체질을 건드릴 수도 있기 때문이지요. 무익한 투약은 정말 금물입니다. 식이 요법이 가장 좋아요. 진정제, 완화제, 감미제 등이 좋은 영향을 미치고요. 그리고 상상력에 자극을 주는 것도 중요한 일입니다."

"어떤 면에서 그런가요? 어떤 방법으로?"

샤를이 말했다.

"네, 바로 그게 문제입니다. 최근 신문에도 났는데 '바로 그것이 문제'인 거지요."

이때 엠마가 눈을 뜨고 소리쳤다.

"편지. 아, 그 편지."

사람들은 그녀가 이제 헛소리를 한다고 생각했다. 이러한 증상은 밤중부터 시작되었고, 뇌막염이라는 진단이 나왔다.

43일 동안 샤를은 엠마의 곁을 떠나지 않았다. 그는 환자를 받지 않은 채 잠자리에 눕지도 않고 쉴 새 없이 맥을 짚으며 그녀에게 겨자 고약을 붙여 주기도 하고 냉수 찜질을 해주기도 했다. 그는 쥐스탱에게 얼음을 구해 오라면서 뇌샤텔까지 그를 보내기도 했지만, 얼음은 돌아오는 도중에 녹아 버렸다. 그럴 때면 그는 다시 쥐스탱을 보냈다. 그는 카니베 박사에게 진찰을 의뢰했고, 루앙에 있고 옛 스승이었던 라리비에르 박사에게 도움을 청했다. 샤를의 마음은 절망적이었다. 무엇보다 그가 걱정하는 것은 엠마가 몸이 쇠약하다는 점이었다. 그녀는 말하지도 않고 알아듣지도 못했으며, 고통을 느끼고 있는 것 같지도 않았다. 마치 육체와 영혼이 함께 쉬고 있는 것 같았다.

10월 중순경, 엠마는 베개를 등에 대고 침대에서 앉아 있을 수 있게 되었다. 그녀가 처음으로 잼을 발라 빵을 먹을 때, 샤를은 울음을 터뜨렸다. 드디어 엠마가 기운을 되찾은 것이다. 오후에는 몇 시간 정도 일어나 앉아 있기도 했다.

어느 날 엠마가 기분이 좋다고 말하자 샤를은 그녀를 부축해 뜰을 한 바퀴 산책했다. 뜰에 깔린 조약돌을 낙엽이 덮고 있었다. 그녀는 슬리퍼를 신고 한 걸음 한 걸음 나아갔으며, 샤를의 어깨에 기대어 미소를 지었다.

두 사람은 뜰 안쪽 동산까지 걸어갔다. 그녀는 조용히 몸을 세우고, 손으로 이마를 짚으면서 아득히 멀리 바라보았다. 그러나 지평선 위에는 풀을 태우는 불길이 언덕에서 연기를 뿜어내고 있었다.

"피곤하지 않소?"

샤를이 말했다. 그리고 그녀를 조용히 밀어 푸른 잎이 덮인 시렁 밑으로 들어가도록 하려 했다.

"자, 이 의자에 앉아 봐요. 아주 편할 거야."

"싫어요. 거기 앉고 싶지 않아요."

엠마는 꺼질 듯한 목소리로 말했다.

그녀는 현기증을 느꼈다. 그날 밤부터 병이 다시 도졌다. 병의 진행은 이전보다 그리 빠르지 않았지만 징후가 훨씬 까다로워 복잡한 양상을 보였다. 어떤 경우에는 심장의 통증을 느꼈고, 그러고 나서 가슴, 머리, 팔다리가 아프다고 했다. 갑자기 구역질하기도 해서 혹시 암 초기 증세는 아닌지 샤를은 의심하기까지 했다.

게다가 이 불쌍한 남자는 돈에 대한 걱정까지 안고 있었다.

14

샤를은 오메의 가게에서 가져온 모든 약의 비용을 어떻게 처리해야 할지 몰랐다. 물론 의사 입장이었기 때문에 돈을 지급하지 않아도 큰 문제가 될 것은 없었지만, 그래도 남에게 신세를 질 수는 없는 일이었다. 또한 이제 하녀가 가정주부 역할까지 맡게 되면서 생활비가 엄청나게 들었다. 여러 가지 청구서도 날아들었다. 장사꾼들은 투덜거렸고, 그중 뢰르가 가장 그를 괴롭혔다. 이 남자는 엠마의 병세가 짙어지자, 그 기회를 이용해서 계산 액수를 늘리려는 심보였다. 그는 망토, 여행 가방, 두 개의 트렁크, 그 밖에 여러 물건을 가지고 왔다. 샤를이 그런 물건은 필요하지 않다고 말했으나 그는 막무가내였다. 뢰르는 뻣뻣한 태도로 말했다.

"이 물건들은 댁에서 구매한 것이라 다시 가져갈 수 없습니다. 그러다가 부인께서 병세가 호전되시면 화를 낼 것이고요. 선생도 그 점에 대해 잘 생각해 보세요."

그는 자신의 권리를 포기하고 다시 물건을 가져가야 할 경우에는 소송도 불사하겠다는 태도를 보였다. 하지만 샤를은 그 물건들을 그의 가게로 돌려보내라고 했다. 그런데 펠리시테가 그 물건들을 전해야 한다는 사실을 잊고 말았다. 그는 그 외에도 걱정거리가 많아서 그 일에 대해서는 더 생각하지 않았던 것이다. 그러자 뤼르가 다시 지급을 요구하러 왔다. 그는 협박도 하고 우는소리도 하면서 샤를을 괴롭혀 결국 6개월 기한의 어음을 끊었다. 샤를은 어음에 서명하고 나자, 한 가지 생각이 퍼뜩 들었다. 뤼르에게 1,000프랑을 꾸면 어떨까 생각한 것이다. 그래서 그는 말을 건네기 거북했지만, 결국 그 금액을 변통해 줄 수 있느냐고 물었다. 1년 기한에 이자도 원하는 대로 주겠다고 덧붙였다. 뤼르는 가게에 가서 돈을 가지고 오더니 어음 한 장을 더 끊어 달라고 했다. 그는 샤를이 이듬해 9월 9일, 그에게 1,070프랑을 지급할 것이라는 내용을 쓰게 했다. 이 금액은 이미 약정한 180프랑과 합하면 1,250프랑이 되는 것이었다. 이렇게 6푼의 이자로 빌리고 1/4의 수수료를 합하면, 납품한 물건에서 적어도 1/3 정도를 회수하더라도 12개월 후에는 130프랑의 이익이 생기는 셈이었다. 그는 샤를이 1년 후에 그 어음을 결제하지 못해 다시 계약을 맺기를 원했다. 그러면 그가 내놓은 얼마 되지 않는 돈이 마치 요양원에 들어가 잘 자라듯이 이 의사에게서 자라나 가까운 미래에 알아볼 수 없을 만큼 살이 토실토실 쪄 자루가 터지도록 늘어나리라고 생각했다.

게다가 그는 벌여 놓은 모든 사업이 성공적으로 진행되고 있었다. 뇌샤텔의 병원에 사과주를 납품하는 입찰에서 낙찰되었고, 기요맹 씨는 그뤼메닐 탄광의 주식을 몇 주 그에게 주겠다고 약속했다. 또 그는 아르괴이유와 루앙 사이를 오가는 승합 마차 사업을 시작하려고 했다. 그렇게 되면 아마도 낡아빠진 황금 사자는 머지않아 망할 것이다. 또한 승합 마차는 보다 빨리 달리면서 요금도 더욱 싸게 책정할 수 있어 많은 짐을 나를 수 있게 되고, 그렇게 되면 용빌의 상권은 모두 그의 손아귀에 넣을 수 있게 될 것이었다.

한편, 샤를은 어떻게 그 많은 돈을 내년까지 갚을 수 있을까 곰곰이 생각해 보았다. 아버지에게 도와달라고 부탁하는 것도 방법이었고, 아니면 무엇을 처분하는 게 좋을까 고민하기도 했다. 하지만 아버지는 그의 말을 들은 체도 하지 않을 것이고, 그에게는 처분할 것이 아무것도 없었다. 상황이 이렇다 보니 어찌해야 좋을지 몰라 걱정이었다. 결국 그는 골치 아픈 일을 머릿속에서 지워 버리려고 했다. 그러면서도 그러한 고민 탓에 소중한 엠마에 대해 잊어버려서는 안 된다고 생각했다. 마치 그의 모든 생각은 엠마의 것이고, 한순간이라도 아내를 생각하지 않으면 그녀의 물건을 훔친 짓과 마찬가지라고 생각했기 때문이다.

그해 겨울의 추위는 혹독했다. 엠마가 회복하기까지는 오랜 시간이 걸렸다. 날씨가 좋은 날에는 안락의자에 기대앉아 광장을 바라볼 수 있도록 그녀를 창가에 데려다주었다. 그녀는 이제 뜰을 싫어하게 되어서 그쪽을 덧문으로 닫아 놓았다.

엠마는 또 말을 팔아 버리자고 했다. 예전에 좋아했던 모든 것들이 지금은 다 싫었다. 그녀의 모든 관심은 오직 자신을 돌보는 데 있는 것 같았다.

엠마는 자리에 누운 채 가벼운 식사를 하고 초인종을 눌러 하녀를 부르고 나서 탕약이 어떻게 되었는지 묻고, 때로는 그녀와 이야기를 나누었다. 그러는 동안 시장 지붕에 쌓인 눈이 하얀 반사광을 방 안으로 들여놓더니 이번에는 비가 내렸다. 엠마는 불안한 마음으로 변함없이 되풀이되는 나날을 보냈다.

사소하지만 가장 많이 신경이 쓰이는 것은 매일 저녁 제비가 도착하는 것이었다. 그러면 여관집 주인이 커다란 소리를 질렀고, 다른 목소리의 누군가가 그에 답했다. 그리고 포장 위의 짐을 찾는 이폴리트가 들고 있는 초롱불이 어둠 속에서 별처럼 빛났다. 정오에는 샤를이 집에 들어왔다가 다시 나갔다. 그러고 나면 엠마는 수프를 마셨고 5시경 해가 질 때면, 학교에서 돌아오는 어린아이들이 나막신을 끌면서 자막대기로 연신 덧문의 문고리를 두드리면서 지나갔다.

부르니지앙 신부가 그녀를 방문하는 것도 그때쯤이었다. 그는 우선 그녀의 건강 상태를 묻고, 여러 가지 세상 돌아가는 이야기를 들려주었다. 그는 재미있게 수다를 떨면서 그녀에게 믿음을 가져야 한다고 말했다. 이제 그녀는 신부복만 보아도 힘이 나는 듯했다.

병이 더욱 심해져서 이제는 아무 가망이 없다고 생각한 그녀는 성체를 받고 싶다고 했다. 그래서 그는 그녀의 방 안에서 성사를 준비했다. 과일즙을 넣어 둔 벽장을 제단으로 삼아 펠리시테가 달리아를 마루 위에 뿌리는 것을 보고 있던 엠마는 강력한 그 무엇이 자신의 몸을 스쳐 지나가면서 고통과 지각과 감정으로부터 자유로워지는 듯한 느낌을 받았다. 가뿐해진 그녀의 몸에서는 이제 중력이 느껴지지 않는 새로운 생명이 시작되고 있었다. 신을 향해 올라간 그녀의 존재는 향이 연기가 되어 사라지듯 그 사랑 속에서 소멸하는 것처럼 느껴졌다. 신부는 시트 위에 성수를 뿌리고 그릇 속에서 하얀 성체 빵을 꺼냈다. 구세주의 성체를 받기 위해 입을 내밀었을 때, 엠마는 환희에 가득 차서 기절이라도 할 것 같았다. 침실의 커튼은 구름처럼 엠마의 주위에서 부풀어 올랐고, 조그만 옷장 위에 있는 두 자루의 촛불은 눈부신 후광처럼 보였다. 그 순간 천사의 하프 켜는 소리가 하늘에서 들렸고, 푸른 하늘에 있는 금빛 왕좌 위에는 초록색 월계수를 손에 든 성자들에게 둘러싸인 장엄한 천주님이 사랑의 날개를 달고 있는 천사들에게 그녀를 품에 안고 데려오라고 손짓하는 모습이 보이는 듯했다. 엠마는 베개 위로 고개를 숙였다.

이처럼 찬란한 환영은 엠마의 기억 속에 가장 아름다운 것으로 남았다. 그리고 그때만큼 격렬하지는 않지만, 지금까지 계속되는 깊은 쾌감을 맛보기 위해 그녀는 애썼다. 자존심에 상처를 받은 그녀의 영혼은 마침내 기독교적인 겸허함 속에서 휴식을 취하게 되었다. 그리고 연약한 인간으로서의 쾌감을 음미하면서, 엠마는 자신의 내면에서 아집이 허물어져 가고 있는 것을 바라보았다. 그 틈으로 하느님의 은총이 흘러 들어 올 것이다. 그것은 세속적인 행복보다 더 큰 기쁨이었다. 또한 모든 사랑을 초월한 또 다른 사랑이 있고, 그것이 끊이지 않고 영원토록 이어지는 것이었다. 엠마는 자신의 희망이 그려 내는 온갖 환상들 속에서 땅 위를 감돌다가 하늘 속에 녹아 들어가는 깨끗한 순수 상태를 언뜻 보게 되자, 자신도 그곳에 들어가고 싶다고 생각했다. 그녀는 성녀가 되고 싶었다. 그래서 묵주를 사고 부적을 몸에 지니기도 했다. 머리맡에는 에메랄드를 박은 성자의 유물 상자를 놓아두고 밤마다 그것에 입을 맞추기를 바랐다.

신부는 이와 같은 엠마의 마음에 놀라면서도, 엠마의 신앙심이 지나쳐 친교에 가까워지거나 극단적으로 감정이 치닫게 되지는 않을까 걱정스러웠다. 하지만 그는 이런 방면에는 그다지 아는 것이 없어, 그것이 도를 넘어선다고 생각하자마자 부랴부랴 주교님의 단골 책방 주인인 불라르 씨에게 '매우 교양 있는 부인의 신앙 지도에 적합한 좋은 책'이 있으면 보내 달라는 편지를 보냈다. 책방 주인은 마치 흑인에게 냄비솥을 보내는 것처럼 성의 없는 태도로 흔히 볼 수 있는 종교 서적들을 보내 왔다. 그것들은 문답 형식으로 된 입문서와 드 메스트르식의 거만한 문장으로 이루어진 팸플릿, 발그레한 두꺼운 표지에 달콤한 문장으로 음유 시인 흉내를 낸 신학생이나 여류 작가가 쓴 소설류 등이었다. 그 가운데에는 『이것을 명심하라』라든가 여러 종류의 훈장을 받은 드 ○○○ 씨가 쓴 『마리아의 발밑에 무릎 꿇은 귀족』이라든가 청소년에게 어울릴 법한 『볼테르의 편견을 들추어내다』 등이 있었다.

엠마는 아직은 무슨 일에 몰두할 만큼 정신이 또렷하지 않왔다. 하지만 그녀는 그런 책들을 너무 성급하게 읽으려고 했다. 책에는 예배에 대한 형식이 너무 많아 짜증이 났다. 거만한 논쟁의 내용이 들어 있는 글은 그녀가 알지도 못하는 사람들을 공격하고 있어서 마음에 거슬렸다. 또 종교적 냄새를 가미한 세속의 이야기들은 세상 돌아가는 것을 모르고 쓴 것같아, 진리를 알려 주기를 기대했던 그녀를 자기도 모르는 사이에 진리에서 멀어지게 했다. 그래도 그녀는 포기하지 않고계속 읽었다. 어쩌다 책이 손에서 떨어지면 자신이 가장 순수한 영혼이 지닐 수 있는 가장 섬세한 가톨릭적인 우수에 사로잡힌 거라고 믿었다.

이제 그녀는 로돌프에 대한 기억은 마음속 깊은 곳에 묻어버렸다. 그는 지하에 안치된 왕의 미라보다 더 엄숙하고 조용한 모습으로 그곳에 누워 있었다. 향유를 발라 놓은 그 위대한 사랑에서는 향기 같은 것이 풍겨 모든 것을 꿰뚫고, 그녀가 살고 싶어 하는 정결한 분위기 속에서 정다움의 향기를더해 주었다. 고딕풍의 기도대 앞에 무릎을 꿇고 그녀가 하느님에게 바치는 말은 로돌프와의 사랑에 가슴 두근거리면서속삭이던 것과 같이 달콤한 말이었다. 그것은 신앙을 불러일으키기 위한 기도였다. 하지만 하늘에서는 아무런 기쁨도 내려오지 않았다. 그녀는 이내 팔다리가 노곤해지는 것을 느끼며, 무언가에 속은 막연한 기분으로 자리에서 일어났다. 그녀는 이렇게 열렬히 신앙을 가지는 것 역시 선행 중 하나일 것이라고 생각했다. 그녀는 이러한 자신의 신앙심을 자랑스럽게 여기면서, 예전에 라 발리에르 공작 부인의 초상화를 보고 자신이 꿈꾸었던 예전 귀부인들의 영화와 자신을 비교해 보았다. 그 귀부인들은 길고 화려한 치맛자락을 당당하게 끌면서 고독 속으로 물러나 앉아, 그리스도의 발밑에 속세에서 받은 상심의 눈물을 쏟아 냈었다.

이제 그녀는 극단적인 자선을 베풀었다. 가난한 사람들의 옷을 꿰매어 주고, 해산한 여자들에게 장작을 보내 주었다. 어느 날, 샤를이 집에 돌아와 보니 부랑자로 보이는 사내 셋이 부엌 식탁에 앉아 수프를 먹고 있었다. 엠마는 자신이 아팠을 때 남편이 유모에게 맡긴 어린 딸을 집으로 데려오기도 했다. 그녀는 딸아이에게 글을 가르치고 싶어 했다. 베르트가 아무리 울어도 그녀는 화내지 않았다. 그것은 모든 것을 인정하겠다는 다짐과 누구에게나 관용을 베풀겠다는 태도였다. 그녀의 말들은 정신적인 표현으로 가득 차 있었다. 그녀는 딸아이에게 이렇게 말했다.

"귀여운 천사 아가씨, 이제는 배가 안 아파요?"

보바리 노부인도 이제는 엠마에게 잔소리할 것이 없었다. 굳이 단점을 꼽으라면 며느리가 자기 집 행주가 헤진 것은 꿰매지 않으면서 다른 고아들을 위해 셔츠를 짜 준다는 것이었다. 하지만 부부 싸움에 지친 노부인은 이렇게 평온한 가정에서 사는 것이 나쁘지 않았다. 그래서 보바리 노인의 잔소리를 피하고자 부활제가 끝나는 날까지 이 집에 머물러 있었다. 노부인의 남편은 금요일이 되면 늘 순대를 먹고 싶다고 말하는 사람이었다.

야무진 판단과 엄숙하고 진지한 태도로 마음을 굳건하게

해 주는 시어머니와 지내면서도 그녀는 여러 사람과 어울려 시간을 보냈다. 랑글르와 부인, 카롱 부인, 뒤브뢰이유 부인, 튀바슈 부인 등이 그들이었다. 또한 2시부터 5시까지 만날 시간을 정해 놓았던, 사람 좋은 오메 부인도 찾아왔다. 오메 부인은 엠마에 대해 사람들이 수군거리는 말을 믿지 않았다. 오메 씨네 아이들도 엠마를 만나러 오곤 했다. 아이들의 시중을 들기 위해 함께 온 쥐스탱은 아이들과 함께 침실로 올라가서는 입구에 가만히 서 있었다. 엠마는 종종 그들의 존재를 잊고는 화장하기도 했다. 그녀는 우선 머리빗을 빼고 머리를 흔들었다. 동그랗게 말려 있던 검은 머리타래들이 풀어지면서 머리카락 전체가 무릎까지 내려왔다. 이것을 처음 보았을 때 쥐스탱은 뭔가 새롭고 범상치 않은 세계 속에 발을 들여놓은 듯한 느낌에 몸이 오싹할 지경이었다.

물론 엠마는 소년의 말 없는 호의나 겁먹은 듯한 수줍음을 알지 못했다. 그녀는 사라져 버린 사랑이, 바로 자기 옆에서 투박한 광목 셔츠 속에서, 그녀의 아름다움을 느끼려는 소년의 가슴속에서 싹트는 것을 꿈에도 생각해 보지 않았다. 게다가 현재 그녀는 모든 일에 무관심하게 지냈다. 말씨는 다정했으나 눈길은 오만하고 태도는 변덕스러웠기에 그녀가 제멋대로인지 아니면 자비심이 깊은 것인지, 몸가짐이 단정하지 않은 것인지 정숙한 것인지 구분할 수가 없었다. 예를 들어 어느 날 밤 외출을 하고 싶다는 하녀에게 크게 화를 내었다. 그런가 하면 느닷없이 이렇게 말했다.

"그러니까 너는 그 남자가 좋다는 거로구나."

얼굴이 빨개진 펠리시테의 대답을 기다리지도 않고 그녀는 슬픈 표정으로 덧붙여 말했다.

"어서 갔다 오렴. 가서 많이 즐기거라."

봄이 되자, 엠마는 샤를의 주의에도 아랑곳하지 않고 뜰을 새로 단장했다. 하지만 샤를은 아내가 의욕을 보인다는 것만으로도 기뻤다. 엠마는 회복 정도에 따라 점점 더 의욕을 드러냈다. 그녀는 우선 유모인 롤레 아주머니를 해고했다. 이 여자는 엠마가 아팠을 때, 두 젖먹이와 맡아 기르던 사내아이를 데리고 뻔질나게 부엌을 드나드는 습관이 있었다. 맡아 기른다는 사내아이는 식인종보다도 많이 먹었다. 그다음으로 엠마는 오메 씨 가족을 멀리했고, 자신을 찾아오는 사람들도 차례차례 거절했으며, 심지어 성당도 예전처럼 열심히 다니지 않았다. 약제사는 이러한 행동에 찬성하면서 엠마에게 다정한 마음을 털어놓은 것처럼 친근하게 말했다.

"그동안 부인은 성직자 같은 태도를 약간 보였습니다."

부르니지앙 신부는 이전과 다름없이 아이들의 교리 문답을 끝내고는 매일 그녀를 찾아왔다. 그는 집 안으로 들어오지 않고 '나무 그늘'에서 쉬면서 신선한 공기를 마시는 것이 좋다고 말했다. 신부는 뜰의 나무를 올린 덩굴시렁 밑을 그렇게 불렀다. 그때는 마침 샤를이 돌아오는 시간이었다. 두 사람 모두 덥다고 말하자 달콤한 사과주를 내놓았고, 그들은 부인이 완쾌된 것을 축하하면서 건배했다.

비네도 그곳에 있었는데, 말하자면 그는 조금 아래쪽 동산 담에 기대어 가재를 낚고 있었다. 샤를이 한잔하라고 권했다.

비네는 병마개를 아주 잘 땄다.

"우선……."

비네는 자기 주위와 더 먼 곳을 의기양양하게 둘러본 다음 말을 계속했다.

"병을 이렇게 탁자 위에 똑바로 세우고, 끈을 끊은 다음 코르크를 밀어넣을 때는 천천히 조용하게 밀어내는 겁니다. 요릿집에서 탄산수의 마개를 뽑는 것처럼 말입니다."

하지만 비네가 시범을 보이는 도중에 사과주가 뿜어져 나와 사람들의 얼굴에 튈 때도 있었다. 그러면 신부는 웃으면서 말했다.

"아주 연기가 기막히시네요."

신부는 세상사에 능했고, 성품이 부드러웠다. 언젠가 약제사가 샤를에게 부인의 기분 전환을 위해 루앙의 극장에 온 유명한 테너 라가르디의 공연에 가 보라고 했을 때도 신부는 반대하지 않았다. 신부의 행동이 의외라고 생각하던 오메가 그의 의견을 듣고 싶다고 말했다. 그러자 신부는 음악은 문학만큼 풍속에 해가 되지 않는다고 말했다.

하지만 약제사는 문학을 옹호했다. 그는 연극이라는 것은 여러 가지 편견을 타파하는 데 도움이 되고 재미를 느끼게 해 주며 도덕을 가르친다고 말했다.

"카스티가트 리덴도 모레스('웃음으로 풍속을 바로잡을 수 있다'는 격언)라고 하지요, 신부님! 가령 볼테르의 모든 비극을 보십시오. 거기에는 철학적 고찰이 들어 있어 민중들에게 도덕과 처세술의 교과서와도 같습니다."

"나는 예전에 〈파리의 장난꾸러기〉라는 연극을 보았는데 그중 늙은 장군의 역이 참 좋다는 생각이 들었어요. 이 노장군이 시내에서 일을 하는 처녀를 유혹한 양갓집 자제를 혼냈거든요. 그 자제는 그 후……"

이때 비네가 끼어들었다.

"확실히 세상에는 좋지 않은 약제사가 있는 것처럼 질이 안 좋은 문학도 있어요. 그렇다고 최고의 예술이라 할 수 있는 연극을 같이 욕한다는 것은 어리석은 짓이네요. 갈릴레이를 감옥에 집어넣었던 그러한 시대에나 어울릴 중세적 사상이에요."

오메가 말을 이었다.

"좋은 작품이 있고 훌륭한 작가가 있다는 건 인정해요. 그러나 혼을 앗아갈 정도로 화려하게 꾸민 실내에 있는 남녀들이나 이교도와 같은 분장, 야한 화장, 눈이 부신 등불, 여자와 같은 가냘픈 목소리, 이런 것들은 정신적 방종을 낳게 만들고 비뚤어진 생각이 들게 하거나 바람직하지 않은 유혹을 한다고 성당 지도자들은 생각하잖아요."

신부는 코담배를 한 줌 집어 둥그렇게 뭉치면서 갑자기 신비스러운 어조로 말했다.

"가톨릭 성당이 연극을 금한 것은 다 이유가 있어요. 우리도 그 규칙에 따라야 합니다."

"왜 성당에서는 배우를 파문하는 거가요?"

약제사가 물었다.

"옛날에는 그들도 종교 의식에 참가했어요. 합창대 한가운데서 성사극(聖史劇)이라 불리는 희극 같은 것을 공연하기도 했지요. 그 희극 속에는 예의범절에 어긋나는 내용도 들어 있었지요."

신부는 그저 신음을 냈고, 약제사는 말을 계속 이어 했다.

"성서의 경우도 마찬가지지요. 성서에는 신부님도 모른다고 할 수 없는 아슬아슬한 대목이 군데군데 있어요. 그야말로 엉큼한 내용이 들어 있다고요."

순간 신부는 화가 난 듯했고, 약제사는 이렇게 말했다.

"성서는 젊은 처녀에게 읽힐 만한 책이 아니에요. 저 역시 난처합니다. 만일 우리 딸 아탈리가……."

"사실 성서를 자꾸 읽으라는 이들은 신교도들이지 우리는 그렇지 않아요."

신부는 참지 못하고 소리를 질렀다.

"아무튼 오늘날 같은 문명개화의 시대에 해가 되지 않는 도덕적인 정신적 오락을 금지하려고 고집을 부리는 것은 놀라울 따름입니다. 안 그런가요? 보바리 선생."

오메가 말했다.

"그렇겠지요."

샤를은 애매한 대답을 했다. 그는 누구의 기분도 상하게 만들지 않고 싶었거나 아무 의견이 없었던 것 같았다.

이야기가 일단락되었다고 생각하고 있을 때 약제사가 기회다 싶어 불쑥 말을 던졌다.

"내가 알기로는 성직자들 가운데도 평복을 입고 여자들이 춤추는 걸 구경하는 사람도 있더라고요."

"아니, 대체 무슨 말씀이신지 모르겠네요."

신부가 말했다.

"그런 경우를 알고 있다니까요."

오메는 말을 한 마디 한 마디 잘라 다시 말했다.

"저는, 그런, 경우를, 잘, 알고, 있어요."

"정말이오? 그런 괘씸한 패거리가 있군요."

신부는 무슨 소리를 듣더라도 하는 수 없다는 듯이 말했다.

"그런 것 말고도 또 있어요. 아주 별짓을 다 하더군요."

약제사가 큰 소리로 말했다.

"이보시오, 오메 씨!"

신부의 눈초리가 싸늘해지자 약제사는 찔끔거리면서 가만히 있었다.

"그러니까 제가 말씀드리고 싶은 것은, 너그러움만이 인간을 종교로 이끄는 가장 확실한 방법이란 것입니다."

약제사는 좀 더 부드러운 말씨로 대답했다.

"그 말은 맞아요. 바로 그것입니다."

신부도 사람 좋은 얼굴로 의자에 다시 앉았다. 그러다가 신부는 조금 머물다 가 버렸다. 그러자 오메 씨는 샤를에게 말했다.

"어떤가요? 이게 바로 입씨름입니다. 보신 것처럼 한 방 먹였습니다. 그런데 아까 하던 얘기를 계속하자면, 부인과 극장에 가세요. 선생께서 일생에 한 번 저런 까마귀들을 화나게 하기 위해서라도요. 만일 우리 가게를 봐 줄 사람이 있다면 저도 가고 싶어요. 빨리 가 보세요. 라가르디가 출연하는 것은 이번 한 번이 전부이고, 그 남자는 많은 돈을 받고 영국으로 가기로 계약을 했다는군요. 소문에 따르면 그는 빈틈없는 사람이랍니다. 돈도 많고, 여자 세 명과 요리사 한 명을 데리고 다닌다고 전해지고 있어요. 그런 사람들에게는 상상력을 자극하기 위해 방종한 생활을 할 필요가 있지요. 하지만 그런 사람들은 죽을 때는 자선 병원에서 죽지요. 젊었을 때 저축을 할 필요성을 못 느꼈기 때문입니다. 아, 벌써 식사해야 할 시간이군요. 그럼 내일 뵙겠습니다."

샤를의 머릿속에서는 극장에 간다는 생각이 싹텄다. 그는 그 말을 아내에게도 전했지만, 엠마는 피곤하다, 귀찮다, 비용이 많이 든다는 등의 여러 핑계를 대며 거절했다. 샤를은 놀랍게도 그 말에 물러서지 않았다. 극장에 가서 기분 전환을 하는 것이 아내를 위해 좋다는 결론을 내렸기 때문이다. 그리고 조금도 방해가 될 만한 것이 없었다. 기대하지도 않았는데 어머니가 300프랑을 보내 주었고, 현재 빚도 엄청 많지는 않으며, 아직 어느 정도 여유가 있었기 때문이었다. 게다가 샤를은 그녀가 미안한 마음에 자신의 제안을 거절한다고 생각해서 더욱 적극적으로 권했다. 그래서 다음 날 8시에 이들 부부는 제비에 올라탔다.

약제사는 용빌에 꼭 머물 이유도 없었지만, 자신은 이곳에서 자리를 뜰 수 없다면서 부부의 출발을 바라보았다.

"그럼 다녀오십시오. 부럽군요."

약제사는 네 갈래의 장식이 달린 푸른 비단옷을 입고 있는 엠마에게 말했다.

"사랑의 여신처럼 아름다우시군요. 루앙에서 대단한 인기를 끌겠어요."

승합 마차는 보브와진느 광장의 적십자 여관 앞에서 멈추었다. 커다란 마구간과 조그만 객실들이 있는 안뜰 한가운데에서 암탉들이 상인들의 진흙투성이 이륜마차 밑에서 귀리를 쪼아 먹는 모습이 보였다. 이것은 지방 마을 변두리의 일상적인 모습이었다. 겨울이 되면 벌레 먹은 나무 난간이 바람에 끼익 소리를 내는 낡아빠진 이 여관은 언제나 많은 손님으로 소란스러웠고, 먹을 것이 여기저기 흩어진 탁자는 글로리아가 쏟아져 끈적거렸다. 두꺼운 창유리는 파리똥으로 누렇게 찌들었고, 축축한 냅킨은 싸구려 포도주로 더럽혀져 얼룩이 많았다. 이곳은 마치 도회지의 옷차림을 한 농사꾼처럼 어쩔 수 없는 촌티석의 냄새가 풍겼다. 앞쪽 큰길에는 카페가 하나 있었고, 뒤뜰의 들판 쪽으로는 채소밭이 있었다.

샤를은 표를 사러 갔다. 그는 무대 옆 좌석과 2층석, 1층 앞쪽 좌석, 칸막이 좌석을 구별할 수 없었다. 그는 여러 번 설명을 듣고도 이해하지 못해 매표구에서 나와 주임에게로 갔다. 그리고 다시 여관으로 돌아왔다가 또다시 매표소로 갔다. 이렇게 그는 극장과 큰길 사이를 왔다 갔다 했다.

엠마는 모자와 장갑, 그리고 꽃다발을 샀다. 남편이 개막 시간에 늦지 않을까 걱정이 되기도 했다. 부부는 수프를 먹을 겨를도 없이 극장 앞으로 왔지만, 아직 입구 문은 닫혀 있었다.

15

모여든 군중은 난간과 난간 사이의 벽을 따라 두 줄로 늘어서 있었다. 거리 모퉁이 이곳저곳에 붙어 있는 포스터에는 '뤼스 드 람메르무어 라가르디 오페라' 같은 글들이 사람들의 눈길을 끌 만한 이상야릇한 글씨체로 쓰여 있었다. 날씨는 맑고 더웠다. 곱슬머리에서는 땀이 흘렀고, 사람들은 손수건을 꺼내 이마를 훔치고 있었다. 이따금 강 쪽에서 불어오는 미지근한 바람이 술집 입구에 매달아 놓은 천막의 가장자리를 흔들어 댔다. 하지만 그곳에서 조금 내려간 곳에서는 비계와 무두질한 가죽과 기름 냄새가 섞인 서늘한 바람이 불어와서 좀 시원했다. 샤레트 거리에서 불어오는 바람이었다. 그 거리에는 크고 어두운 창고들이 늘어서 있고, 인부들이 술통들을 굴리고 있었다.

엠마는 너무 급하게 달려와서 남의 눈에 어색하게 보일까 봐 걱정했고, 입장하기 전에 항구 쪽을 한 바퀴 돌고 싶다고 말했다. 샤를은 손에 쥔 입장권을 바지 주머니 속에 집어넣고, 한 손으로 주머니 위를 누른 채 걸었다.

극장 입구에 들어선 엠마는 가슴이 두근거리는 것을 느꼈다. 그녀는 일등석으로 향한 층계를 올라가면서 오른쪽의 다른 통로로 허둥지둥 몰려가는 무리를 건너다보았다. 엠마는 불현듯 득의에 찬 미소를 띠었다. 융단을 씌운 커다란 문을 손으로 밀 때는 어린애 같은 기쁨이 샘솟았다. 그녀는 복도의 먼지 냄새를 가슴 깊숙이 들이마셨다. 자신의 좌석에 앉을 때는 공작 부인이라도 되는 듯 익숙한 태도로 몸을 뒤로 젖혔다.

극장 안에는 점점 사람들이 차기 시작했다. 오페라글라스를 꺼내는 사람도 보였고, 자주 극장에 오는 사람들은 멀리서 아는 얼굴을 발견하면 인사를 주고받았다. 그들은 장사하느라 피곤한 몸을 예술로 풀기 위해 온 것이다. 하지만 그중에도 이들은 사업에만 관심이 있는 듯, 무명이나 브랜디 염료 같은 것에 관해 이야기를 나누었다. 노인들의 모습도 보였다. 그들은 아무런 표정 없이 편안한 얼굴을 하고 있었지만, 머리와 안색이 창백해 보였다. 마치 납 증기를 쐬어 광택이 사라진 은메달 같았다. 청년들은 조끼 단추를 풀어 놓고 장밋빛이나 엷은 초록빛 넥타이를 맨 앞가슴을 보란 듯이 내밀고 있었다. 엠마는 노란 장갑을 팽팽하게 당겨 낀 손바닥으로 금 손잡이가 달린 가는 단장을 짚고 서 있는 그들의 모습을 위에서 즐기면서 바라보았다.

오케스트라의 촛불들이 켜지고 커다란 샹들리에가 천장에서 내려와 유리의 단면들이 광채를 발하자, 갑자기 극장 안은 들뜨기 시작했다. 악사들이 하나둘 나오기 시작했다. 맨 처음 콘트라베이스가 요란한 신음을 냈고, 이어 높게 울리는 바이올린 소리와 밝은 음을 내는 코넷과 날카로운 비명을 지르는 플루트와 플라지올레토 같은 악기들의 길고 불규칙한 소리가 들려왔다. 무대에서 박자 나무 소리가 세 번 울리자, 심벌즈가 울리고 금관 악기가 음조를 맞추었다. 이어서 막이 오르자 무대 배경이 눈에 들어왔다.

무대 배경은 숲속의 길이 네 갈래로 갈라진 곳이었고, 왼

쪽에 한 그루의 떡갈나무 그늘이 있는 곳에 샘이 있었다. 그
곳에서 농부들과 귀족들이 격자무늬 망토를 어깨에 걸친 채
사냥의 노래를 함께 불렀다. 그러더니 장교 하나가 등장해 두
팔을 높이 쳐들고는 악마에게 기도를 올렸다. 다른 장교가 나
타났다. 두 사람이 퇴장하자 사냥꾼들이 다시 노래를 불렀다.

그녀는 결혼 전에 읽었던 책의 세계 속으로, 월터 스콧의
소설 속으로 되돌아간 느낌이 들었다. 스코틀랜드의 뿔피리
소리가 안개를 뚫고 나무가 우거진 숲 위로 메아리치는 듯한
느낌도 들었다. 엠마는 이 소설을 기억하고 있었기 때문에 가
극이 전개되는 내용을 잘 이해했다. 엠마는 그 줄거리의 한
마디 한 마디를 따라갈 수 있었다. 하지만 되살아나는 어렴
풋한 상념들은 폭풍이 치는 듯한 음악 소리에 휘말려 흩어져
버렸다.

엠마는 멜로디가 흐르는 대로 몸을 내맡긴 채 바이올린의
활이 자신의 신경을 건드리면서 연기라도 하듯 온 존재가 전
율하는 것을 느꼈다. 그녀는 의상, 배경, 인물, 배우가 걸을 때
마다 흔들리는 나무 장치, 우단 모자, 망토, 칼 같은 것들이 별
천지에서 음악 소리에 맞추어 움직이고 있는 모습에 현혹되
어 제대로 보고만 있을 수 없었다. 그때 한 젊은 여자가 등장
해 잼의 속삭임같이, 혹은 새가 재잘거리듯 플루트 소리를 내
기 시작하자 뤼시는 정중한 곡조로 G 장조의 짧은 카바티나
(아리아보다 단순한 독창곡)를 부르기 시작했다. 그녀는 사랑을
탄식했고, 간절히 날 수 있기를 희망했다. 엠마 역시 현실에
서 벗어나 누군가의 품에 안겨 날아가고 싶었다. 그때 갑자기

에드가 역을 맡은, 그리고 이름도 같은 에드가 라가르디가 등장했다.

그는 프랑스 남부 지방 사람 특유의 열정적인 모습에, 하얗게 빛나는 대리석처럼 장중한 얼굴을 가졌다. 건장한 몸집은 갈색의 짧은 조끼에 꼭 맞았고, 조각이 새겨진 단검이 그의 왼쪽 넓적다리를 건드렸다. 또한 하얀 이를 드러내고 우울한 표정으로 이곳저곳에 시선을 던지고 있었다. 소문에 따르면 그가 보트 수선공으로 일하고 있었을 때, 폴란드의 어느 공작 부인이 비아리츠 해안에서 그의 노랫소리를 듣고 그만 반해 버렸다고 한다. 공작 부인은 이 남자 때문에 모든 재산을 잃었고, 그는 다른 여자에게로 갔다는 것이다. 이 연애 사건은 아직도 그의 예술적 명성에 도움이 되었다. 처세술에 능한 이 배우는 광고 속에 그의 육체적인 매력과 영혼의 섬세함에 대한 시적인 구절을 꼭 끼워 넣었다. 아름다운 목소리와 당당한 태도, 지적이기보다 열정적인 남자다움, 서정미보다 동작의 과장이 이발사와 투우사를 합쳐 놓은 듯한 이 배우의 천성을 돋보이게 해 주었다.

그는 첫 장면부터 관객들이 열광하도록 유도했다. 그는 뤼시를 안았다가 그녀의 곁을 떠나더니, 다시 나타나 절망하는 표정을 연기했다. 그리고 분노의 고함을 지르는가 하면 한없이 감미로운 비가를 부르면서 목이 메었다. 그 노랫소리는 흐느낌과 입맞춤이 가득한 곡조로 그의 목에서 흘러나왔다. 엠마는 좌석의 벨벳을 손톱으로 긁으면서 이 남자를 자세히 보려고 몸을 앞으로 내밀었다. 소용돌이치는 태풍 속에서 난파

선의 조난자들이 절규하듯 콘트라베이스의 반주에 맞추어 탄식의 선율이 그녀의 마음을 가득히 메웠다. 그리고 그녀가 목숨을 버리려 했던 도취와 고뇌가 되살아나는 느낌에 빠져들었다. 여자 가수의 목소리는 그녀 마음의 메아리로밖에 들리지 않았고, 그녀를 매혹하는 환상은 자기의 삶의 일부 같았다. 그러나 이 세상 누구도 그렇게 그녀를 사랑해 주지 않았다. 마지막 날 밤 달빛 아래서 "내일이에요." 하고 말을 주고받을 때, 그 남자는 에드가처럼 울지 않았다. 장내는 갈채 소리로 떠나갈 듯했다. 막이 끝나는 마지막 구절의 전부가 다시 한번 되풀이되고 있었다. 서로 사랑하는 두 사람은 자신들 무덤의 꽃과 맹세, 이별과 운명, 그리고 희망에 대한 이야기를 나누었다. 이내 두 사람이 이별을 고하는 순간 엠마는 비명을 질렀지만, 그 소리는 마지막 화음의 진동 소리에 묻혀 버렸다.

"그런데 저 귀족은 왜 저 여자를 괴롭히지?"

샤를이 말했다.

"그게 아니에요. 저 남자는 저 여자의 애인인걸요."

엠마가 대답했다.

"하지만 남자는 여자의 가족들에게 복수하겠다고 다짐하지 않았소? 또 다른 쪽에서 방금 나왔던 다른 남자가 '나는 뤼시를 사랑하고, 뤼시도 나를 사랑하는 것 같아.'라고 말했단 말이오. 게다가 저 남자는 여자의 아버지와 정답게 손을 잡고 나가 버렸잖소. 저 남자가 여자의 아버지 맞지? 모자에 수탉 깃털을 꽂고 있는 못생긴 남자 말이오."

이에 엠마가 설명해 주었는데도 그는 질베르가 자기의 음

모를 주인 아슈통에게 고백하는 대목에서부터 뤼시를 속이는 가짜 약혼반지를 보고는 그것이 에드가가 보내온 사랑의 기념품이라고 생각했다. 그는 음악 소리 때문에 가사를 듣는 게 어려워 이야기의 전개를 잘 모르겠다고 말했다.

"모르면 모르는 대로 보세요. 제발 가만히 계시라고요."

엠마가 말했다.

"하지만 나는 내용을 잘 알고 보는 게 좋거든."

샤를은 엠마의 어깨에 몸을 바싹 기대면서 말했다.

"쉿! 잠자코 계세요."

엠마는 짜증스럽게 말했다.

뤼시는 시녀들의 부축을 받으면서 앞으로 걸어 나왔다. 머리에 오렌지 화환을 쓴 얼굴은 드레스의 하얀 공단보다 희었다. 엠마는 자신이 결혼하던 때를 떠올렸다. 모두 성당을 향해 걸어갈 때 밀밭 사이의 오솔길을 지나던 자신의 모습이 눈에 보이는 듯했다.

'나는 왜 저 여자처럼 반항하거나 애원하지 않았을까. 그뿐만 아니라 나 자신이 심연의 늪으로 빠져들어 가는 것도 알지 못하고 명랑하게 있었다. 내가 아직 싱싱한 아름다움을 지녔을 때, 결혼 생활의 더러움이며 부정에 대한 환멸도 알지 못했을 때, 굳고 고귀한 마음에 나의 삶을 맡겼더라면 얼마나 좋았을까. 그랬다면 미덕과 애정과 쾌락이 하나로 뭉쳐 한평생 행복에서 구덩이의 나락으로 떨어지지는 않았을 것이다. 하지만 지금 눈앞에 보이는 이러한 행복은 모든 욕망을 초라하게 보이기 위해 만들어진 거짓인 것이다.'

엠마는 이제 예술이 과장해서 보여 주는 정열이 보잘것없음을 알게 되었다. 그녀는 생각을 다른 데로 돌리기 위해 노력하면서 자신이 맛본 고통을 재현하는 이 연극 속에서 그저 눈을 즐겁게 하는 감각적인 재미만을 느껴 보려고 했다. 바로 그때, 무대 안쪽에서 벨벳 장막을 젖히며 검은 망토를 입은 남자가 나타나자, 엠마는 경멸감을 느꼈다.

남자가 쓰고 있는 커다란 스페인식 모자가 그의 몸짓과 동시에 떨어졌다. 곧 가수들이 육중창을 부르기 시작했다. 불을 뿜을 것처럼 화가 난 에드가의 맑은 목소리는 다른 가수들의 노래를 압도했다. 아슈통은 낮은 음조로 그에게 결투하자는 내용을 노래했고, 뤼시는 날카롭고 드높은 탄성을 지르고 있었으며, 아르튀르는 혼자 떨어져 중저음으로 노래했다. 그리고 선교사의 저음이 파이프 오르간처럼 신음했다. 그러는 사이에 여자들의 합창은 듣기 좋은 코러스로 선교사의 노래를 되풀이했다. 그들은 모두 한 줄로 늘어서서 몸짓했다. 분노, 복수, 질투, 공포, 연민, 그리고 경악의 연기가 반쯤 벌어진 그녀들의 입을 통해 쏟아져 나왔다. 모욕을 당한 연인 에드가는 칼을 뽑아 휘둘렀다. 가슴이 움직일 때마다 레이스 장식을 단 옷깃이 조금씩 흔들렸다. 그는 복사뼈 근처가 볼록 튀어나온 부드러운 가죽 장화에 박차를 가해 무대를 울리면서 성큼성큼 걸어 다녔다.

이 남자가 많은 사람에게 풍부한 사랑의 매력을 발산하는 것을 보면서, 엠마는 그 남자에게는 틀림없이 마르지 않는 사랑의 샘이 솟고 있을 거라고 생각했다. 그 배역이 지닌 시적 매력에 홀리는 바람에 그를 깎아내리고 싶었던 마음은 모두 사라졌다. 그리고 극중 인물이 주는 환상을 통해 이 남자에게 마음이 쏠려, 그의 화려하고 찬란한 삶을 마음속에 그려 보려고도 했다. 만약 운이 좋았다면 그녀 자신도 그런 삶을 살고 있었을지도 모른다. 그랬다면 두 사람은 만나게 되고, 서로 사랑했을지도 모른다. 그와 함께 그녀는 유럽 왕국의 수도들을 여행하고, 괴로움과 즐거움도 함께 나누면서 손님들이 던져 주는 꽃을 주워 손수 그의 옷에 수놓을 기회가 있었을 수도 있다. 또한 매일 밤 금빛 창살이 달린 창문 뒤에서 오로지 그녀만을 위한 노래를 하는 저 영혼의 목소리를 황홀하게 들었을 수도 있다. 그는 무대에서 연기할 때도 그녀를 바라보았을 것이다. 그러자 엠마는 미칠 것만 같았다. 그가 지금 그녀를 보고 있을 것이다. 틀림없이 그럴 것이다. 그녀는 자리를 박차고 일어나 그에게로 가서 그 남자의 품에 몸을 던져 사랑의 화신 같은 그의 힘 속에 빠져들고 싶었다. 그러고는 외치고 싶었다.

"나를 데려가 줘요. 나를 데리고 가 달라고요. 힘껏 달아나요, 우리. 나의 사랑과 꿈, 모두 당신 거예요."

이때 막이 내렸다.

가스 냄새가 사람들의 숨결에 섞여 있었다. 공기는 부채에서 이는 바람으로 숨이 막힐 만큼 탁했다. 그녀는 미칠 듯이 가슴이 뛰어서 힘없이 자리에 앉았다. 샤를은 아내가 정신을 잃는 것이 아닌가 싶어 보리차를 사러 휴게실로 향했다.

좌석으로 되돌아오는 데는 무척 힘이 들었다. 양손에 컵을 들고 있었기 때문에 걸음을 옮길 때마다 팔꿈치가 사람들을 건드렸다. 결국 그는 음료수의 1/8 가량을 소매가 짧은 옷을 입은 루앙의 한 부인 어깨 위에 쏟고 말았다. 그 부인은 찬 액체가 옆구리로 흘러 들어가자, 살인자라도 만난 것처럼 공작새 같은 소리를 냈다. 방직업자인 그녀의 남편은 아내가 벚꽃색의 호박단 나들이옷에 묻은 얼룩을 닦는 동안 손해 배상을 하라고 큰 소리로 떠들었다. 간신히 엠마 곁으로 온 샤를은 숨을 헐떡이면서 말했다.

"정말 거기에 선 채 죽는 줄 알았소. 사람들로 너무 붐벼서."

그는 덧붙여 말했다.

"내가 2층에서 누구를 만났는지 아오? 바로 레옹이지."

"레옹이요?"

"응, 당신에게 인사하러 올 거야. 조금 있다가."

남편의 말이 채 끝나기도 전에 레옹이 그들 쪽으로 다가왔다. 그는 신사처럼 손을 내밀었다. 그러자 엠마도 강한 인력(引力)이 이끌리듯 기계적으로 손을 내밀었다. 그녀는 푸른 잎사귀 위로 비가 내리던 그 봄날 오후 창문 곁에서 작별 인사를 한 이후 한 번도 그런 인력을 느껴본 적이 없었다. 그러나 그녀는 장소가 장소인지라 곧 제정신이 들어 추억에 취한 듯한 마음을 떨쳐 버리면서 말했다.

"어머! 안녕하세요? 어떻게 레옹 씨가 여기에 오셨지요?"

"조용히 하세요!"

아래층에서 누군가 소리를 쳤다. 때마침 3막이 시작되고 있었기 때문이었다.

"지금 루앙에 와 계시나요?"

"네."

"언제부터요?"

이때 누군가 또 소리를 질렀다.

"나가요! 시끄럽다니까!"

모든 사람이 그들 쪽을 돌아보자 두 사람은 입을 다물었다.

하지만 그 순간부터 엠마는 아무 소리도 듣지 않았다. 초대받은 손님들의 합창 소리도, 아슈통과 하인이 주고받는 대사도, E장조의 멋진 이중창도 이미 그녀 마음에서 떠나 있었다. 마치 악기 소리도 멈추고 인물들도 떠나 버린 것만 같았다. 그녀는 약제사 집에서 했던 카드놀이, 둘이 함께 유모 집에 갔던 일, 푸른 나무 그늘에서 책을 읽던 일, 난롯가에 마주 앉아 있었던 일, 조용하고 조심스럽고 다정했던 아련한 사랑을 떠올려 보았다.

'그런데 저 사람은 왜 다시 나타났을까? 우리에게 어떤 인연이 있기에 또다시 자신의 인생 속으로 나를 끌어들인 걸까?'

레옹은 벽에 어깨를 기댄 채 엠마 뒤에 서 있었다. 이따금 그의 코에서 새어 나오는 숨길이 자신의 머리카락에 스며드는 것 같아 엠마는 전율을 느꼈다.

"재미있으세요?"

레옹은 그녀에게 몸을 굽히며 말했다. 콧수염이 그녀의 볼을 스쳤다.

"재미없어요. 전혀."

엠마는 나른하다는 듯이 말했다.

"그러면 우리 여기서 나가 아이스크림이라도 먹을까요?"

레옹이 제안했다.

"안 돼. 끝내려면 아직 멀었어. 좀 더 보고 갑시다. 저 여자가 머리를 풀어 헤쳤어요. 비극적인 상황이 벌어질 것 같은데."

그때 샤를이 말했다. 그러나 그 광란의 장면은 엠마에게는 아무 재미도 주지 않았고, 여자 가수의 연기도 과장된 느낌이었다.

"저 배우는 너무 크게 외치네요."

엠마는 열심히 관람하는 샤를을 바라보면서 말했다.

"음, 그리고 보니 조금 그런 면이 있군."

샤를은 그래도 재미있다고 말해야 할지, 아니면 아내의 의견을 존중해 주어야 할지 결정을 내리지 못하고 모호하게 말했다.

조금 지나 레옹이 한숨을 쉬면서 말했다.

"너무 덥네요."

"정말 그래요. 견디기 힘들 정도로요."

"기분이 안 좋소?"

샤를이 물었다.

"네, 숨이 막힐 것만 같아요. 나가요. 우리!"

레옹은 정중하게 그녀의 어깨에 긴 숄을 걸쳐 주었다. 곧 밖으로 나간 세 사람은 앞이 훤히 보이는 부둣가에 있는 한 카페의 유리창 앞에 앉았다.

처음에는 엠마의 병이 화제에 올랐다. 하지만 엠마는 그런 말을 하면 레옹이 지루할 거라면서 몇 번이나 샤를의 말을 막았다. 그러자 레옹은 파리에서의 업무가 노르망디와는 다르기 때문에 일을 제대로 배우기 위해 2년 정도 큰 법률 사무소에서 근무하러 루앙에 왔다고 보바리 부부에게 설명했다. 그러고 나서 베르트에 관해 묻고는 오메 부부와 르프랑수아 부인에 대해서도 물었다. 엠마와 레옹은 샤를 때문에 그 이상의 이야기는 할 수 없었다. 그래서 이내 대화가 끊겼다.

그때 극장에서 나온 사람들이 '오, 아름다운 천사여. 나의 천사여.' 하고 콧노래를 부르거나 큰 소리로 고함을 지르면서 길을 지나갔다. 레옹은 애호가라도 된 듯이 음악 이야기를 하기 시작했다.

"저는 탐부리니도 루비니도 페르시아니도 그리지도 다 보았어요. 라가르디가 대단한 인기를 끌고는 있지만, 그들에 비하면 엉터리입니다."

"하지만."

럼주를 넣은 셔벗을 먹던 샤를이 말을 가로막았다.

"라가르디는 마지막 막이 내릴 때 아주 좋다는 이야기가 있던걸? 끝까지 다 보지 못한 게 아무튼 아쉬워요. 재미있어지기 시작했는데 말이에요."

"하여튼."

레옹은 말했다.

"그 사람은 한 번 더 공연해요."

샤를은 아내와 함께 내일이면 돌아간다고 대답했다.

"하기야."

그는 아내를 돌아보면서 말을 덧붙였다.

"당신이 혼자 남아 있겠다면 그렇게 할 수밖에. 당신 생각은 어때?"

그리하여 예상치 못한 소망을 이룰 기회가 생기자, 레옹은 말을 재빨리 바꾸어 마지막 대목에서의 라가르디를 추켜올리기 시작했다. 그러자 샤를은 덩달아 아내에게 말했다.

"당신은 일요일에 돌아오면 돼요. 그렇게 하자고. 당신이 조금이라도 몸을 보살피는 게 건강에 좋다면 말이오."

그러는 동안 주위의 탁자에 앉아 있던 사람들이 차츰 돌아가기 시작했다. 사환 하나가 조심스럽게 그들 앞에 와서 멈추었다. 샤를이 지갑을 꺼내려 하자 레옹은 그의 팔을 잡으면서 계산은 이미 끝냈다고 말하고는 은화 두 닢을 대리석 탁자 위에 던져 주었다.

"이거 참 난처하군. 당신이 계산하다니."

샤를이 중얼거렸다.

"이 정도 가지고 뭘요."

레옹은 모자를 집어 들면서 말했다.

"그럼, 내일 6시에 봐요. 약속하신 겁니다."

샤를은 다시 한번 자신은 더 집을 비울 수 없다고 생각했다. 그렇지만 엠마야 아무런 지장이 없다는 생각도 들었다.

"하지만 전…… 어떻게 해야 할지 모르겠네요."

그녀는 어색한 미소를 지으며 말을 더듬었다.

"잘 생각해 보구려."

샤를은 그들을 따라온 레옹에게 말했다.

"이제 우리와 가까운 데서 지내니 가끔 우리 집에 놀러 오셔서 저녁 식사라도 같이 합시다."

레옹은 약속했다. 그들은 생 테르불랑의 골목 앞에서 헤어졌다. 때마침 대성당에서 11시 30분을 알리는 종이 울렸다.

3부

Madame Bovary
A Tale of Provincial Life

1

레옹은 법률 공부를 하면서 댄스홀 쇼미에르에 자주 드나들었고, 아가씨들로부터 점잖다는 평판을 얻으며 인기를 끌었다. 사실 그는 학생 중 아주 양전한 편이었다. 머리는 너무 길지도 짧지도 않게 잘랐고, 학기 초에 3개월분의 학비를 다 써 버리는 일도 없었으며, 선생들과도 사이가 좋았다. 원래 소심한 데다가 조심성이 많아 도가 지나치는 일을 늘 삼갔기 때문이다.

방에서 책을 읽을 때나 저녁나절 뤽상부르 공원으로 가 보리수 아래 앉아 있으면, 자주 손에 들고 있던 법전이 스르르 떨어졌다. 그때마다 엠마와의 추억이 되살아나곤 했다. 하지만 이런 감정은 조금씩 엷어지고, 그 위에 다른 여러 가지 욕망이 쌓여 나갔다. 그럼에도 추억은 여전히 그의 욕망 뒤에서 살아 숨 쉬었다. 그는 희망의 끈을 다 놓아 버리지는 않았기 때문이었다. 그의 마음속에서는 환상적인 나뭇가지에 달린 황금 과일 같은 불확실한 약속이 미래에서 손짓을 보내고 있었다.

결국 3년 만에 엠마를 만나자, 그의 열정은 다시 살아났다. 그는 이번에야말로 그녀를 자신의 여자로 만들겠다고 결심했다. 게다가 그의 소심함도 장난기 많은 친구와 어울리면서 적극적으로 변했다. 그는 에나멜 구두를 신고 파리 시내를 걸어 보지 못한 사람들을 비웃으면서 시골로 돌아온 것이었다. 훈장을 차고 마차를 타고 다니는 객실에서 레이스로 장식한 파리 여자와 마주쳤다면, 레옹은 어린아이처럼 쩔쩔맸을 것이다. 하지만 이곳 루앙의 항구 도시에서 무능력한 의사의 부인을 상대하게 된 그는 상대를 유혹할 자신이 있었기에 마음이 편안했다. 자신만만하거나 그렇지 못한 것은 때에 따라 다른 법이다. 2층에 사느냐 5층에 사느냐에 따라 이야기 방식은 다른 법이다. 그래서 부유한 여자는 정조를 지키기 위해 코르셋 안쪽에 갑옷을 입는 것처럼 온몸에 돈다발을 친친 감아 놓는다.

전날 저녁, 레옹은 보바리 부부와 헤어진 다음 먼발치에서 두 사람의 뒤를 밟았다. 그들이 적십자 여관 앞에서 걸음을 멈추는 것을 본 그는 가던 길을 돌려 앞으로의 계획을 짰다.

다음 날 저녁 5시쯤 레옹은 얼굴이 창백해진 채 무슨 일이 있어도 결심대로 하겠다고 마음먹은 겁쟁이 특유의 표정으로 숨을 헐떡이며 그 여관의 식당으로 들어갔다.

"주인이 안 계신데요."

한 하인이 말했다.

레옹은 이를 좋은 징조로 여기면서 계단을 올라갔다. 엠마는 그가 온 것을 보고도 그리 당황하지 않았다. 그녀는 자신들이 머무는 숙소를 알려 주지 못한 것에 대해 사과까지 했다.

"사실 짐작하고 있었습니다."

레옹이 말했다.

"어떻게요?"

레옹은 본능에 이끌려 이곳에 왔다고 대답했다. 하지만 엠마가 미소를 띠자, 자신의 바보 같은 말을 만회하기 위해 오전 내내 시내의 여관들을 방문했다고 설명했다.

"그럼 부인은 이곳에 남아 계실 건가요?"

"네, 하지만 괜한 짓을 한 거 같아요. 해야 할 일이 많은 사람이 이렇게 즐거움에 젖어 있어서는 안 되지요."

엠마가 대답했다.

"하지만 제가 생각하기에는……."

"아니에요. 당신은 남자라 제 심정을 모르실 거예요."

레옹은 남자에게도 고뇌는 있는 법이라고 말했고, 두 사람의 대화는 인생관에 대한 이야기로 흘러갔다. 엠마는 이 세상의 애정에 대한 비참함과 이해받지 못하는 고독에 관해 이야기했다.

레옹은 아부하고 싶었는지, 아니면 상대의 우울한 마음이 전해져서인지 자신도 공부하는 내내 우울해서 견디기 힘들다고 말했다. 소송 절차에 대한 공부는 짜증이 났고, 이제는 다른 직업을 동경하며, 어머니는 편지를 쓸 때마다 잔소리를 늘어놓는다는 말도 했다. 이렇게 두 사람은 자신들의 고민을 하나둘 이야기하기 시작했다. 그들은 이야기가 진행되면서 솔직한 대화로 말미암아 차츰 감정이 고조되었다. 하지만 그들은 때때로 모든 생각을 말하지는 못했고, 그럴 때면 완곡하게 진실을 이야기할 수 있는 표현은 없을까 고민했다. 엠마는 다른 사람을 사랑했었다는 말을 하지 않았고, 그 또한 그녀를 잊고 지냈다는 말을 하지 않았다.

어쩌면 레옹은 가면무도회가 끝난 뒤 노동자로 가장한 아가씨를 데리고 밤참을 먹었던 일을 이미 잊어버렸는지도 모른다. 엠마도 아침 일찍 이슬에 젖은 풀을 밟으며 정부의 집으로 달려갔던 밀회에 대해 모두 잊어버렸는지도 모른다. 거리의 소음이 두 사람 귀에는 잘 들어오지 않았다. 두 사람이 앉아 있는 방은 그들의 고독을 한층 더해 주기 위한 장치처럼 작았다.

엠마는 능직으로 된 실내복을 입은 채 낡은 의자 등받이에 기대어 있었다. 노란 벽지는 그녀의 뒤를 금빛 배경으로 만들었다. 아무것도 쓰지 않은 하얀 가르마를 두 쪽으로 땋아 올린 머리 밑으로 하얀 귓불이 눈에 들어왔다.

"용서하세요. 제가 실례를 범했네요. 불평만 늘어놓고 말이에요. 지루하시지요?"

"천만에요. 그렇지 않아요. 절대 그렇지 않습니다."

"당신은 제가 꿈꾸던 일을 상상도 못 할 거예요."

엠마는 눈물이 그렁그렁한 눈으로 천장을 올려다보았다.

"저도 고민이 많았습니다. 몇 번이나 하숙집에서 나와 정처 없이 걸었고, 강변에서 방황했습니다. 떠들썩한 사람들 곁에서 기분을 풀지 않는 한 매번 따라다니는 생각을 쫓아내지 못했습니다. 대로변의 한 판화 상점에 미의 여신을 그린 이탈리아 판화가 있었습니다. 저는 무언가에 쫓기듯 그것을 보러 자주 갔지요. 그러고는 몇 시간이고 꼼짝도 안 한 채 그 판화 앞에 서 있었습니다."

레옹은 떨리는 목소리로 말을 이었다.

"그 여신은 어딘지 모르게 당신을 닮았었지요."

엠마는 입가에 번지는 미소를 숨기기 위해 얼굴을 옆으로 돌렸다.

"저는 몇 번이고 편지를 썼다가 찢고, 또 썼다가 찢었습니다."

하지만 엠마는 아무 대답도 하지 않았다. 레옹은 이어서 말했다.

"때로는 우연히 당신을 만날 수 있지 않을까 생각하기도 했어요. 길모퉁이에서 당신 모습을 본 듯도 했고, 역마차 승강구에서 당신의 것과 비슷한 숄이나 베일을 쓴 여자를 보면 혹시나 해서 정신없이 마차 뒤를 따라가기도 했지요."

엠마는 그의 말을 막지 않고 이야기를 계속 들어주었다. 그녀는 팔짱을 끼고 고개를 숙인 채 실내화에 수놓은 작은 꽃무늬를 물끄러미 바라보았다. 가끔 발끝으로 덧신의 공단을 움직여 보기도 했다.

한참 후 엠마는 한숨을 쉬면서 말했다.

"가장 불쌍한 인생은 저같이 아무 쓸모없는 삶을 마지못해 살아가는 거 아닐까요? 만일 제 고통이 누군가에게 도움이 된다면 희생한다는 생각으로 마음을 위로할 수 있겠지요."

레옹은 미덕, 의무, 희생 등을 찬양하기 시작했다. 그리고 자신도 아직 적당한 일을 알아내지 못했지만, 뭔가에 헌신하고 싶은 마음이 간절하다고 말했다.

"저는 자선 병원의 수녀가 되었으면 좋겠다는 생각을 해요."

"안타깝게도 남자에게는 그런 신성한 일이 없어요. 어디에도 그런 직업은 없지요. 의사라도 된다면 모를까."

엠마는 가볍게 어깨를 으쓱하면서 그의 말을 가로막았다. 그러고는 죽을병이 걸렸을 때 죽지 못했던 것을 하소연하기 시작했다. 그녀는 죽음 일보 직전까지 갔었는데 안타깝고, 그때 죽었더라면 지금처럼 괴로워하지는 않았을 거라고 말했다. 레옹은 무덤 속의 정적이 부럽다고 말했다. 그래서 어느 날 밤, 엠마가 선물로 준 벨벳 띠를 두른 아름다운 무릎 덮개로 자신의 유해를 덮어 달라는 유언장을 쓴 적이 있다고 말했다. 그러면서 두 사람은 차라리 그랬으면 좋았을 것이라고 말했다. 그들은 둘 다 과거에 이랬으면 하고 바라고 있었다. 각자가 하나의 이상을 만들어 지나간 일을 그것에 맞추고 있었다.

그러다가 무릎 덮개 말이 나왔을 때 엠마가 물었다.

"왜 그러셨어요?"

엠마가 물었다.

"왜 그랬냐고요?"

그는 망설이다가 잠시 후 말했다.

"당신을 좋아했으니까요."

레옹은 어려운 질문을 용케 빠져나간 자신을 기특해하며, 곁눈으로 그녀의 낯빛을 살폈다.

그것은 한차례의 바람이 구름을 말끔히 걷어 간 하늘 같았다. 무겁게 가슴을 짓누르는 슬픔이 그녀의 푸른 눈에서 사라진 것 같았다. 그리고 얼굴이 환하게 빛났다.

레옹은 가만히 있었고, 엠마가 대답했다.

"저도 사실 알고 있었어요."

그러고 나서 두 사람은 멀리 사라져 버린 시절의 자잘한 일상에 관해 이야기를 나누었다. 레옹은 덩굴장미의 덩굴을 올린 시렁과 그녀가 입고 있었던 옷, 그녀의 방 안 가구 등에 관해서도 이야기했다.

"그런데 그 예쁜 선인장은 어떻게 되었나요?"

"겨울에 얼어 죽었어요."

"제가 얼마나 많이 그 선인장 생각을 했는지 당신은 모르실 겁니다. 여름날 아침, 덧문 위쪽으로 해가 비칠 때 옛날처럼 그 선인장을 생각했지요. 당신의 팔이 꽃 사이에서 움직이고 있는 것이 눈에 훤히 보이는 것 같았습니다."

"그랬군요. 어쩌면 좋아."

엠마는 그에게 손을 내밀면서 말했다. 레옹은 재빨리 그 손에 입술을 댔다. 그러고는 크게 한숨을 쉬고 나서 말했다.

"그때 당신은 제 삶을 뒤흔드는 알 수 없는 힘이었습니다. 언젠가 제가 댁에 갔을 때, 아니 당신은 기억하지 못할 거예요."

"기억하고 있답니다. 계속 얘기해 보세요."

"그때 마침 당신은 외출하기 위해 층계 맨 아래 계단에 서 있었지요. 푸른 꽃이 달린 모자를 쓰고요. 당신 모르게 저는 당신을 따라 나섰습니다. 순간순간 제가 바보짓을 하고 있다는 생각이 떠올랐지만, 당신 뒤를 따랐습니다. 드러내 놓고 당신을 따라가지도 못했지만, 헤어지기는 싫었거든요. 당신이 어느 가게에 들어서면 저는 우두커니 거리에 서서 유리창 너머로 장신이 장갑을 벗고 계산하는 것을 보았습니다. 그러고 나서 당신은 튀바슈 부인 댁의 벨을 울렸어요. 문이 열리고 당신이 들어가자, 저는 닫힌 육중한 그 문 앞에서 한참 동안이나 바보처럼 서 있었습니다."

엠마는 그의 말을 들으면서 자신이 그렇게 나이가 많다는 사실에 놀랐다. 되살아나는 그런 모든 일이 자신의 삶을 다시 열어 주는 것 같았다. 그녀는 끝 모를 감정의 광야를 되돌아보는 느낌이 들었다. 그래서 그녀는 눈을 반쯤 감은 채 나지막이 말했다.

"아, 그랬군요. 사실이에요."

그때 보브와진느 근처의 시계들이 8시를 알리는 소리가 들려왔다. 이 근처에는 학교 기숙사, 교회, 낡은 저택들이 들어차 있었다. 두 사람은 더 이상 말하지 않았지만, 서로의 얼굴을 바라보면서 머릿속에서 무언가 울려오는 것을 느꼈다. 그것은 마치 미동도 하지 않는 두 사람의 눈동자에서 흘러나오는 것 같았다. 두 사람은 아까 전부터 손을 잡고 있었다. 과거도 미래도 추억도 공상도 화려한 도취 속에서 녹아 들어갔다.

밤의 전령이 벽에 짙은 그림자를 드리웠다. 하지만 벽에 걸린 네 장의 촌스러운 판화는 어둠 속에서 반짝 빛나고 있었다. 판화는 '넬 탑'의 네 가지 장면을 그린 것으로, 그 밑에는 스페인어와 프랑스어로 설명이 쓰여 있었다. 아래위로 여닫는 창문 너머에는 뾰족하게 치솟은 지붕들 사이로 검은 밤

하늘 한 조각이 보였다.

엠마는 일어나서 옷장 위에 있는 촛대 위의 초 두 개에 불을 붙이고 다시 자리에 앉았다.

"그런데……"

레옹이 말했다.

"그런데?"

엠마가 물었다.

레옹은 대화가 끊기자 이를 어떻게 다시 이을까 고민했다. 그때 엠마가 말했다.

"왜 지금까지 저에게 그런 말을 전해 준 사람이 없었을까요?"

"이상적인 성격은 사람들에게 이해받지 못하니까요."

레옹이 말했다.

"하지만 저는 당신을 딱 한 번 보고 좋아하게 되었습니다. 만일 운이 좋아 우리가 좀 더 일찍 만나 절대로 헤어질 수 없는 인연이었다면 얼마나 행복했을까요."

레옹이 절망에 빠져서 말했다.

"저도 가끔 그런 생각을 했어요."

"모든 것은 꿈에 불과해요."

레옹은 속삭이듯 말했다. 그러고는 그녀의 길고 하얀 허리띠의 푸른색 선을 살짝 건드리면서 물음을 덧붙였다.

"지금이라도 늦지 않아요. 다시 시작해요, 우리."

"안 돼요, 레옹 씨. 저는 너무 나이가 많아요. 당신은 아직 젊고요. 다른 여자가 당신을 사랑하게 될 거예요. 당신 역시 그분을 좋아하게 될 거고요."

"하지만 당신만큼은 못해요."

그는 큰 소리로 외쳤다.

"어린애 같네요. 떼쓰지 말아요."

엠마는 왜 두 사람이 서로 사랑하면 안 되는지 여러 이유를 설명하고, 다시 옛날처럼 남매와 같은 우정으로 지내는 것에 만족해야 한다고 말했다. 하지만 엠마는 정말 자신이 진심을 말하고 있는지 알 수 없었다. 그녀 역시 달콤한 유혹에 이끌림과 동시에, 그 유혹을 물리쳐야 한다는 생각에 정신을 빼앗기고 있었기 때문이었다. 그녀는 감동한 눈으로 레옹을 바라보다가 그가 떨리는 손으로 만지려고 하자 부드럽게 거절했다.

"아, 용서하세요."

레옹은 뒤로 물러났다. 순간 엠마는 막연한 공포에 사로잡혔다. 로돌프의 대담성보다 이 소심성이 더 위험하다는 생각이 들었기 때문이다. 사실 그녀에게는 이전의 어떤 남자도 이토록 아름답지 않았다. 그의 태도는 순진한 매력이 넘쳤고, 그는 둥글게 말린 길고 가는 속눈썹을 내리깔고 있었다. 윤기가 도는 그의 볼은 그녀에 대한 욕망으로 빨갛게 물들어 있었다. 순간 엠마는 그의 뺨에 입을 맞추고 싶은 강렬한 충동을 느꼈다. 그래서 그녀는 시간을 보는 척 시계 쪽으로 몸을 돌리면서 말했다.

"아니, 벌써 시간이 이렇게 되었네. 우리가 얘기를 오래 했나 봐요."

레옹은 그 말뜻을 알아차리고 모자를 집어 들었다.

"이야기에 정신이 팔려 연극 구경 가는 것도 잊고 있었네요. 그것 때문에 남편이 저를 일부러 여기에 있게 했는데. 그랑퐁에 사는 로르모 씨가 부인과 함께 저를 데리러 오기로 했거든요."

결국 레옹은 기회를 잃은 셈이었다. 다음 날 돌아가야 했으니 말이다.

"정말입니까?"

레옹이 물었다.

"네."

"하지만 꼭 한 번 만나 주십시오. 드릴 말씀이 있어요."

"무슨 말이요?"

"아주 중대한 얘기예요. 당신이 이렇게 그냥 떠날 리가 없습니다. 제 마음을 아신다면 들어주십시오. 부인은 제 마음을 모르셨습니까? 그렇지요? 모르셨던 거지요?"

"이미 말씀해 주셨잖아요."

"제발 저를 놀리지 마세요. 제발 부탁이니 꼭 한 번만 만나 주세요. 단 한 번이라도 말이에요."

"그럼."

엠마는 생각을 고쳐먹은 듯 말했다.

"하지만 이곳은 안 돼요."

"어디라도 상관없습니다."

엠마는 잠시 생각에 잠기더니 쌀쌀맞게 말했다.

"내일 11시, 성당에서 봐요."

"그러겠습니다."

그는 그녀의 두 손을 잡은 채 말했다. 엠마는 재빨리 손을 뺐다. 그러고 나서 두 사람은 자리에서 일어났다. 엠마의 뒤쪽에 서 있던 레옹은 그녀가 고개를 숙이고 있을 때, 그 뒤에서 오랫동안 목덜미에 입을 맞추었다.

"어머, 정신 나갔어요! 안 돼요. 정말."

엠마가 나직하게 킥킥 웃으면서 말했다. 그동안에도 키스는 계속되었다. 그런 다음 레옹은 그녀의 어깨너머로 얼굴을 내밀고는 그녀에게서 승낙의 뜻을 찾으려고 했다. 하지만 엠마는 싸늘한 눈길로 그를 바라보았다.

방을 나서려고 뒷걸음질 치던 레옹은 문턱에서 걸음을 멈추고 떨리는 목소리로 말했다.

"그럼, 내일."

엠마는 고개를 끄덕였고, 새처럼 옆방으로 사라졌다.

그날 밤, 엠마는 레옹에게 거절의 뜻을 전하는 편지를 썼다.

이제 모든 것이 끝났어요. 서로의 행복을 위해 우리는 다시 만나면 안 돼요.

편지를 봉투에 넣으면서, 엠마는 문득 레옹의 주소를 모른다는 데 생각이 미쳤다.

"직접 그 사람에게 건네주어야겠어. 그가 올 테니."

다음 날, 레옹은 창문을 활짝 열어 놓은 난간에서 콧노래를 부르며 정성스럽게 구두를 닦았다. 또 흰색 바지에 화려한 양말을 신고 푸른 옷을 입은 다음, 손수건에 향수를 듬뿍 발랐다. 그러고 나서 자연스럽게 보이기 위해 머리를 단장했다.

'아직 시간이 이르군.'

레옹은 이발소의 뻐꾸기시계가 9시를 가리키고 있는 것을 보면서 생각했다. 그는 낡은 잡지를 읽은 후 밖으로 나와, 담배를 한 대 피우고 나서 거리를 세 블록이나 걸었다. 그는 약속한 시각이 다 되었을 거라고 생각하며 노트르담 성당 앞 광장으로 발걸음을 재촉했다.

하늘이 맑은 여름날 아침이었다. 귀금속상에서는 은색 그릇이 햇빛에 반짝이고 있었고, 대성당 위에도 햇빛이 이르러 회색빛 돌 모서리에서 번쩍거렸다. 새 떼가 클로버 모양의 조그만 첨탑에서 화르르 날아올라 푸른 하늘에서 맴돌았다. 시끌벅적한 광장에서는 포석을 둘러싸고 있는 장미, 재스민, 카네이션, 수선화 등의 꽃향기가 진하게 풍겼다. 나무들 사이에는 고양이 풀과 별꽃 등 이슬에 젖은 푸른 풀들이 불규칙적으로 자리 잡고 있었다. 광장 한가운데에서는 분수가 물을 뿜어내고 있었다. 커다란 파라솔 아래에서는 피라미드 모양으로 쌓아 놓은 멜론 사이에서 여자들이 모자도 쓰지 않은 채 제비꽃을 종이에 싸고 있었다.

레옹은 꽃 한 다발을 샀다. 여자를 위해 꽃을 산 것은 지금이 처음이었다. 꽃의 향기를 맡자 그의 가슴은 마치 다른 사람에게 바치는 경의(敬意)가 거꾸로 자신에게 돌아온 것처럼 자부심으로 가득했다.

하지만 남의 눈에 띈다는 것이 마음에 걸렸다. 그는 마음을 단단히 먹고 성당 안으로 들어갔다. 마침 성당지기가 왼쪽 현관 중앙 '춤추는 마리안느' 아래 있는 입구에 서 있었다. 모자에 깃털을 꽂고 발목까지 닿는 긴 단장을 손에 들고 있는 그 모습은 추기경보다 위엄 있어 보였고, 신성한 성체 그릇처럼 빛이 났다.

그는 레옹에게로 다가와 신부가 어린아이에게 묻듯 친절하게 말했다.

"선생께서는 이곳 고장 사람이 아니신 것 같군요. 성당을 한번 둘러보지 않겠습니까?"

"아, 아닙니다."

레옹은 이렇게 대답하고는 성당에서 나와 광장 쪽을 둘러보았다. 하지만 엠마는 와 있지 않았다. 그는 다시 성당 성가대석으로 올라갔다.

본당에 들어서니 물이 가득 찬 성수반 속에 아치형 기둥 끝과 스테인드글라스 일부가 비치고 있었다. 하지만 스테인드글라스의 반사된 빛은 대리석 기둥 끝에 닿아 부서져 바닥 돌 위로 현란한 색채의 융단을 그려 놓았다. 밝은 햇빛이 세 개의 열린 문을 통해 세 줄기의 광선으로 성당 안에 길게 드리워져 있었다. 가끔 제단 안쪽으로 성당지기가 지나가며 성급한 신자처럼 계단 앞에서 무릎을 꿇고 절했다. 세공된 유리 샹들리에가 그림처럼 매달려 있었고, 성가대석에서는 은제 램프가 불을 밝히고 있었다. 그 옆의 예배당과 성당 안의 컴컴한 곳에서 가끔 탄식 같은 소리가 흘러나왔고, 그 소리에

섞여 철창문이 닫히는 소리가 높은 천장에까지 울렸다.

　레옹은 조용하게 걸으면서 벽을 따라 움직였다. 그는 인생에서 이렇게 흐뭇한 경우가 있다는 것을 처음 알았다. 잠시 후 그녀가 올 것이다. 그녀는 우아한 모습으로 두근거리는 가슴을 달래며, 혹시 자신을 바라보는 눈은 없는지 살피면서, 장식이 달린 옷을 입고 금테 안경을 쓰고 화려한 구두를 신고 올 것이다. 그리고 정조가 곧 무너지려는 말로 표현할 수 없는 매혹에 싸여 성당 안은 규방 같은 분위기로 그녀를 중심축으로 해서 배치되어 있었다. 둥근 천장은 그녀의 사랑 고백을 엿들으려고 허리를 굽히고, 스테인드글라스는 그녀의 얼굴을 비추기 위해 빛나고, 향로는 그녀가 향냄새 속에서 천사처럼 나타나도록 타오르고 있었다.

　하지만 엠마는 나타나지 않았다. 레옹은 의자에 걸터앉았다. 그러자 바구니를 나르는 뱃사공의 모습을 그린 푸른 그림 유리가 눈에 들어왔다. 그는 그것을 바라보면서 물고기의 비늘이나 조끼의 단춧구멍을 세었다. 그러는 동안 그의 마음은 엠마를 찾느라 심란해졌다.

　조금 떨어진 곳에 있었던 성당지기는 성당을 제멋대로 구경하는 이 청년이 마음에 들지 않았다.

　그때 바닥 돌 위에 비단옷이 스치는 소리가 났고, 챙이 달린 모자와 검은 케이프……. 엠마였다. 레옹은 벌떡 일어나서 그녀를 향해 달려갔다.

　엠마는 창백한 얼굴로 빠르게 걸어오고 있었다.

　"읽어 보세요."

엠마는 그에게 종이 한 장을 내밀었다.

"이러면 안 돼요."

엠마는 그의 손을 재빨리 거두고, 성모를 모신 예배당으로 들어가 의자에 무릎을 꿇고 앉아 기도를 올리기 시작했다.

레옹은 얌전한 척하는 엠마에게 화가 났다. 하지만 그녀가 밀회 도중에 안달루시아 후작 부인처럼 기도에 열중하는 모습이 또 다른 매력으로 다가왔다. 기도는 계속 이어져 기다리기가 점점 지루해졌다.

엠마는 하늘로부터 어떤 결연한 결심이 내려와 주기를 바라면서 기도했다. 그리고 신의 구원을 간구하기 위해 번쩍 빛나는 성체를 똑바로 바라보고, 큰 화병에 꽂혀 있는 활짝 핀 흰 줄리엔느 꽃향기를 들이마시며, 성당 안의 정적에 귀를 기울였다. 하지만 그 정적은 마음의 동요를 더 부추길 뿐이었다.

엠마가 벌떡 일어났다. 두 사람이 밖으로 나가려고 하자, 성당지기는 빠른 걸음으로 다가와서 말했다.

"부인께서는 이 고장 사람이 아니신 것 같군요. 성당 안을 한번 둘러보시겠습니까?"

"아닙니다. 됐습니다."

레옹은 화가 나서 소리를 질렀다.

"한번 구경해 보지요."

엠마가 대답했다. 그녀는 흔들리는 정조를 지키기 위해 성모 마리아든 조각이든 무덤이든 아무것이나 붙들고 싶은 심정이었다.

성당지기는 순서에 따라 두 사람을 광장 근처의 입구까지 안내했다. 그는 비문(碑文)도 조각의 흔적도 없는 검은 포석으로 둘러싼 큰 원 모양의 바닥 돌을 단장으로 가리키며 엄숙하게 말했다.

"바로 이것이 앙브와즈 거리의 그 유명한 종의 원주입니다. 종의 무게는 4만 파운드지요. 전 유럽에서 이에 필적할 만한 것은 없습니다. 이 종을 만든 사람은 너무 기쁜 나머지 숨을 거두었다고 전해지고 있지요."

"갑시다."

레옹이 말했다.

성당지기는 다시 걷기 시작했다. 이윽고 성모가 있는 예배당으로 돌아오자, 그는 대단한 시범이라도 보이겠다는 듯이 양팔을 벌리고 과수원을 보여 주는 시골 지주보다 더 자랑스러운 어조로 말했다.

"이 바닥 돌 밑에는 바렌느와 브리사크의 영주셨으며, 프와투의 대원수셨던 피에르 드 브레제께서 묻혀 계십니다. 이분은 노르망디의 총독을 지내시다가 1465년 7월 16일 몽레리 전투에서 전사하셨습니다."

레옹은 입술을 깨물고 초조하게 발을 굴렀다.

"그리고 저 오른쪽에 갑옷을 입고 말을 타고 있는 귀인의 조각은 그분의 손자인 루이 드 브레제입니다. 이분은 브르발과 몽쇼베의 영주로 계셨는데, 몰브리에 백작과 모니 남작을 겸하고 국왕 폐하의 시종관으로 있다가 오르드르 훈장을 받은 기사입니다. 노르망디의 총독을 지내셨고요. 비문을 보면 아시겠지만, 1531년 7월 23일 일요일에 돌아가셨습니다. 그리고 그 밑에 조용히 최후를 맞으려는 사람은 같은 분이십니다. 인간 세상의 덧없음을 이보다 더 완벽하게 표현하는 것은 불가능하지요."

엠마는 안경을 벗었다. 레옹은 성당지기의 말을 전혀 듣지 않고, 가만히 그녀를 바라보기만 했다. 그는 고집스럽게 이어지는 웅변과 냉담함의 중간 자리에서 낙담하고 있었다. 성당지기는 계속 말을 이어 나갔다.

"그 옆에서 무릎을 꿇고 앉아 울고 있는 여인은 바로 그분의 부인이신 디안느 드 프와티에입니다. 1499년에 탄생하셨고, 1566년에 돌아가셨지요. 그 왼쪽에 어린아이를 안고 계신 분이 바로 성모 마리아이십니다. 자, 이쪽을 한번 보세요. 앙브로즈 집안의 묘석입니다. 두 분 다 추기경과 루앙의 대주교를 지내셨습니다. 이분은 루이 12세 때 장관을 지냈던 분으로 성당에 많은 돈을 희사(喜捨)하셨습니다. 이분은 빈민들에게 3만 에퀴를 나누어 주라는 유언을 남기셨지요."

거침없이 떠들어 대는 그는 발길을 멈추지 않고 난간이 복잡한 한 예배당으로 그들을 밀어 넣었다. 그러고는 몇 개의 난간을 움직여 그중 실패한 조각인 듯한 돌덩이 하나를 가리켰다.

"이것은 영국 왕 겸 노르망디 공이었던 리샤르 쾌르 드 리옹의 분묘를 장식한 것입니다. 그것을 칼뱅파의 이교도들이 이 꼴로 만들어 놓았습니다. 그자들은 대주교님이 아직 재직 중이실 때, 이 조각을 땅속에 묻어 버렸습니다. 이것 보세요. 여기가 대주교님의 저택으로 들어가는 문입니다. 다음으로 홈통 주둥이에 낀 그림 유리를 보여 드리겠습니다."

그때 레옹은 재빨리 주머니에서 은화 한 닢을 꺼내 성당지기에게 주고는 엠마의 팔을 잡았다. 성당지기는 이들에게 아직도 보여 줄 것이 많은데 벌써 사례하는 것이 어이없다는 표정이었다. 그래서 그는 그들을 다시 불러 세우며 말했다.

"아니, 아직 첨탑을 안 보셨어요. 그걸 보셔야지요."

"그만 됐습니다."

레옹이 말했다.

"그래서는 안 됩니다. 높이가 무려 440피트나 됩니다. 이집트의 피라미드보다 딱 9피트 낮습니다. 전부 주물로 되어 있지요."

레옹은 뛰기 시작했다. 벌써 두 시간 가까이 성당 안에서 방치된 그의 사랑은 어느 주물사의 엉뚱한 시도인 양 본당 위에 끊어진 채 대성당 위에 아주 기괴하게 걸쳐져 있는 부러진 파이프 같았다. 또 그것은 투명하게 생긴 굴뚝같은 그 첨탑에서 연기처럼 사라질 것만 같았다.

"지금 어디로 가시는 거예요?"

엠마가 물었지만 레옹은 아무런 대답도 하지 않고 계속 빠른 걸음으로 걸었다. 엠마가 이미 성수반에 손가락을 담갔을 때 그들 뒤에서 헐떡거리는 숨소리와 단장 짚는 소리가 들려왔다. 레옹은 뒤돌아보았다.

"이보시오."

"왜 그러십니까?"

성당지기였다. 그는 20여 권이나 되는 가철본을 아랫배로 겨우 균형을 잡으면서 안고 왔다. 대성당에 관해 쓴 책들이었다.

"바보 같으니라고!"

레옹은 중얼거리면서 성당 밖으로 뛰어나왔다. 성당 앞뜰에서는 어린아이들이 놀고 있었다.

"마차 한 대만 불러 다오."

레옹이 말하자, 아이는 카트르 방 거리로 총알처럼 뛰어갔다. 그들은 한참 동안 마주 서서 서로의 얼굴을 바라보며 어색한 기분을 느꼈다.

"레옹 씨, 전 어떡하면 좋지요?"

엠마가 억지로 웃으면서 말했다. 그러고는 심각한 표정으로 말을 이었다.

"이건 정말 못 할 짓이에요."

"뭘 말씀입니까? 이런 일은 파리에서는 얼마든지 일어납니다."

이 한마디 말이 거역할 수 없는 논거로 여겨져 그녀의 마음을 움직였다.

그런데 아무리 기다려도 마차가 오지 않았다. 레옹은 그녀가 다시 성당으로 들어가면 어쩌나 걱정했다. 마침내 마차가 왔다. 그때 성당 입구에 서 있던 성당지기가 그들을 불렀다.

"그러시다면 북문 쪽으로 가세요. 거기서 '부활', '최후의 심판', '낙원', '다윗 왕', '불타는 지옥에 떨어진 악인들'을 보실 수 있어요."

"어디로 모실까요?"

마부가 물었다.

"아무 데나 가 주세요."

레옹은 엠마를 마차 안으로 밀면서 말했다.

마차는 달리기 시작했다. 이내 그랑퐁 거리를 내려가 아르 광장과 나폴레옹 강둑, 뇌프 다리를 가로질러 피에르 코르네유 석상 앞에서 멈추었다.

"계속 가요."

마차 안에서 소리가 들려왔다. 마차는 다시 달리기 시작했다. 라파예트 광장 네거리를 지나서부터는 비탈길을 전속력으로 내려가 기차역 안으로 들어갔다.

"아니, 곧장 가요."

아까 들었던 목소리가 다시 들렸다.

마차는 철책을 나와 잠시 후 산책로에 이르자, 높게 자란 느릅나무 사이를 천천히 달렸다. 마부는 이마의 땀을 훔치고 가죽 모자를 무릎 사이에 낀 채 마차를 샛길 밖 물가 잔디밭 쪽으로 몰아갔다.

마차는 강을 끼고 자갈이 깔린 배를 끄는 길을 따라 섬 한편에 있는 오와셀 쪽으로 한참을 달렸다. 그러다가 빠른 속도로 카트르마르와 그랑드 쇼세, 엘베프 거리를 가로질러 식물원 앞에서 세 번째로 멈추어 섰다.

"그냥 가라니까요!"

아까보다 한층 짜증스러운 목소리가 외쳤다.

마차는 다시 달리기 시작해 생 스베르와 퀴랑디 강둑, 묄르 강둑을 지나 또다시 다리를 건너 샹드 마르스 광장을 통과했다. 그리고 담쟁이덩굴이 파랗게 덮인 테라스를 따라 검은 옷을 입은 노인들이 볕을 쬐고 산책하는 자선 병원 뒤뜰을 지나갔다. 그러고는 부르뢰이유 대로를 올라가 코슈아즈 거리를 거쳐 드빌 언덕까지 몽리부데를 끝에서 끝까지 가로질렀다.

마차는 그곳에서 다시 길을 되짚어 왔다. 이때부터는 마부도 목표나 방향을 정하지 않은 채 아무렇게나 달렸다. 마차의 모습은 생폴, 레스퀴르, 가르강 산, 라루우쥬 마르, 생 모맹, 생 비비앙, 생 마클루, 생 니케즈 앞, 바스비에유 투르, 트르아피프, 모니망탈 공동묘지 앞에서도 볼 수 있었다.

이따금 마부는 절망이 가득 찬 눈으로 거리의 술집을 바라보았다. 그는 무슨 미치광이 같은 격정에 사로잡혀서 이처럼 멈추지 않고 돌아다니고 싶어 하는지 알 수 없었다. 때때로 멈추곤 했지만, 그때마다 여전히 같은 목소리가 들렸다. 그래서 마부는 한층 더 세게 말에 채찍질했다. 마차가 흔들리든 말든 여기저기에 부딪치든 말든 조금도 상관하지 않고 될 대로 되라는 심정으로 목마름과 피로와 근심 때문에 거의 울상이 되어 마차를 몰았다.

그리하여 부둣가의 짐마차와 나무통 사이를 지나고, 경계표가 없는 길모퉁이를 지났다. 그러자 거리의 사람들은 이런 시골에서는 보기 힘든 광경, 즉 커튼을 내린 마차가 무덤보다 엄중하게 문을 꼭 닫은 채 배처럼 흔들거리면서 왔다가 사라지고, 또 나타나는 광경에 어리둥절해했다.

단 한 번, 마차 옆에 붙은 낡은 은빛 램프에 햇살이 세차게 빛날 때 들판 한복판에서 조그마한 노란 커튼 아래로 장갑을 끼지 않은 손이 나오더니 발기발기 찢어진 종이를 던졌다. 그 종이는 바람에 날려, 마치 하얀 나비 떼처럼 빨간 꽃이 만발한 토끼풀 위로 날아가 앉았다.

마침내 마차는 6시경 보브와진느 구역의 어느 뒷골목에서 멈추었다. 마차에서 한 여자가 내리더니 베일을 쓴 채 뒤도 돌아보지 않고 걸어갔다.

2

여관에 도착한 엠마는 승합 마차가 보이지 않아서 깜짝 놀랐다. 이베르는 53분이나 그녀를 기다리다가 가 버린 것이다.

엠마는 꼭 돌아갈 이유는 없었지만, 그날 저녁에 돌아가겠다고 약속했었다. 게다가 샤를이 기다리고 있을 것이기에 마음에 걸렸다. 그녀는 벌써 마음속으로 겁을 내고 순종하는 자신을 느꼈다. 많은 여자에게 간통 뒤의 형벌이라고 할 수 있는 복종심이 그녀 안에서 우러나온 것이다.

엠마는 급히 돌아갈 준비를 마치고 계산한 다음, 앞마당에서 이륜마차에 올라탔다. 그러고는 마부를 재촉해 달려간 거리와 시간을 물어보면서 캥캉프와 마을 집들이 보이는 곳에서 제비로 갈아탔다.

엠마는 마차 안에서 눈을 감았다. 언덕을 다 내려왔을 때 눈을 뜨자, 멀리 대장간 앞에서 펠리시테가 기다리고 있는 것이 보였다. 이베르가 말을 세우자, 하녀는 마차 창가까지 발돋움하고는 영문 모를 말을 했다.

"마님, 바로 오메 씨 댁으로 가세요. 급한 일이 생겼나 봐요."

마을은 평소와 다름없이 조용했다. 길가에서는 장밋빛 무더기들이 김을 뿜어내고 있었다. 마침 잼을 만드는 계절이라 용빌 사람들은 모두 같은 날에 1년 치 잼을 만들었다. 특히 약국 앞에는 큰 무더기가 있어서 지나가는 사람마다 감탄했다. 게다가 약국의 가마는 일반 가정의 솥보다 크고, 일반 집보다 양도 많았다.

엠마는 집 안으로 들어갔다. 커다란 안락의자는 아무렇게나 뒤집혀 있었고, 〈루앙의 등불〉조차 바닥에 떨어진 채 두 개의 절구공이 사이에 흩어져 있었다. 그녀는 복도의 문을 밀었다. 그러자 부엌 한가운데에 따다 놓은 까치밥, 가루 설탕과 각설탕을 가득 담은 누런 항아리와 테이블에 놓인 저울, 불에 얹어 놓은 냄비 같은 것들이 잔뜩 흩어져 있는 가운데 오메 가족 모두가 턱에 닿는 앞치마를 걸치고 포크를 손에 들고 있었다. 쥐스탱은 고개를 떨구며 서 있었고, 약제사는 고함을 지르고 있었다.

"누가 창고로 가지러 가라고 했어?"

"뭐 말씀입니까. 왜 그러시나요?"

"왜 그러느냐고요?"

약제사가 말을 이었다.

"우리 가족 모두가 잼을 만들고 있었어요. 잼은 다 익었는데 너무 끓어 넘치기에 냄비를 하나 더 가져오라고 보냈지요.

그랬더니 게으르고 칠칠치 못한 녀석이 약국의 못에 걸린 창고 열쇠를 가지러 갔지 뭡니까?"

약제사는 약제 도구나 약품이 가득 들어 있는 지붕 밑 다락방을 카페 르나움이라고 불렀다. 그는 자주 오랜 시간 혼자 앉아서 약병에 상표를 붙이기도 하고, 약을 옮겨 담기도 하고, 끈을 다시 매기도 했다. 그래서 그는 그곳을 단순한 창고가 아닌 일종의 성역으로 여기고 있었다. 그곳에서 갖가지 종류의 약들, 큰 환약, 탕약, 세척제, 물약 등이 만들어졌기에 그의 명성은 인근까지 널리 알려져 있었다. 다른 사람은 그곳에 드나들 수 없었고, 그는 그곳을 소중히 여겨서 자신이 직접 청소했다. 누구나 들어갈 수 있는 약국이 자신을 과시하는 공간이라면, 이 창고는 오메가 혼자 정신을 집중해 자기가 좋아하는 것을 하고 즐기는 피난처였다. 그래서 그는 쥐스탱의 경솔한 행동을 그냥 넘길 수 없는 불경한 행위로 보았다. 그의 얼굴은 까치밥 열매보다 더 빨개져 있었다.

"그래, 창고 열쇠! 산과 부식성 알칼리 극약을 넣고 잠가 둔 열쇠를! 그것도 일부러 챙겨 둔 냄비를 가지러 갔단 말이지! 뚜껑으로 덮어 둔 냄비를 말이야. 더욱이 나도 잘 쓰지 않는 냄비! 내가 까다롭게 하는 조제 작업에는 어느 것 하나 중요하지 않은 게 없어. 그런데 뭔 짓을 한 거지? 구별할 것은 구별해야지. 약 제작을 위해 마련해 둔 것은 집안일에 써서는 안 돼. 이건 마치 닭고기를 해부용 메스로 써는 것이나 마찬가지야. 다시 말하면 사법관이……."

"여보, 좀 진정하세요."

오메 부인이 말했다.

"아버지! 아버지!"

아탈리는 오메의 프록코트를 잡아당기면서 말했다.

"넌 가만히 있어."

약제사는 계속 말을 이었다.

"상관하지 마. 이 머저리 같은 놈! 너 같은 놈은 식료품 가게에서 일해야 해. 그래, 멋대로 해라. 마음대로 깨라고. 때려 부숴. 마음대로 접시꽃을 내다 태우고, 마음대로 유리병에 오이를 절이고, 붕대도 찢었다가 쓰고."

"저, 제게 무슨……."

엠마가 주저하면서 말했다.

"잠깐 기다려 주십시오, 부인. 네가 지금 얼마나 위험한 짓을 했는지 알고는 있느냐? 왼쪽 구석 세 번째 선반에서 아무것도 보지 못했어? 어디 대답해 봐. 뭐라고 말 좀 하라고!"

"저는 몰라요."

소년은 더듬더듬 말했다.

"아, 모르시겠다? 모른다면 가르쳐 주지. 너 거기서 황납으로 밀봉한 파란 유리병을 보았지? 그 안에는 하얀 가루가 있고, '위험'이라는 글자가 쓰여 있어. 그 속에 무엇이 들어 있는지 알아? 바로 비소야, 비소. 그걸 네가 건드릴 뻔한 거야. 그 옆에 있는 냄비를 집어 왔으니 말이다."

"바로 옆에?"

오메 부인이 두 손을 맞잡으면서 외쳤다.

"비소라고요? 너 잘못했으면 우리 식구 모두를 죽일 뻔했구나."

그 말을 듣자 아이들은 배가 아프다는 듯 소리를 질렀다.

"아니면 환자를 독살했을지도 몰라."

오메는 말을 이었다.

"그래, 너는 나를 중죄 재판소의 피고석에 앉힐 작정이었니? 단두대로 끌려가는 걸 보고 싶었어? 약을 다루는 데 익숙한 나도 그걸 만질 때는 얼마나 조심하는지 아니? 내 막중한 책임을 생각하면 가끔 등골이 오싹해진단 말이다. 정부는 우리를 들볶아 대고, 불합리한 법은 마치 다모클레스의 칼처럼 머리 위를 노리고 있어."

엠마는 그들이 왜 자신을 찾았는지 묻는다는 것을 까맣게 잊어 버렸다. 약제사는 계속해서 숨을 헐떡거리며 말했다.

"네게 베푼 온정의 보답이 바로 이것이었니? 너를 아들같이 보살펴 준 답례가 이것이냔 말이냐? 내가 없었더라면 넌 어떻게 될 뻔했니? 지금쯤 뭘 하고 있었겠냐고! 누가 너를 먹여 주고, 공부시키고, 옷을 해 입히겠니? 훗날 사회에 나가서 남들에게 뒤처지지 않는 자리에 올라설 수 있도록 해 준 게 누구냐고? 그러기 위해서는 땀 흘려 노를 것고, 못이 손에 박히도록 일해야 하는 거야. '파브리칸도 피트 파베르, 아게 쿠오드 아기스(사람은 대장간에서 일을 함으로써 대장장이가 된다).'라는 말도 있잖아."

약제사는 라틴어를 인용할 정도로 흥분해 있었다. 알기만 했으면 중국어와 그린란드어로도 말했을 것이다. 왜냐하면 그는 태풍으로 갈라진 해변의 해초부터 심연의 모래까지 모든 것을 남김없이 드러내 보이듯이, 그 무엇도 가리지 않고 다 토해 내고 싶은 발작을 일으키고 있었기 때문이었다.

약제사는 다시 말을 이었다.

"나는 너 같은 놈을 들인 것을 크게 후회하고 있어. 차라리 그때 너를 구해 주지 말았어야 해. 그냥 그대로 가난 속에 처박혀 있도록 했다면 이런 후회는 하지 않았을 텐데. 너는 외양간에서 소나 키우며 살 놈이야. 학문에는 소질도 없고, 약이름 하나 제대로 붙이지 못하잖니. 그런 주제에 너는 우리 집에서 마치 할 일 없는 신부처럼 빈둥거리며 밥이나 축내고 있어!"

그때 엠마가 오메 부인을 바라보면서 말했다.

"저보고 좀 들러 달라고 하셨다고 들었는데요."

"아, 참. 그걸 어째."

오메 부인은 슬픈 표정으로 말을 이었다.

"뭐라고 말씀드려야 할지 모르겠네요. 정말 안됐어요."

오메 부인은 끝까지 말을 잇지 못했다. 약제사는 고래고래 소리를 지르고 있었다.

"그걸 비워! 그리고 깨끗하게 닦아서 원래 자리에 갖다 놓아. 어서!"

오메가 쥐스탱의 작업복을 잡아 흔들자, 그의 주머니에서 책 한 권이 떨어졌다.

소년은 몸을 굽혔다. 이때 오메가 제빨리 그것을 집어 들여다보다 눈이 둥그레져 입을 벌렸다.

"부부의…… 사랑?"

오메는 이 두 마디를 천천히 끊어서 읽었다.

"참, 꼴좋다. 꼴 좋아. 삽화도 있군 그래? 이건 해도 너무하는군."

오메 부인이 다가갔다.

"안 돼, 저기로 가!"

아이들은 삽화를 보고 싶어 했다.

"다들 나가!"

오메가 소리치자 아이들은 밖으로 나갔다. 오메는 책을 펴든 채 눈동자를 굴리며 마치 뇌졸중이라도 걸린 것처럼 방안을 왔다 갔다 했다. 그러고는 제자에게 곧장 다가가 팔짱을 끼고 그의 앞에 섰다.

"너 정말 나쁜 짓만 골라 하는구나. 이 못난 놈아, 정신 좀 차려. 너는 어이없는 실수를 저지를 뻔했어. 너는 이 지저분한 책이 우리 집 아이들이 보게 될지도 모른다는 것을 알기나 해? 저 애들의 머릿속에 불을 댕겨 아탈리의 순결을 더럽히고, 나폴레옹을 타락시키면 어쩌려고 했지? 그 아이들의 몸은 이미 어른이야. 설마 내 아이들이 책을 읽지 않았다고 보증할 수는 있어?"

"그런데 하실 말씀이라는 게 뭔가요?"

엠마가 말했다.

"아, 부인. 부인의 시아버지께서 돌아가셨습니다."

보바리 노인은 그저께 밤, 식사 후 갑자기 뇌내출혈 발작을 일으켜 세상을 떠났다. 신경이 예민한 엠마를 염려한 샤를은 오메에게 이 사실을 완곡하게 전해 달라고 부탁했던 것이다.

그는 이 일을 어떻게 전할지 고민하면서, 상대가 거부감 없이 받아들일 수 있도록 그 표현을 생각해 두었다. 그것은 신중함, 완곡함, 완만함을 토대로 한 말이었다. 하지만 갑작스러운 분노 때문에 그 모든 아름다운 말이 머릿속에서 사라져 버렸다.

엠마는 자세한 말을 들을 수 없을 것 같아서 약제사 집을 나섰다. 또다시 오메 씨가 욕을 퍼부었던 것이다. 하지만 차츰 침착함을 회복한 그는 이번에는 터키모자로 부채질하면서 부모 같은 마음으로 말했다.

"물론 이 책이 전적으로 나쁜 것만은 아니야. 이 책을 쓴 사람은 의사야. 이 속에는 남자들이 알아 두어야 할 과학적인 부분도 있어. 하지만 네가 보기에는 너무 일러. 적어도 네가 어른이 되어서 완전한 인간으로 자립했을 때 읽어야 할 책이란 말이다."

엠마가 문을 두드리자 샤를이 두 팔을 벌리고 다가와 눈물 어린 목소리로 말했다.

"아, 여보!"

샤를은 허리를 부드럽게 굽혀 엠마에게 키스했다. 그러나 그의 입술이 닿자 엠마는 다른 남자가 생각나 몸을 떨면서 손을 얼굴로 가져 갔다. 그러고는 나지막이 말했다.

"네, 들었어요. 다 들었어요."

샤를은 모친이 위선적인 감정을 드러내지 않고 사실만을 전달한 편지를 엠마에게 내밀었다. 어머니 편지 속에는 단지 남편이 두드빌 거리에서, 그러니까 퇴역 장교들의 애국적인 모임을 마치고 돌아오는 도중, 어느 카페 문간에서 죽는 바람에 종교의 구원을 받지 못한 것을 애석하게 생각한다고 했다.

엠마는 편지를 읽고 나서 남편에게 돌려주었다. 저녁 식사때는 예의상 식욕이 없다는 듯이 거의 아무것도 먹지 않았다. 하지만 남편이 끈질기게 권하는 바람에 먹기 시작했다. 한편 샤를은 그녀와 마주앉아 몹시 괴로운 표정으로 꼼짝도 하지 않았다.

샤를은 때때로 얼굴을 들어 슬픔에 찬 눈으로 엠마를 바라보았다. 그러고는 깊은 한숨을 내쉬며 말했다.

"꼭 한 번만 더 뵙고 싶었는데!"

엠마는 아무런 말도 하지 않았다. 그러나 무슨 말이라도 해야겠다는 생각이 들어 물었다.

"아버님 연세가 어떻게 되지요?"

"쉰여덟."

"아, 맞아. 그랬어요."

그러고 나서 부부의 대화는 끊겼다. 한참 지난 후에야 샤를이 입을 열었다.

"가엾은 어머니는 이제 어떻게 사시지?"

엠마는 자기도 모르겠다는 몸짓으로 답을 했다.

샤를은 그녀가 이토록 말을 안 하는 것은 그녀 역시 슬퍼하고 있기 때문이라고 생각했다. 이에 감동한 그는 엠마의 슬픔을 자극하지 않기 위해 아무 말도 하지 않기로 마음먹었다. 그러면서 엠마에게 물었다.

"어제는 재미있었소?"

"네."

식사가 끝났지만, 샤를은 일어나지 않았다. 엠마도 가만히 앉아 있었다. 남편의 무표정한 얼굴을 바라보는 동안 그녀의 가슴속 연민의 감정이 사라져 버렸다. 다시 그녀의 눈에 그는 초라하고 나약하며 무능하고 한심한 사람으로 보였다. 어떻게 하면 이 남자로부터 자유를 얻을 수 있을까? 이 밤은 왜 이리도 따분한가! 아편 연기와도 같은 그 무엇이 그녀를 서서히 무감각하게 만들고 있었다.

갑자기 막대로 마루를 쾅쾅 울리는 듯한 소리가 복도에서 났다. 이폴리트가 엠마의 짐을 가져온 것이다. 그는 짐을 내려놓기 위해 1/4 가량의 원을 그리고 있었다.

'남편은 이 남자를 힘들게 했던 걸 잊어버렸나 봐.'

덥수룩한 붉은 머리에 땀을 뚝뚝 흘리는 그 남자를 보면서 엠마는 가엾다는 생각이 들었다.

샤를은 지갑 속에서 잔돈을 찾고 있었다. 그리고 자신의 무능함을 비웃는 듯이 이 남자가 옆에 서 있다는 것만으로도 그에게 얼마나 굴욕적인 일인지 전혀 느끼지 못하는 것 같았다.

"그러고 보니 예쁜 꽃다발을 사 왔네."

샤를은 벽난로 위에 놓인 레옹이 준 오랑캐꽃을 보고 말했다.

"네, 아까 산 거예요. 구걸하는 여자에게서."

엠마는 아무렇지도 않게 대답했다.

샤를은 오랑캐꽃을 집어 들고 울어서 빨개진 눈을 꽃에 식히면서 냄새를 맡았다. 엠마는 재빨리 그 꽃을 그의 손에서 빼앗은 뒤 컵에 꽂아 두기 위해 밖으로 나갔다.

다음 날, 보바리 노부인이 도착했다. 그녀와 아들은 많이 울었다. 엠마는 할 일이 많다는 핑계로 그곳을 떠났다.

이튿날에는 장례 준비를 해야 했다. 모두 바느질 상자를 들고 물가에 있는 덩굴시렁 밑으로 가서 자리를 잡았다.

샤를은 아버지 생각을 하고 있었다. 그는 지금까지 아버지를 별로 좋아하지 않았던 자신에게 이런 감정이 남아 있다는 것을 느끼고는 조금 놀랐다. 보바리 노부인도 남편을 떠올렸다. 그녀에게는 예전의 안 좋았던 날들도 그저 그립기만 했다. 너무 오랜 습관에서 비롯된 본능적인 슬픔이 지난날의 나쁜 기억들을 모두 거두어 갔던 것이다. 바느질하는 손이 놀고 있는 동안에도 굵은 눈물방울이 코를 타고 내려와 한동안 매달려 있곤 했다.

하지만 엠마는 아무런 감정이 없었다. 불과 48시간 전만 해도 엠마는 레옹과 단둘이 현실에서 벗어나 황홀경에 빠져들어 서로 정신없이 바라본 것만 떠올랐다. 이미 가 버리고 없는 그날의 사소한 일들까지 남김없이 다시 붙잡고 싶었다. 하지만 시어머니와 남편이 곁에 있다는 것이 부담되었다. 아무리 애써도 세상사 때문에 흩어져 버리려고 하는 사랑의 꿈을 방해받지 않기 위해 그녀는 아무 소리도 듣지 않고, 아무 것도 보고 싶지 않았다.

엠마는 옷 안감을 떼고 있었다. 그러자 옷 조각들이 주위에 흩어졌다. 보바리 노부인은 고개를 숙이고 가위질하고 있었다. 샤를은 테두리를 박은 프록코트를 입고 양손을 주머니에 찌른 채 아무 말도 하지 않았다. 그 옆에서는 베르트가 작은 앞치마를 두르고 오솔길의 모래를 긁으며 놀고 있었다.

그때 뢰르 씨가 목책을 열고 들어왔다. 그는 불행한 일이 닥쳤을 때 도움이 되고자 찾아왔다고 말했다. 엠마는 도움을 청할 일이 없다고 말했다. 하지만 그는 물러서지 않았다.

"대단히 실례이지만 조용히 드릴 말씀이 있습니다."

그러고는 낮은 목소리로 말을 이었다.

"전의 그 건 때문에요. 아시겠지요?"

샤를은 귀까지 빨개졌다.

"아, 맞아. 그렇지!"

그리고 쩔쩔매면서 아내에게 말했다.

"당신이 대신해 줄 수 있을까?"

엠마는 알아들었다는 듯이 자리에서 일어났다. 샤를은 어머니에게 말했다.

"아무 일도 아니에요. 사소한 집안일일 거예요."

그는 자신의 어머니에게 어음 건에 대해 말하고 싶지 않았다. 잔소리가 날아올 것이 뻔했기 때문이었다.

두 사람만 남게 되자 뢰르는 노골적인 말로 유산 상속을 축하한 다음, 과수원에 관한 이야기와 자신의 건강 상태 등 쓸데없는 이야기를 늘어놓기 시작했다. 사실 그는 수백 마리의 악마들 못지않게 많은 일을 하지만, 사실은 소문과 달리 빵에 바를 버터를 살 만한 벌이도 하지 못한다고 말했다.

엠마는 그의 말을 묵묵히 듣고 있었다. 그녀는 지난 이틀 동안 죽을 만큼 따분했던 것이다.

"그런데 부인은 이제 완전히 회복하셨나요?"

그는 계속 이런 말만 했다.

"불쌍한 바깥양반은 보기에 안타까울 정도로 걱정하시더군요. 참 좋으신 분입니다. 저랑 옥신각신한 것은 있지만."

엠마는 왜 옥신각신했느냐고 물었다. 샤를은 주문한 물건에 대해 그녀에게 말하지 않았던 것이다.

"잘 아실 텐데요."

뢰르는 말했다.

"주문하신 그 여행 가방들 때문에요."

뢰르는 모자를 깊숙이 눌러 쓰고 뒷짐을 진 채 휘파람을 불면서 아주 부담스러울 정도로 대담하게 그녀의 얼굴을 바라보았다.

'이 남자가 뭔가 눈치챈 건 아닐까.'

그녀는 불안한 상상 속에 빠져 헤매고 있었다. 이때 그가 다시 입을 열었다.

"바깥양반하고는 화해했어요. 그런데 한 가지 타협할 게 있어서 찾아왔습니다."

그것은 샤를이 서명한 어음을 갱신하는 일이었다. 그는 물론 보바리 씨가 하자는 대로 할 것이고, 또한 골치 아픈 일이 연거푸 생긴 지금, 고민하게 해서는 안 될 것이라며 덧붙였다.

"차라리 어음을 다른 사람에게 넘기는 어떤가요? 부인께라도 말입니다. 위임장 하나만 있으면 됩니다. 그렇게 되면 자잘한 문제들은 부인과 제가 알아서 처리하게 될 수 있고요."

엠마는 이해가 가지 않았다. 뤼르는 잠시 침묵하다가 다시 장사 이야기로 돌아가 부인에게 틀림없이 필요한 것이 있을 거라고 말했다. 그리고 옷 한 벌 감과 까만 나사 12m를 보내 겠다고 덧붙였다.

"지금 입고 계신 옷은 집에서야 괜찮겠지만, 외출복은 따로 마련하셔야 할 것 같습니다. 나는 대강 알아보았습니다. 제 눈이 어디 보통 눈인가요."

뤼르는 옷감을 직접 가지고 왔다. 그러고는 다시 치수를 재러 들렀다. 그 외에도 이런저런 구실을 만들어 찾아와서는 친절함과 성의를 보이면서 오메가 한 말처럼 충성을 바치고 있었다. 그러면서도 항상 위임에 대한 말을 넌지시 건네곤 했다. 하지만 어음에 대해서는 한마디도 하지 않았고, 그녀도 생각하지 않았다. 병이 나아갈 무렵, 그 건에 대해 샤를에게 말을 들은 적은 있었다. 하지만 그 후 그녀는 너무 많은 파란을 겪어서 더는 그것에 대해 기억하지 않았다. 게다가 그녀는 금전 문제에 대해서는 아무런 말도 하지 않았다. 보바리 노부인은 이를 의아해하면서 그녀가 병중(病中)에 얻은 신앙심 때문에 변했다고 생각했다.

하지만 시어머니가 돌아가자, 엠마는 착실하게 업무를 처리해 샤를을 놀라게 만들었다. 여기저기 조회하고 저당권을 확인해 경매나 청산 중 어느 쪽을 택해야 할지 정해야 한다고 말했다. 또한 그녀는 유서나 최고(催告)장, 공제 같은 전문 용어를 쓰면서 유산 상속의 복잡한 절차를 과장해 말했다. 그리하여 결국 '사무를 관리하고 채무를 정리해 모든 어음에 서명하고 보증을 서며, 일체의 금액 지급을 대행한다.'라는 내용의 위임장 서식을 그에게 보여 주었다. 그녀는 뢰르가 가르쳐 준 것을 활용했던 것이다.

샤를은 어리석게도 그 서식이 어디에서 났느냐고 물었다.

"기요맹 씨한테서요."

그러고는 냉정한 어투로 덧붙였다.

"나는 그 사람을 별로 믿지 않아요. 공증인들은 대개 평판이 안 좋으니까요. 구태여 상담해야 한다면 우리가 아는 사람이 있어야 하는데, 아무도 없더군요."

"레옹이라면 어떨까?"

샤를이 깊이 생각하고 나서 말했다.

그런데 편지로 상담하기는 쉽지 않은 일이었다. 그래서 그녀는 자신이 레옹을 만나겠다고 말했다. 그는 그렇게까지 할 필요 없다고 말했지만, 그녀가 고집을 피웠다. 마침내 엠마는 강경하게 나가기로 마음먹고 소리를 쳤다.

"나는 당신이 뭐라 해도 갈 거예요."

"정 그렇다면 그렇게 해. 당신은 정말 착해."

그는 아내의 이마에 키스하면서 말했다.

다음 날, 그녀는 제비를 타고 레옹과 의논하기 위해 루앙으로 떠났다. 그리고 그녀는 그곳에서 사흘을 묵었다.

3

정말 달콤하고 멋진 사흘 동안의 충만한 밀월이었다.

두 사람은 부둣가에 있는 불로뉴 호텔에서 묵었다. 그들은 덧문을 내리고 문을 잠근 뒤 마루에 꽃을 장식하고는 아침부터 아이스 시럽을 먹었다.

저녁에는 지붕이 있는 배를 타고 섬으로 가서 식사했다. 그 시각이면 조선소 공사장에서 선체를 두드리며 배의 갈라진 틈을 메우는 직공들의 망치질 소리가 들려왔다. 타르를 태우는 연기가 나무들 언저리를 돌았고, 강물에는 붉은 석양을 받은 커다란 기름 반점이 흘러다니고 있었는데, 마치 커다란 청동판이 떠다니는 것처럼 보였다.

두 사람은 강변에 매어 놓은 배 사이로 내려갔다. 비스듬히 맨 닻줄이 그들이 탄 배를 아슬아슬하게 스치곤 했다.

더는 거리의 소음이 들리지 않았다. 마차가 구르는 소리, 사람들이 떠드는 소리, 다른 배 위에서 짖는 개 소리도 어느새 멀어져 갔다. 그녀는 모자의 끈을 풀었고, 곧 섬에 도착했다.

그들은 문간에 검은 망을 친 술집 지하실에 자리를 잡았다. 그러고는 바다빙어 튀김, 크림, 그리고 버찌를 먹었다. 그들은 풀밭 위에 눕기도 하고, 사람들의 눈에 띄지 않는 미루나무 아래에서 키스를 나누었다. 그들은 로빈슨 크루소와 같이 이곳에서 영원히 함께 살고 싶었다. 행복에 취해 있는 두 사람에게 그곳은 세상에서 가장 아름다운 낙원이었다. 물론 나무와 푸른 하늘과 잔디밭, 그리고 흐르는 물이나 나뭇잎이 산들거리는 소리를 처음 보거나 듣는 것은 아니었다. 하지만 예전에는 몰랐다는 듯이, 혹은 그들의 욕망이 충족되고 나서 비로소 그 아름다움을 알게 되었다는 듯 두 사람은 주변의 모든 것에 대해 강하게 마음이 일렁였다.

밤에 두 사람은 돌아가는 배를 탔다. 작은 배는 섬들의 기슭을 따라서 갔다. 두 사람은 배 안쪽 어둠 속에서 꼼짝도 하지 않았다. 그러고는 아무 말도 하지 않았다. 네모난 노가 쇠고리 사이에서 삐걱거렸다. 그 소리는 메트로놈의 박자처럼 고요 속에서 규칙적으로 울렸고, 고물에서는 키가 물을 스치면서 끊임없이 물결 소리를 냈다.

잠시 후 달이 밝았다. 두 사람은 달이 우수와 낭만으로 넘친다면서 아름다운 말들을 늘어놓았다. 그녀는 노래를 부르기까지 했다.

어느 날 저녁이었지요. 당신과 둘이서 배를 타던 일…….

아름답고 가냘픈 그녀의 목소리는 파도 위로 넘실거렸다. 그럴 때면 바람이 그 소리를 실어 갔고, 레옹은 자기 옆으로 스쳐 지나가는 새의 날갯짓인 양 사라져 가는 그 소리를 들었다.

엠마는 배의 칸막이에 기댄 채 남자와 마주앉았다. 열어 놓은 덧문으로 달빛이 새어 들고 있었다. 그녀의 까만 옷 주름은 부챗살처럼 펴져 그녀를 한층 더 날씬하게 보이게 했다. 그녀는 고개를 들어 두 손을 마주 잡고는 허공을 바라보았다.

때로 버드나무 그림자가 그녀를 완전히 가리기도 했고, 다시 환영처럼 달빛 속으로 떠오르곤 했다.

엠마 옆에 앉아 있던 레옹은 문득 손바닥을 스치는 진홍색 리본을 발견했다.

뱃사공은 그것을 유심히 들여다보더니 말했다.

"이건 제가 얼마 전 태워 드렸던 손님 것 같군요. 남자와 여자 여러분이 탔는데, 과자와 샴페인, 피스톤 달린 나팔까지 가지고 와 떠들썩하게 놀았습니다. 그중 키가 크고 콧수염을 기른 손님은 아주 미남이었는데, 유난히 재미있는 분이었어요. 그분한테 다른 사람들이 이렇게 말했어요. '한마디 해 봐, 아돌프. 아니, 노돌프던가…….' 아무튼 그런 종류의 이름이었어요."

그녀는 너무 놀라 몸서리를 쳤다.

"엠마, 몸이 안 좋아요?"

레옹이 그녀 곁에 다가앉아 물었다.

"아무것도 아니에요. 밤바람이 차서 그런가 봐요."

"그분도 손님처럼 여자들에게 친절했어요."

뱃사공은 낯모르는 손님의 마음에 들고 싶어 부드럽게 말했다. 그러고는 두 손에 침을 묻히고는 다시 노를 집어 들었다.

그렇지만 이제 헤어질 시간이 다가왔다. 이별은 무척 슬펐다. 그가 장차 편지를 보낼 때는 롤레 아줌마네 집으로 보내라고 말했다. 또한 편지를 이중으로 봉해 보내라면서 세심하게 주의를 주어 레옹은 그녀의 머리가 좋다는 생각을 했다.

"그럼 모든 일이 틀림없는 거지요?"

엠마가 마지막 키스를 하면서 물었다.

"물론이지요."

레옹은 혼자 돌아오면서 생각했다.

'그런데 그 위임장 문제에 왜 그렇게 신경을 쓰는 걸까?'

4

이제 레옹은 동료 사이에서 거만하게 굴었을 뿐더러 그들과 어울리려 하지도 않았으며, 소송 서류는 거들떠보지도 않았다.

단지 그는 그녀의 편지만을 기다렸다. 편지가 도착하면 읽고 또 읽었다. 그러고는 그도 그녀에게 편지를 썼다. 그는 욕망과 기억의 힘을 빌려 그녀의 모습을 그려 보았다. 그녀를 다시 만나고 싶다는 마음이 간절했고, 서로 먼 거리에 있으면서도 그 그리움은 사그라지지 않았다. 마침내 그는 어느 토요일 아침, 법률 사무소를 빠져나왔다.

언덕 꼭대기에서 골짜기 사이로 교회 종탑에 걸린 양철 풍향계가 바람에 빙글빙글 돌아가는 것을 보면서 그는 백만장자가 고향을 찾을 때처럼 의기양양하고, 허영심과 이기적인 마음이 뒤섞인 기쁨에 어쩔 줄 몰라 했다.

레옹은 그녀의 집 주위를 어슬렁거렸다. 부엌에서는 불빛이 새어 나왔다. 그는 커튼 뒤로 그녀의 그림자가 보일까 해서 자세히 살폈지만 아무도 보이지 않았다.

르프랑수와 아주머니는 그를 보자 반가운 마음에 큰 소리를 쳤다.

"키가 크고 좀 말랐네."

그녀가 말했다. 그러자 반대로 아르테미즈는 말했다.

"튼튼해진 것 같고 얼굴도 그을었어."

레옹은 예전처럼 작은 방에서 식사했다. 하지만 비네와 함께 식사하지는 않았다. 비네는 이제 제비를 기다리는 것에 진절머리가 난다면서 식사를 한 시간 앞당겼던 것이다. 그는 5시에 저녁을 먹었는데도 여전히 낡아빠진 마차가 너무 늦는다고 투덜거리곤 했다.

마침내 결심을 굳힌 레옹은 의사의 집으로 찾아가 문을 두드렸다. 엠마는 방에 있었지만 15분 정도 후에 나왔다. 샤를이 나와서 다시 만나게 되어 반갑다고 악수를 청했다. 하지만 그는 그날 저녁도, 그다음 날에도 집에만 있었다.

레옹은 그다음 날 밤에 겨우 뒤뜰 샛길에 있는 엠마를 만났다. 어떤 남자와 만났을 때처럼 말이다. 마침 비가 많이 내려 두 사람은 한 우산 안에서 번쩍거리는 번갯불을 보면서 말을 주고받았다.

헤어지는 것은 정말 어려웠다.

"차라리 죽어 버렸으면 좋겠어."

엠마가 말했다. 그러고는 레옹의 팔에 매달려 울면서 몸부림을 쳤다. "안녕! 이제 언제 만날 수 있을까?"

그들은 헤어져서 길을 가다가 다시 되돌아와 서로 꼭 껴안

왔다. 엠마는 레옹에게 무슨 일이 있어도 최소한 일주일에 한 번은 자유롭게 만날 기회를 만들겠다고 약속했다. 그럴 자신이 있다면서 말이다. 또한 그녀는 큰 희망이 생겼다. 손에 돈이 들어오게 된 것이다.

돈이 들어오자 엠마는 뤼르가 헐값이라면서 권했던, 노란색 바탕에 큰 무늬가 있는 커튼을 두 폭 마련했다. 그녀는 양탄자를 깔고 싶었다. 그러자 뤼르는 큰돈이 들지 않을 거라면서 한 장 가져오겠다고 정중하게 말했다. 그녀는 이제 그의 도움 없이는 아무것도 할 수 없게 되었다. 그녀는 하루에도 몇 번씩 그를 불러들였다. 그러면 그는 쏜살같이 달려왔다. 사람들은 왜 룰레 아줌마가 매일 그녀의 집에 와서 점심을 먹는지, 왜 엠마를 만나러 오는지 알 수 없었다.

엠마가 음악에 미칠 듯이 열을 올리던 겨울이 시작될 무렵의 일이었다.

어느 날 밤, 샤를은 그녀가 같은 곡을 네 번이나 반복해서 치면서 제대로 되지 않는다고 투덜대는 소리를 들었다.

"아니야, 멋져. 더 쳐 봐."

"아니에요. 형편없어요. 손이 다 굳어서."

다음 날, 그는 자신을 위해 뭐든 한 곡 쳐 달라고 말했다.

"좋아요."

샤를은 다 듣고 나서 실력이 좀 준 것 같다고 말했다.

그녀는 악보를 잘못 읽고 다른 음을 내다가 갑자기 연주를 멈추고는 말했다.

"이제는 틀렸어. 개인 지도를 받아야만 해, 하지만."

그녀는 입술을 지그시 깨물면서 말을 이었다.

"개인 지도 한 번에 20프랑이라니 너무 비싸."

"음, 그렇긴 하군."

샤를은 멍청한 표정으로 말했다.

"하지만 더 싸게 배울 방법이 있을 거요. 이름 없는 음악가가 유명한 선생보다 잘 가르칠 수도 있으니까."

"그럼 알아봐 줘요."

다음 날, 샤를은 집에 돌아와 무언가 의미 있는 눈초리로 그녀를 바라보더니 이렇게 말했다.

"당신은 가끔 이상한 고집을 피울 때가 있어. 오늘 바르포세르에 가 보니 리에자르 부인 말이 수도원에 다니는 자기 딸들은 한 번에 2프랑씩을 내고 개인 지도를 받는다고 하더군. 그것도 유명한 음악가에게 말이오."

엠마는 어깨를 으쓱했다. 그리고 다시는 피아노 뚜껑을 열지 않았다. 하지만 그 옆을 지날 때마다 (물론 샤를이 있을 때) 그녀는 한숨을 내쉬었다.

"아, 내 불쌍한 피아노!"

그러고는 손님이 찾아오면 사정이 생겨 피아노를 배우지 못하게 되었다고 말했다. 그러면 손님들은 그것을 애석하게 여겼다.

"안됐네요. 재능이 많은데."

손님들은 샤를에게도 아내의 재능이 아깝다면서 핀잔을 주었다. 특히 약제사가 심하게 나무랐다.

"그러시면 안 돼요. 천부적인 재능을 썩힐 수는 없지요. 게

다가 생각해 보세요. 지금 부인이 음악을 하시게 되면 나중의 댁의 아이들에게 음악 교육을 하는 돈을 아낄 수 있잖아요. 나는 자녀 교육은 어머니가 맡아야 한다고 생각하는 사람이에요. 이것은 루소의 사상인데, 새로운 건지 어쩐 건지는 모르겠지만 머지않아 루소의 생각이 옳다는 걸 사람들은 알게 될 거예요. 마치 모유로 아이를 키우는 것과 종두처럼요."

그래서 샤를은 다시 한번 피아노 문제를 거론했다. 그러자 엠마는 그냥 피아노를 팔아 버렸으면 좋겠다고 말했다. 하지만 그의 허영심을 만족하게 해 주었던 피아노를 없앤다는 것은 샤를에게는 아내의 한 부분이 죽는 것과 마찬가지로 여겨졌다.

"당신이 원한다면 말이오."

샤를이 말했다.

"가끔 개인 지도를 받아 보는 것도 좋을 것 같소. 그리 큰 돈이 드는 건 아니니까."

"하지만 개인 지도는 계속 받지 않으면 아무런 소용이 없어요."

그녀는 말했다.

그리하여 결국 그녀는 한 주에 한 번씩 애인을 만나러 시내에 가는 것을 허락받았다. 한 달이 지나자 사람들은 그녀의 실력이 많이 늘었다고 말했다.

5

시내에 가는 날은 목요일이었다. 엠마는 자리에서 일어나면 샤를이 깨지 않도록 조심해서 옷을 갈아입었다. 그녀가 너무 일찍 서두르면 샤를이 잔소리할 것 같았기 때문이었다. 옷을 다 입은 그녀는 방 안을 왔다 갔다 했다. 그러다가 창가에 서서 광장을 내다보곤 했다. 아침 햇살이 시장의 기둥들 사이를 가로질렀고, 덧문이 아직 닫힌 약제사의 집은 간판의 큰 글자만이 희끄무레한 빛 속에서 드러나 보였다.

그녀는 벽시계가 7시 15분을 가리키면 황금 사자로 갔다. 아르테미즈가 하품하면서 문을 열었고, 그녀를 위해 잿더미에 묻어 둔 숯불을 꺼내 주었다. 부엌에는 엠마 한 사람밖에 없었다. 그녀는 가끔 밖으로 나가 보았다. 이베르가 천천히 마차에 말을 매면서 르프랑수와 부인의 이야기를 듣고 있었다. 그녀는 무명 모자를 쓴 머리를 창밖으로 내밀고, 그가 해야 할 일들에 관해 이야기하면서 다른 사람이라면 귀찮아 했을 정도로 장황하게 설명해 주었다. 엠마는 발이 시려서 구둣바닥으로 안뜰 돌을 쾅쾅 밟았다.

마침내 식사를 마친 이베르는 외투를 걸치고 파이프에 불을 붙인 다음, 채찍을 지고 천천히 마부석에 올랐다.

제비는 가벼운 걸음으로 달리기 시작했다. 10km쯤 가는 동안 길바닥이나 집 울타리 앞에 서서 마차를 기다리던 사람들을 태웠다. 전날 예약한 손님은 좀처럼 나오지 않았다. 그중에는 아직 자는 사람들도 있었다. 이베르는 소리를 지르며 손님을 부르고, 욕설을 퍼붓거나 결국은 마부석에서 내려와 문을 세게 두들기기도 했다. 벌어진 마차 창문 틈으로 세차게 부는 바람이 들어왔다.

그러는 동안 의자 네 개가 다 차고, 마차는 빠른 속도로 달리기 시작했다. 사과나무가 줄지어 늘어서 있는 것이 보였다. 누런 물이 고인 도랑 사이로 길은 지평선 끝까지 차차 가늘어지면서 뻗어 있었다.

엠마는 그 길을 처음부터 끝까지 잘 알고 있었다. 목장 다음에 도로 표지 말뚝이 있고, 그 앞에는 느릅나무 한 그루, 그리고 도로를 보수하는 일꾼들의 오두막 같은 것이 있다는 사실을 잘 알고 있었다. 그래서 가끔은 눈을 감아 보기도 했는데, 앞으로 남은 길의 거리는 느낌만으로도 잘 알 수 있었다.

마침내 벽돌 건물들이 많아지자 지면은 마차 바퀴 밑에서 소리를 지르고, 제비가 뜰과 뜰 사이를 누비며 지나갔다. 뜰에는 석상이나 정자, 가지를 다듬은 주목(朱木), 그리고 그네 따위가 있었다. 그러다가 불쑥 거리의 모습이 한눈에 들어왔다.

도시는 계단식 원형 극장 모양으로 차차 아래로 내려가고, 안갯속에서 차츰 모습을 드러냈다. 그다음에는 넓은 들판이 단조로운 기복을 보이며 점점 높아져 가다가 저 멀리 희뿌연 하늘 밑에까지 이어졌다. 이렇게 높은 곳에 있다 보니 풍경들이 한 폭의 그림 같았다. 닻을 내린 배들이 한쪽에 모여 있고, 강물은 푸른 언덕 아래로 굽이쳐 흘렀으며, 기다란 섬들은 크고 시커먼 물고기라도 되는 양 모습을 드러냈다. 공장 굴뚝에서 뿜어져 나오는 갈색 연기는 바람에 흩날리며 사라져 갔다.

주물 공장에서 들리는 울부짖는 듯한 소음이 성당의 종소리와 함께 아련히 들려왔다. 잎이 떨어진 가로수는 집들 사이에서 보랏빛 덤불을 이루고, 비에 젖어 번들거리는 지붕들은 집의 높이에 따라 낮거나 높게 빛을 반사하고 있었다. 때로 바람이 불어와 생 카트린느 언덕 쪽으로 구름이 떠돌아다니게 했다. 그 모습은 절벽에 부딪친 큰 파도가 부서져 사라지는 광경 같았다.

엠마의 느낌으로는 첩첩이 쌓여 있는 삶들에서 눈부신 무언가가 발산되는 것 같았다. 그녀의 가슴은 한껏 부풀어 올랐다. 마치 그곳에서 맥박 치는 12만의 생명이 정념의 열풍이 되어 그녀의 가슴에 몰려드는 것 같았다. 그녀의 사랑은 이 광대한 공간 앞에서 드넓게 확대되었고, 주위의 막연한 소음과 함께 소용돌이쳤다. 그녀는 그 사랑을 밖으로, 광장으로, 산책로로, 거리로 쏟아 내었다. 그러자 노르망디의 그 오래된 도시는 그녀가 들어가려는 넓은 도시나 바빌론의 도시처럼 눈앞에 펼쳐졌다.

엠마는 두 손으로 창틀을 잡고 몸을 내밀어 상쾌한 바람을 들이마셨다. 세 마리의 말은 쏜살같이 달렸다. 흙탕 속에서 바퀴에 닿은 돌들은 삐걱거리고, 마차가 기우뚱거렸다. 이베르는 저 멀리 큰길을 지나가는 마차를 향해 소리를 질렀다. 한편, 교외의 브와기욤에서 밤을 보낸 시민들은 자가용 마차를 타고 느긋하게 언덕을 내려갔다.

승합 마차는 거리 입구에서 멈추었다. 엠마는 구두 위에 신은 덧신을 벗고 장갑을 다른 것으로 낀 다음 숄을 매만지고 나서 한 스무 걸음쯤 더 간 뒤 마차에서 내렸다.

거리는 마침 잠에서 깨어나고 있었다. 터키모자를 쓴 점원들은 가게 앞을 청소하고, 허리에 바구니를 낀 행상들은 길모퉁이를 돌면서 소리를 쳤다. 엠마는 검은 베일을 늘이면서 기쁨의 미소를 지었다.

평소에 그녀는 남의 눈에 띄지 않도록 빠른 길을 이용하지 않았다. 그녀는 어두운 뒷골목으로 들어갔다. 그러고는 나시오날 거리의 분수가 있는 곳까지 한달음에 걸어갔다. 그곳에는 극장과 선술집이 있었고, 창녀들이 있는 거리이기도 했다. 가끔 짐마차가 연극의 무대 장치를 싣고 엠마 곁을 지나갔다. 앞치마를 두른 급사들이 길옆 푸른 관목 사이에 모래를 뿌리고 있었다. 압생트(스위스산 술로, 도수가 높은 증류주. 빈센트 반 고흐가 즐겨 마신 술로 유명함)와 잎담배, 그리고 굴 냄새가 풍겼다.

그녀는 한 모퉁이를 돌아 골목으로 들어갔다. 그러자 한 남자가 그녀 앞에 나타났다. 모자에서 비어져 나온 곱슬머리 덕분에 그녀는 그를 알아볼 수 있었다.

레옹은 한 번도 멈추지 않은 채 도보 위를 계속 걸었다. 엠마는 그를 따라 호텔에 이르렀다. 그는 층계를 올라가 방문을 열고 들어갔다. 얼마나 애타게 바라던 포옹인가!

키스가 끝나자 비로소 참았던 이야기들이 쏟아져 나왔다. 지난 일주일 동안 겪은 슬펐던 일, 어떤 예감, 초조하게 기다렸던 편지 등에 관한 것이었다. 하지만 지금은 모두 잊을 수 있었다. 단지 두 사람은 서로 얼굴을 바라보면서 즐겁게 웃었고, 다정하게 서로의 이름을 불렀을 뿐이다.

침대는 마호가니로 만든 커다란 배 모양이었다. 천장에서부터 베개 옆까지 빨간 터키 비단 커튼이 옆으로 늘어져 아치형으로 낮게 매어져 있었다. 엠마는 부끄러운 듯 두 손으로 얼굴을 가리면서 드러난 팔을 오므렸다. 그때 붉은 커튼을 바탕으로 드러난 갈색 머리와 흰 살결은 매우 아름다워서 비현실적으로 보였다. 수수한 융단과 화려한 장식품이 있고 조용한 빛이 비쳐 드는 이곳은 남녀가 사랑을 나누기에 아주 좋은 곳이었다. 화살처럼 뾰족한 막대와 구리 커튼 핀, 그리고 난로 옆 장작 선반의 공처럼 둥근 장식들이 햇빛을 머금으며 반짝거리고 있었다. 벽난로 위의 촛대 사이에는 귀를 가져다 대면 파도 소리가 들린다는 커다란 조개껍데기 두 개도 놓여 있었다.

약간 색이 바래기는 했지만, 이 화려하고도 편안한 방은 두 사람 마음에 꼭 들었다. 그리고 올 때마다 늘 같은 자리에 있는 가구도 놓여 있었다. 지난 목요일에 그녀가 잃어버리고 간 머리핀은 시계받침 밑에 그대로 놓여 있었다. 두 사람은 난로 옆 자단을 박은 작은 원탁에서 식사했다. 엠마는 애교 넘치게 말하면서 고기를 썰어 레옹의 접시에 놓아 주었다. 샴페인 거품이 술잔에 넘쳐 그녀의 반지에 흐르면 장난스러운 웃음을 짓기도 했다. 그들은 서로에게 사로잡혀 자신들의 집에 있는 것 같은 착각이 들기도 했다. 그리고 젊은 부부처럼 언제까지고 그곳에서 살고 싶어 했다. 그들은 우리 방, 우리 융단, 우리 소파라고 말했다. 그녀는 심지어 내 덧신이라고도 말했다. 그것은 엠마가 가지고 싶어 하던 것을 그가 사 준 선물로, 백조 깃털로 가장자리를 장식한 장밋빛 공단으로 만든 실내화였다. 그녀가 레옹의 무릎에 앉으면 그녀의 두 다리는 바닥에 닿지 않고 공중에서 흔들거렸다. 그러면 뒤축이 없는 그 신발이 그녀의 발가락 위에 걸쳐져 있곤 했다.

레옹은 생전 처음으로 여자의 우아함에서 나오는, 뭐라 형용할 수 없는 미묘함을 맛보았다. 그는 지금까지 이토록 애교 넘치는 말투와 몸에 잘 어울리는 옷, 그리고 잠든 비둘기 같은 자태를 본 일이 없었다. 그는 엠마의 열광적인 영혼과 레이스 달린 치마에 감탄하곤 했다. 게다가 이 여자는 상류층 부인이고 남의 아내였다. 그런 만큼 더욱 정부 같은 여자였다.

원래 변덕스러운 그녀는 기분 내키는 대로 행동했고, 침울한가 하면 쾌활해지고, 조용한가 싶으면 떠들어 대고, 흥분하는가 싶으면 나른해지면서 레옹의 무수한 욕망을 자극했고, 갖가지 본능과 추억을 불러일으켰다. 그녀는 모든 소설 속에 등장하는 사랑에 빠진 여인이었으며, 모든 희곡의 주인공이었고, 모든 시집 속에 나오는 '그녀'였다. 레옹은 그녀의 어깨를 보면서 〈목욕하는 여인(프랑스 고전주의 화가 앵그르의 대표작)〉의 호박색을 연상했다. 그녀의 긴 가운은 봉건 시대의 성주 부인을 떠올리게 했고, 바르셀로나의 창백한 여인과도 비슷했다. 무엇보다 그녀는 천사였다.

레옹은 그녀를 바라보고 있으면 자신의 영혼이 그녀에게로 빠져나가 그녀의 얼굴 주위에서 감돌고, 그녀의 하얀 가슴속에 빨려 들어가는 듯한 느낌을 받았다.

그는 엠마 앞에 무릎을 꿇고 앉아 그녀의 무릎에 양팔을 고이고는 얼굴을 들어 미소를 지으면서 지그시 그녀를 바라보았다.

그러자 엠마는 그에게 몸을 숙여 황홀감에 젖은 목소리로 숨이 막힐 듯 속삭였다.

"움직이지 마요. 아무 말도 하지 말고요. 나만 바라봐요. 당신 두 눈에서 정다운 느낌이 흘러나와서 정말 좋아요."

엠마는 그를 도련님이라고 불렀다.

"도련님, 내가 좋아요?"

그녀는 대답을 들을 필요도 없다는 듯이 곧바로 레옹의 입에 자신의 입을 포개었다.

탁상시계 위에서는 청동으로 만든 작은 큐피드가 황금빛 화환 아래서 두 팔을 구부리고 부드러운 미소를 짓고 있었다. 두 사람은 그것을 보고 늘 웃곤 했다. 그러다가 헤어질 때가 되면 두 사람 다 시무룩해졌다.

두 사람은 서로 마주앉아 같은 말을 되풀이했다.

"다음 목요일이에요. 목요일이라고요."

갑자기 엠마가 레옹의 머리를 두 손으로 감싸 쥐고 말했다.

"안녕!"

그녀는 레옹의 이마에 입을 맞춘 다음 층계를 빠른 걸음으로 내려왔다.

우선 엠마는 코미디 거리에 있는 미용실로 갔다. 머리를 고치기 위해서였다. 벌써 해가 저물어 밤이 되어 갔고, 미용실에는 가스등이 켜져 있었다.

극장에서는 배우들의 공연 시간을 알리는 종소리가 들려

왔다. 그러자 미용실 맞은편으로 얼굴에 하얀 칠을 한 남자와 낡은 옷을 입은 여자들이 분장실에 들어서는 모습이 보였다.

미용실 안은 천장이 몹시 낮았고, 가발과 포마드가 어지럽게 놓인 가운데 난로를 피워서 매우 더웠다. 그녀는 머리를 지지는 냄새와 머리를 매만지는 촉감 때문에 나른함을 느끼다가 꾸벅꾸벅 졸았다. 미용사들은 머리를 매만지면서 가면무도회 표를 사라고 권했다.

얼마 뒤 엠마는 미용실에서 나왔다. 그러고는 몇 개의 거리를 거슬러 올라가 적십자 여관에 도착했다. 그녀는 그곳에서 오늘 아침 의자 밑에 숨겨 두었던 비신을 신었다. 그러고는 마차가 떠나기만을 기다리는 승객들 사이에 자리를 잡았다. 몇몇 사람이 언덕 아래에서 하차했고, 마차에는 그녀만이 타고 있었다.

모퉁이를 돌 때마다 거리의 등불이 점점 또렷해 보였다. 서로 분간하기 어렵게 옹기종기 모인 집들 위로 뿌연 빛이 안개처럼 드리워져 있었다. 엠마는 의자 방석 위에 무릎을 꿇고 앉아 눈부신 빛들을 바라보았다. 그러다가 레옹의 이름을 부르며 흐느꼈다. 그에게 나지막하게 사랑의 언어를 전하고 키스를 보냈지만, 모든 것은 바람에 휘날려 날아가 버렸다.

언덕 위에는 지나다니는 마차들 틈에 지팡이를 짚고 서성거리는 거지 하나가 있었다. 겹쳐 입은 낡아빠진 누더기가 몸을 감싸고 있었고, 양푼처럼 찌그러진 낡은 모자에 가려 얼굴은 보이지 않았다. 거지가 모자를 벗자, 눈꺼풀이 거의 없는데다 핏발이 선 커다란 두 눈이 보였다. 살덩이는 찢어져 붉은 누더기가 되어 있었고, 몸에서는 고름이 흘러내려 코 근처까지 퍼렇게 눌어붙어 있었다. 시커먼 콧구멍에서는 콧물이 줄줄 흘렀다. 그는 무언가 말할 때 하늘을 쳐다보면서 백치처럼 웃었다. 그럴 때마다 푸르스름한 눈동자가 관자놀이와 가까워져 그 위에 있는 상처 끝에 가 닿았다.

거지는 마차를 따라오면서 노래를 불렀다.

> 구름 한 점 없는 화창한 날에
> 아가씨는 사랑을 꿈꾸네.

그는 그다음에 새들과 햇빛, 나뭇잎을 노래했다.

가끔 그는 엠마의 등 뒤에서 모자도 쓰지 않은 채 불쑥 나타나기도 했다. 그녀는 너무 놀라 비명을 지르면서 뒤로 물러났다. 이때 마부 이베르는 거지에게 생 로망 시장에 가게를 하나 차리라는 둥 만나고 있는 아가씨는 잘 지내느냐는 둥 장난을 치며 놀려 댔다.

거지는 달리는 마차의 창 밖에서 모자를 마차 안으로 들이밀기도 했다. 거지가 마차 바퀴에서 진흙이 튀어오르는 발판에 서서 한쪽 팔로 마차에 매달려 있었기에 가능한 일이었다. 처음에 거지의 목소리는 어린아이 울음소리 같았지만, 차츰 날카로워졌다. 그것은 뭔가 고통을 호소하는 울부짖음 같았고, 그 소리는 어둠 속에서 여운을 남긴 채 사라져 갔다. 방울 소리와 흔들리는 나뭇가지 소리, 그리고 텅 빈 마차가 덜커덩거리는 소리를 통해 들리는 그 목소리는 오래전의 무엇인가를 상기시켰다. 그래서 엠마의 마음은 크게 동요했다. 그 목소리는 회오리바람처럼 엠마의 영혼 깊숙한 곳으로 들어가 그녀를 우울하게 만들었다. 하지만 마차가 한쪽으로 기울어져 있다는 것을 안 이베르가 채찍으로 거지의 상처 부위를 내리쳤다. 그러자 그는 비명을 지르며 진흙탕 속으로 넘어졌다.

제비의 승객들은 이미 잠들어 있었다. 입을 쩍 벌린 사람, 고개를 수그린 사람, 옆 사람 어깨에 머리를 기댄 사람 등이 가죽 손잡이를 잡고는 마차가 흔들리는 대로 몸을 흔들고 있었다. 말 엉덩이 쪽에 달려 있는 불빛이 옥양목 커튼을 거쳐 마차 안으로 기어들어 와 손님들 위에 핏빛 그림자를 드리워 놓았다. 엠마는 슬픔에 잠겨 몸을 떨었다. 발끝은 차츰 시려오고, 곧 죽을 것만 같았다.

집에서는 샤를이 엠마를 기다리고 있었다. 제비는 목요일마다 연착했다. 이윽고 집으로 돌아온 그녀는 딸아이에게 가벼운 키스를 했다. 저녁 식사 준비가 되어 있지 않았는데도 별로 상관하지 않았고, 하녀를 나무라지도 않았다. 그녀는 하녀가 무슨 짓을 하든 그대로 놓아두었다.

샤를은 엠마의 얼굴이 창백한 것을 보고 어디 아프냐고 물었다.

"아니에요. 괜찮아요."

엠마가 대답했다.

"하지만 오늘 밤은 왠지 이상해."

"아니라니까요! 아무 이상 없어요."

어떤 날에는 집에 돌아오자마자 바삐 방으로 올라가는 적도 있었다. 그러면 집에 와 있던 쥐스탱이 조심조심 걸어 다니면서 눈치 빠른 하녀보다 더 재빠르게 시중을 들었다. 성냥, 촛대, 책들은 적당한 곳에 놓고 잠옷을 꺼내는 등 잠자리준비까지 맡아서 했다.

"이젠 그만 돌아가 봐."

엠마가 이렇게 말하자 두 손을 늘어뜨리고 멍하게 눈을 뜬채, 갑자기 몰려오는 몽상의 실오라기에 얽힌 듯 우두커니 서 있었다.

레옹을 만나고 온 다음 날은 너무 괴로웠다. 그리고 그다음 며칠 동안은 행복을 다시 느끼고 싶은 욕망 때문에 참을수가 없었다. 그 지독한 욕망은 불처럼 타오르다가 일주일 후 다시 레옹 품에 안길 때까지 이글거렸다. 레옹의 욕망은 엠마에 대한 찬사와 감사의 표현 뒤에 숨겨져 있었다. 엠마는 그 사랑을 조심스레 음미하면서 사랑의 갖가지 기교를 부렸고, 그러면서도 이 사랑이 언젠가는 끝날 것이 두려웠다.

가끔 그녀는 쓸쓸하고도 부드러운 목소리로 말했다.

"언젠가 당신은 나를 버리겠지? 그리고 결혼도 하겠지요? 다른 남자들처럼 말이에요."

그는 물었다.

"다른 남자들처럼이라니요?"

엠마는 그를 약간 떠밀면서 말을 덧붙였다.

"남자들은 다 뻔하거든."

어느 날, 두 사람은 인생의 덧없음에 관해 이야기하다가 엠마가 레옹을 사랑하기 전에 한 남자를 사랑한 적이 있다고 고백했다.

"하지만 당신만큼 사랑하지는 않았어요."

엠마는 아무 일도 없었다고 딸의 이름을 걸고 맹세했다.

하지만 레옹은 그가 무슨 일을 하는 사람인지 물었다.

"해군 대령이었어요."

이 대답은 그의 입을 막음과 동시에, 세상 남자들의 인기를 한 몸에 얻고 있는 남자를 매혹시켰다는 자부심을 자랑하려는 의도가 아니었을까?

레옹은 문득 자신의 지위가 미천하다는 것을 깨달았다. 견장과 훈장, 그리고 직함이 부러웠다. 아마 엠마도 이런 것을 좋아하는 것 같다는 생각도 들었다. 그녀의 생활이 사치스러운 것으로 보아 가능한 일이었다.

엠마는 단지 입 밖으로 말하지는 않았지만, 어이없는 소망들이 많았다. 예를 들어 그녀는 루앙에 갈 때는 파란색의 이륜마차에 영국 말을 매고 승마 구두를 신은 마부가 말을 몰았으면 좋겠다고 생각했다. 이러한 허영심을 부추긴 사람은 쥐스탱이었다. 그는 그녀에게 자신을 마부로 써 달라고 했던 것이다. 아무튼 자가용 마차가 없다고 해서 밀회 때마다 루앙에 가는 기쁨이 줄어드는 것은 아니지만, 그를 만나고 나서 집으로 돌아올 때의 고통은 날이 갈수록 심해졌다. 두 사람이 파리 이야기를 하고 난 후 엠마는 이렇게 말하곤 했다.

"파리에서 산다면 얼마나 좋을까?"

레옹은 엠마의 머리를 만지면서 부드럽게 말했다.

"지금은 행복하지 않아요?"

"물론 행복해요. 나에게 입 맞춰 줘요."

한편 엠마는 이전보다 다정스레 남편을 대했다. 피스타치오 크림을 만들어 주거나 저녁을 먹은 뒤에는 왈츠를 쳐주기도 했다. 샤를은 이 세상에서 자신이 가장 행복한 남자라고 생각했다. 별다른 걱정 없이 생활해 온 엠마에게 어느 날, 샤를이 말을 건넸다.

"당신에게 개인 지도를 해 주는 선생이 랑프뢰르 양이라고 했지?"

"네, 그런데요?"

"사실 조금 전에 리에자르 부인 댁에서 그분을 만났소. 그런데 당신을 모른다고 하는 거요."

엠마는 벼락이라도 맞은 듯한 충격을 받았다. 하지만 그녀는 천연덕스럽게 말했다.

"그럴 리가요. 제 이름을 까먹었나 봐요."

"루앙에 랑프뢰르라는 피아노 선생이 또 있나 보지."

"하긴 그럴 수도 있겠네요."

엠마는 그러고 나서 말을 이었다.

"그분 영수증을 가지고 있어요. 보시라고요."

엠마는 그리고 책상 쪽으로 가 서랍을 마구 뒤졌다. 아내가 정신없이 굴자 샤를은 영수증은 아무것도 아니라면서 그렇게 애쓸 필요 없다고 재차 말했다.

"아니에요. 꼭 찾고 말겠어요."

샤를은 그다음 금요일에 방에서 신을 신다가 구두 바닥에 무언가 종이 같은 게 있다는 것을 느꼈다. 그는 그것을 꺼내 보았다.

영수증

수업료와 기타 교재비로 65프랑을 정히 영수합니다.
- 음악 교사 펠리시 랑프뢰르

"선반 위에 올려놓은 서류 통에서 떨어졌나 보군요."
엠마는 담담하게 말했다.

이때부터 엠마의 생활은 거짓말의 연속이었다. 그녀는 자신의 사랑을 베일로 감추듯 거짓말로 감추었다.

그리하여 결국 거짓말마저 그녀의 필요이자 광적인 버릇, 쾌락이 되어 버렸다. 그녀가 어제 오른쪽으로 갔다고 말한다면, 왼쪽으로 간 것으로 생각하면 될 정도였다.

어느 날 아침, 엠마가 평소와 마찬가지로 얇은 옷차림으로 집을 막 나서는데 갑자기 눈이 내리기 시작했다. 이때 샤를은 창가에 서서 눈이 내리는 것을 바라보다가 부르니지앙 신부가 튀바슈가 모는 마차를 타고 루앙에 가는 것을 보게 되었다. 샤를은 얼른 뛰어 내려가 신부에게 두꺼운 숄을 건네주며 적십자 여관에 도착하면 엠마에게 직접 전해 달라고 부탁했다. 여관에 도착한 부르니지앙 신부는 용빌의 의사 부인을 찾았다. 여관 안주인은 그녀가 요즘 통 들르지 않는다고 말해주었다. 그날 밤 부르니지앙 신부는 제비에서 만난 엠마에게 여관에서 당혹스러웠다는 이야기를 해 주었다. 신부는 이 사실을 조금도 중요하게 생각하지 않았다. 그는 금방 말을 돌려 요즘 대성당에서 대단한 인기를 과시하는 설교사에 대해 이야기하고는 많은 부인네가 그의 설교를 들으러 간다고 말했다.

비록 신부가 자세히 캐묻지는 않았지만, 앞으로 사람들의 입에 오르내릴 수도 있었다. 그래서 그녀는 이제부터는 루앙에 갔을 때 적십자 여관에 머물러야겠다고 생각했다. 그러다 보면 마을 사람들을 계단에서 만나도 아무런 의심을 받지 않을 거라고 판단했기 때문이다.

그러던 어느 날, 그녀가 레옹과 팔짱을 끼고 불로뉴 호텔에서 나오는 모습을 그만 뢰르에게 들키고 말았다. 엠마는 그가 소문을 퍼뜨릴까 봐 근심이 되었다. 하지만 뢰르는 그럴 정도로 바보가 아니었다.

그로부터 사흘이 지난 뒤, 뢰르는 엠마의 방으로 들어와 문을 닫고는 말했다.

"돈이 좀 필요해요, 제가."

하지만 엠마는 줄 돈이 없다고 딱 잘라 말했다. 뢰르는 우는소리를 하면서 지금까지 그녀에게 베푼 친절에 대해 늘어놓았다.

사실 샤를이 서명한 두 장의 어음 중 한 장을 아직 지급하지 못한 상황이었다. 남은 한 장도 그녀가 겨우 설득해 다른 두 장과 바꾼 뒤 지급 기한을 연기해 놓은 상태였다. 뢰르는 지금까지 대금이 지급되지 않은 상품의 목록을 늘어놓았다. 커튼, 융단, 소파용 천, 옷 몇 벌, 그리고 화장품 등의 대금이

무려 2,000프랑이라고 말했던 것이다.

엠마는 고개를 떨구었고, 뢰르는 계속 말을 이었다.

"현금은 없으셔도 재산이 있지 않습니까?"

뢰르는 오말 근처의 바르느빌에 있는 쓸모없이 다 쓰러져가는 시골집 이야기를 꺼냈다. 그것은 아주 오래전 샤를의 아버지가 팔아 버린 작은 농지에 딸린 건물이었다. 뢰르는 이런 사정을 잘 알고 있었다. 심지어 면적과 근처에 누가 살고 있는지도 알았다.

"나 같으면 그것을 처분하겠어요. 그러면 빚을 다 갚고도 남을 겁니다."

이에 엠마가 그 집을 살 만한 적당한 사람을 찾기 어려울 것 같다고 말하자, 있을 거라고 단호하게 말을 되받았다. 그래서 그녀는 자기 명의로 팔리면 어떻게 해야 하는지 물었다.

"위임장이 있지 않습니까?"

뢰르가 말했다. 그러자 엠마는 그의 말이 한 줄기 시원한 바람처럼 느껴졌다.

"그럼 청구서를 놓고 가세요."

엠마가 말했다.

"아니, 그럴 필요는 없습니다."

뢰르가 대답했다.

그다음 주 뢰르가 다시 엠마를 찾아왔다. 그러고는 알아본 결과 가격을 아직 정하지 않았지만, 오래전부터 그 집을 눈독 들이고 있던 랑글르와라는 남자를 찾았다고 말했다.

"가격은 얼마든지 상관없어요."

엠마가 말했다. 그러자 뤼르는 느긋하게 그 남자의 의중을 파악할 필요가 있다고 말했다. 이쪽에서 한 번 찾아갈 필요는 있지만, 엠마가 갈 수는 없으니 자신이 그 남자와 흥정해 보겠다는 것이었다. 일단 다녀온 그는 랑글르와가 4,000프랑을 제시했다고 말했다.

엠마는 그 말을 듣고 매우 기뻐했다.

"솔직히 그 정도면 적당한 가격입니다."

뤼르가 말했다. 그리고 그녀는 돈의 반을 받았다. 그리고는 계산서의 금액을 지급하려 하자 뤼르가 말했다.

"정말 그 큰돈을 한꺼번에 주시게 되었으니 좀 안됐네요."

뤼르가 말했다. 엠마는 그 돈을 바라보았다. 그리고 2,000프랑으로 밀회하면서 레옹과 무엇을 하는 것이 좋을지 생각했다.

"뭘, 뭘요."

엠마는 더듬거리면서 말했다.

"그렇지 않아요."

뤼르는 호인 같은 표정으로 웃었다. 그러면서 말을 이었다.

"계산서에는 좋을 대로 쓰셔도 상관없습니다. 살림살이가 쉽지 않은 건 저도 아니까요."

뤼르는 종이 두 장을 손가락 사이로 밀어서 내놓으면서 그녀의 얼굴을 빤히 바라보았다. 그러고 나서 그는 지갑을 열고 1,000프랑짜리 약속 어음 넉 장을 탁자 위에 놓았다.

"여기에 서명해 주세요. 돈은 전부 넣어 두시고요."

그가 말했다.

그녀는 말도 안 된다고 소리를 쳤다.

"어차피 제가 차액을 치를 테니 부인을 위해서도 좋은 일 아닙니까?"

뤼르는 대답했다. 그러고는 펜으로 계산서에 다음과 같이 썼다.

일금 4,000프랑

보바리 부인으로부터 정히 영수함.

"아무 걱정하지 마세요. 여섯 달만 있으면 집의 잔금을 받을 수 있을 거예요. 마지막 어음 지급 기한도 그 돈이 들어오고 난 후로 잡을 수 있으니까요."

엠마는 그의 계산이 복잡해서 당황했다. 터진 자루에서 수많은 금화가 떨어져 마룻바닥 위에 구르기라도 하듯 귀가 윙윙거렸다. 마침내 뤼르는 루앙 은행가에 뱅사르라는 친구가 있는데, 그가 이 어음을 할인해 줄 테니 거기에서 부채액을 제한 돈을 자신이 직접 엠마에게 가져다주겠다고 말했다.

하지만 뤼르는 2,000프랑이 아니라 1,800프랑만을 가지고 왔다. 왜냐하면 뱅사르가 수수료로 200프랑을 미리 떼었다는 것이었다. 그는 대수롭지 않다는 표정으로 영수증을 써 달라고 말했다.

"아시겠지만, 이건 거래니까 날짜를 써 넣어 주세요."

모든 것이 자기 뜻대로 될 것이라는 전망이 엠마의 눈앞에 펼쳐졌다. 그녀는 신중하게 2,000프랑을 모두 저금해 놓고,

기한이 다가오자 처음 석 장의 어음을 처리했다. 그런데 어찌된 일인지 넉 장째 어음이 어느 목요일에 집으로 날아왔다. 샤를은 질겁했고, 아내가 집으로 돌아오기만을 기다렸다가 어찌된 일인지 물었다.

엠마는 그가 집 안의 번거로운 일에 신경 쓰지 않도록 하기 위해서 어음 이야기를 전혀 하지 않았다고 말했다. 그러고는 남편의 무릎에 올라앉아 그의 몸을 만지면서 다정한 목소리로 어쩔 수 없이 사게 된 물건들이 무엇인지 하나하나 이야기해 주었다.

"그렇지요? 산 가짓수에 비해 그리 큰돈이 아니지요?"

입장이 난처해진 샤를은 뢰르를 찾아가 도움을 청했다. 그는 만일 선생께서 두 장의 어음을 써 주시면 이 일을 잘 처리해 주겠다고 말했다.

어음 두 장 중 한 장은 700프랑짜리로 만기가 3개월이었다. 샤를은 자신의 어머니에게 도움을 청하는 편지를 썼다. 엠마가 샤를에게 어머니로부터 얼마를 받았느냐고 물었다.

"그런데 어머니가 계산서를 보자고 하셔."

다음 날 아침, 엠마는 뢰르에게 가서 1,000프랑이 넘지 않는 계산서를 하나 더 만들어 달라고 부탁했다. 왜냐하면 4,000프랑짜리 계산서를 보여 주면 그녀가 이미 2/3 정도를 이미 지급했다는 것을 말해야 하고, 그녀가 부동산을 매각한 사실도 말해야 했기 때문이었다. 뢰르는 일을 잘 처리했지만, 시간이 좀 흐른 뒤에 그 사실이 드러나고 말았다.

물건값이 그리 비싸지 않았지만 보바리 노부인은 며느리

의 낭비가 너무 심하다고 생각했다.

"양탄자 없으면 대체 살 수가 없니? 그리고 의자 덮개는 왜 이렇게 비싼 거야? 내가 젊었을 때는 안락의자가 한 집에 하나 있어 노인용으로 사용했어. 적어도 내 어머니는 그랬다. 살림이 뭔지 아는 분이셨지. 아무나 부자 흉내를 내는 건 줄 아니? 돈이란 물 쓰듯 쓰기 시작하면 한도 끝도 없어. 나는 부끄러워서라도 너희처럼 사치스러운 생활을 안 해 왔다. 이제 늙어서 누가 좀 보살펴 주었으면 하는 생각은 들지만 말이야. 아니, 사치품이 또 있네! 안감이 2프랑이라고? 10수, 아니면 8수면 아주 좋은 면사를 살 수 있는데 말이다."

"알았어요, 어머니. 그만 좀 하세요."

엠마는 소파에 기대어 침착하게 말했다. 하지만 노부인의 잔소리는 계속되었다.

"너희는 결국 돈 한 푼 없이 자선 병원에서 죽어 갈 거야. 이렇게 된 것은 전적으로 샤를 때문이기는 하지만, 그 애는 이제라도 위임장을 무효로 하겠단다."

"뭐라고요?"

"그래, 나랑 그렇게 약속했다."

노부인이 대답했다. 엠마는 창문을 열고 남편을 불렀다. 샤를은 어쩔 수 없이 어머니에게 언질을 주었다고 고백했다.

밖으로 나간 엠마는 곧 되돌아와 커다란 종이 한 장을 그녀에게 내밀었다.

"고맙구나."

노부인이 말했다.

그러고는 위임장을 불 속에 넣어 버렸다. 그러자 엠마는 깔깔거리면서 웃었다. 날카롭고 목이 찢어질 듯한 웃음이었다. 신경 발작이 일어난 것이었다.

"이거 큰일이군."

샤를이 소리쳤다.

"어머니도 문제예요. 그렇게 사람을 다그치시다니."

"저건 다 연극이다."

노부인은 잘라 말했다. 하지만 샤를은 난생처음으로 어머니에게 반항하면서 엠마의 편을 들었다. 이에 화가 난 노부인은 집으로 돌아가겠다며 다음 날 아침 일찍 떠났다. 문간에서 샤를이 어머니를 잡으려고 했지만, 아무런 소용이 없었다.

"싫다. 꼴도 보기 싫다. 넌 나보다 네 처가 더 중요하지? 잘 생각했다. 하긴 당연한 일이지. 할 수 없는 노릇이야. 어디 두고 보자꾸나. 몸조심하고. 당분간은 네 말대로 그 애와 싸우러 오지 않을 거다."

하지만 샤를은 엠마와도 당황스러운 일을 겪어야만 했다. 그녀가 자신을 믿어 주지 않았다면서 노골적으로 불만을 터뜨렸기 때문이었다. 샤를은 그녀에게 여러 번 빌고 애원했다. 결국 그녀는 위임장을 다시 받아 두는 데 동의했다. 두 사람은 기요맹 씨에게 가서 지난번과 같은 위임장을 다시 썼다.

"당연한 말씀입니다."

공증인이 말했다.

"의사는 일상생활의 자질구레한 일에 신경을 써서는 안 되지요."

샤를은 그럴 듯한 아첨의 말을 듣고 안도감을 느꼈다. 그 말은 고상한 일에 종사하고 있다는 그럴 듯한 겉모습으로 그의 약점을 포장해 주었기 때문이었다.

다음 주 목요일, 호텔 방에서 다시 레옹을 만났을 때 엠마는 격렬한 감정을 느꼈다. 웃고, 울고, 노래하고, 춤추고, 셔벗을 시켜 먹고, 담배까지 피우려고 했다. 레옹은 그 모습이 어처구니없어 보였지만, 한편으로는 매력적으로 보이기도 했다.

레옹은 엠마의 마음속의 어떤 반동이 그녀를 향락으로 몰아 넣는 것인지 짐작도 하지 못했다. 그녀는 더욱 예민해졌고, 굶주린 듯이 음식을 먹었으며, 음란해졌다. 거리에서도 아무런 거리낌 없이 레옹과 활개를 치며 걸었다. 그러는 중에도 그녀는 가끔 로돌프와 마주치는 것이 아닌가 하는 생각이 들면 몸이 부르르 떨렸다. 로돌프와 영원히 헤어지기는 했지만, 아직 그와의 관계에서 완전히 벗어나지 못했기 때문이었다.

어느 날 밤, 엠마는 용빌로 돌아오지 않았다. 샤를은 거의 제정신이 아니었다. 베르트는 엄마 없이는 자지 않겠다며 울었다. 쥐스탱은 길거리를 헤매며 엠마를 찾아다녔다. 오메 씨도 약국 밖으로 나와 있었다.

11시가 되자 인내심의 한계를 느낀 샤를은 마차에 말을 매어 올라타고는 채찍을 내리치며 새벽 2시경 적십자 여관에 도착했다. 하지만 그곳에도 그녀는 없었다. 아내가 레옹을 만나러 갔을지도 모른다는 생각이 불쑥 들었지만, 레옹의 주소를 몰랐다. 다행히 그의 고용인 주소를 생각해 낸 샤를은 그곳으로 달렸다.

차츰 날이 밝아 왔다. 샤를은 어느 대문 위에 공증인의 문패가 달린 것을 발견했다. 그는 대문을 두드렸다. 누군가가 문도 열지 않은 채 날카로운 목소리로 레옹의 주소를 알려 주었고, 왜 밤중에 시끄럽게 구느냐는 욕설이 뒤이어 들려왔다.

레옹의 집에는 초인종도 없었고, 문고리도 문지기도 없었다. 샤를은 주먹으로 덧문을 두들겼다. 마침 순경이 지나가고 있었다. 그는 무서워서 자리를 떴다.

'내가 미쳤지.'

그는 생각했다.

'어쩌면 엠마는 로르모 씨 댁에서 저녁을 먹고 나서 붙들렸을지도 몰라.'

샤를은 중얼거렸다. 하지만 로르모 씨 가족은 이미 루앙을 떠난 지 오래되었다.

'어쩌면 뒤브뢰이유 부인을 밤새 간호했는지도 몰라. 아니야. 뒤브뢰이유 부인은 한 달 전에 죽었잖아. 그럼 엠마는 도대체 어디에 있는 거지?'

그때 문득 생각이 떠올랐다. 그는 카페에 들어가 연감을 보면서 랑프뢰르 양의 이름을 찾아냈다. 그녀의 주소는 르넬 데 마로키니에 거리 74번지였다.

그 거리로 찾아갔을 때 엠마가 걸어오고 있었다. 샤를은 달려들다시피 하며 소리를 쳤다.

"어제는 왜 집에 안 온 거요?"

"아팠어요."

"아니, 어디가? 어디가 아팠소?"

"랑프뢰르 선생 댁에서요."

엠마는 이마에 손을 대며 말했다.

"그럴 거라고 짐작은 했소. 지금 그곳으로 가는 중이오."

"가실 필요 없어요."

엠마가 말했다.

"조금 전에 막 외출했어요. 하지만 앞으로는 너무 걱정하지 말아요. 조금만 늦어도 당신이 너무나 신경을 쓰는 게 부담스러울 지경이에요."

이로써 엠마는 마음 놓고 집을 비워도 된다는 허락을 받은 셈이었다. 그녀는 그 권리를 맘껏 즐겼다. 레옹은 만나고 싶은 욕정에 사로잡히면 아무 때고 구실을 대고 떠났다. 갑자기 가게 되었을 때면 레옹이 그녀를 기다릴 수 없었기 때문에, 그녀는 법률 사무소로 직접 찾아가기도 했다.

처음에는 뜻밖의 행복이었다. 그러나 좀 시간이 지나 레옹은 솔직히 주인이 일에 지장이 생기는 것을 아주 싫어한다고 말했다.

"그럼 어때요. 그럼 그냥 나오세요."

그 말을 들은 레옹은 사무소를 빠져나오곤 했다.

엠마는 레옹에게 검은색 옷만 입으라고 했고, 루이 13세의 초상처럼 턱에 수염을 기르기를 원했다. 그리고 레옹의 하숙집을 보러 가서는 너무 평범하다고 했다. 레옹은 얼굴을 붉혔다. 그녀는 이에 전혀 개의치 않고 자기네 커튼과 같은 것을 사라고 했다. 그가 돈이 든다면서 응하지 않자 그녀는 웃음을 터뜨리면서 말했다.

"아니, 왜 이렇게 쩨쩨해요."

또 레옹은 엠마를 만나면 지난 일주일 동안에 한 일을 보고해야 했다. 어느 날, 그녀는 그에게 시를 받고 싶다고 말했다. 자신을 위한 시, 자신을 찬양하는 사랑의 시를 받고 싶다는 것이었다. 하지만 레옹은 첫 줄을 쓰고 나서 둘째 줄의 운이 떠오르지 않아, 삽화가 그려진 시집에서 소네트 하나를 베껴서 주었다.

이는 허영 때문이 아니라 엠마의 마음에 들고 싶었기 때문이었다. 레옹은 늘 그녀가 말하는 것에 반대의 뜻을 보이지 않았다. 그녀의 취미도 다 맞춰 주었다. 그녀가 레옹의 정부라기보다는 그가 그녀의 정부가 되어 버린 것이다. 엠마의 상냥한 말과 키스는 그의 혼을 다 빼앗아 갔다. 너무도 깊고 은밀해 정신적인 것이라고 여겨지는 이런 퇴폐적인 기교를 그녀는 어디에서 배웠는지 알 수 없었다.

6

엠마를 만나러 용빌로 올 때면 레옹은 약제사네 집에서 식사하곤 했다. 그래서 예의상 이번에는 그를 루앙으로 초대해야겠다고 생각했다.

"물론 가야지."

오메 씨가 대답했다.

"나도 좀 때를 벗겨야겠어. 이곳에만 있으니 곰팡이가 낄 지경이야. 그럼 둘이 극장이나 요릿집에서 놀아 보자고."

"아니, 당신이."

오메 부인은 남편이 하겠다는 뭔지 모를 위험한 짓이 걱정되었는지 부드럽게 말했다.

"뭐가 어때서? 이렇게 약국에만 처박혀 독한 약 냄새나 맡고 지내느라 내가 건강을 버렸다는 걸 모르겠소? 하기야 여자들은 다 그렇지. 여자는 학문에도 질투하고, 기분 전환을 하려 해도 반대하니까. 그런 건 상관없소. 꼭 가야겠어요. 며칠 안으로 루앙에 나타날 테니 같이 한판 벌여 봅시다."

예전 같으면 약제사는 그런 말투를 쓰지 않았을 것이다. 하지만 지금은 들뜬 파리식 취미에 영향을 받아, 그것이 취향에 맞는다고 생각하고 있었다. 또한 보바리 부인처럼 그도 레옹에게 수도의 풍속을 캐물었고, 부르주아들을 놀라게 하기 위해 은어까지 써 가며 '튀르느(점)', '바자르(집)', '쉬카르(고급)', '쉬캉다르(아주 고급)', '브레다 스트리트(창녀 거리)'라는 말이나 '쥐 망 베(나는 간다)'라고 할 것을 일부러 '쥐 므 라 카스(작별이다)'라는 표현을 썼다.

그러던 어느 목요일, 엠마는 깜짝 놀랐다. 황금 사자의 식당에서 여행복을 입은 오메 씨와 맞닥뜨린 것이다. 그는 한 번도 입지 않았던 낡은 외투를 걸치고 한 손에는 여행 가방을, 그리고 다른 손에는 약국에서 신었던 슬리퍼를 들고 있었다. 그는 약국을 비워 놓으면 단골들이 불안해할까 봐 이번 여행에 대해 아무에게도 말하지 않았다.

오메는 젊은 시절에 보냈던 곳을 오랜만에 가는 것이 즐거운 듯 마차 안에서 줄곧 떠들어 댔다. 루앙에 도착한 그는 마차에서 뛰어내려 레옹에게로 갔다. 레옹이 사양했지만, 그는 레옹을 데리고 노르망디라는 큰 술집에 갔다. 그는 이런 유흥장소에서 모자를 벗는 것은 촌사람이나 하는 거라며 모자를 쓴 채 의기양양하게 들어갔다.

엠마는 45분이나 기다렸다. 기다리다 지친 그녀는 레옹의 사무소로 달려갔다. 그러고는 온갖 억측 끝에 레옹의 무심함을 원망하고 자신의 유약함을 탓하며, 유리창에 이마를 대고 오후를 보냈다.

두 남자는 2시가 되도록 식탁을 두고 마주 앉아 있었다. 큰 홀은 점점 손님들이 나가 한산해졌다. 종려나무 모양의 난로 굴뚝이 흰 천장을 배경으로 금빛 잎사귀 다발을 동그랗게 펼치고 있었다.

두 사람이 앉아 있는 유리창 너머에는 작은 분수가 햇볕을 받으며 물길을 뿜고 있었고, 수반에는 겨자나무와 아스파라거스 사이로 맥 빠진 세 마리의 바닷가재가 옆에 있는 메추리들 앞까지 발을 뻗치고 있었다.

오메는 기분이 아주 좋았다. 그는 음식보다는 화려한 분위기에 취해 있었고, 포마르 주가 몇 잔 돌고 럼주가 든 오믈렛이 나왔을 때는 여자들에 관한 부도덕한 이론들을 늘어놓았다. 그가 무엇보다 매력을 느끼는 것은 멋이었다. 좋은 가구가 놓인 방에서 화려한 옷을 입고 있는 여인이 좋으며, 육체적 울림이 있어 뚱뚱한 여자도 싫지 않다는 것이었다.

레옹은 낙심한 표정으로 시계만 바라보았다. 약제사는 마시고 먹고 떠들다가 엉뚱한 소리를 했다.

"자네, 루앙에서는 좀 굶주리고 있을 거야. 좋아하는 사람이 가까운 곳에 있기는 하지만."

난데없는 말에 레옹은 깜짝 놀랐다. 그가 얼굴을 붉히는 것을 본 약제사는 말을 이었다.

"자, 이제 말해 봐. 숨길 게 뭐 있나? 용빌에 있는가?"

레옹은 말이 막혀 우물쭈물했다.

"보바리 부인 댁에서 꼬셨지?"

"누, 누구를요?"

"하녀 말이야."

오메가 하는 말은 농담이 아니었다. 하지만 레옹은 자존심 때문에 조심해야 한다는 것을 잊고 강력하게 부인했다. 게다가 자기는 갈색 머리의 여자를 좋아한다고 말했다.

"나도 동감이야."

"그런 여자가 화끈하거든."

오메는 레옹의 귀에 대고 어떤 특징을 가진 여자가 화끈한지 속삭이듯 알려 주었다. 그러고는 이야기가 인종론으로 이어져 독일 여자는 신경질적이고, 프랑스 여자는 바람기가 많고, 이탈리아 여자는 정열적이라고 말했다.

"흑인 여자는요?"

"그건 예술가들이 좋아하지."

오메는 대답하고 말을 이었다.

"이봐, 여기 커피 두 잔!"

"그만 일어나지요."

레옹은 참다못해 말했다.

하지만 오메는 이곳 건물의 주인을 만나야 한다면서 그를 만나 치사의 말을 늘어놓았다. 그러자 레옹은 일해야 한다고 말했다.

"그럼 내가 바래다주지."

오메는 길을 걸으면서 아내와 아이들, 그리고 아이들의 장래에 관해 이야기했다. 이내 약국에 대한 이야기로 넘어가 예전에는 약국이 얼마나 어려웠는지, 그리고 자기가 어떻게 훌륭한 약국으로 만들었는지 온갖 이야기를 늘어놓았다.

볼로뮤 호텔 앞까지 온 레옹은 오메와 헤어지자마자 빠른 걸음으로 계단을 올라갔다. 엠마는 흥분에 가득 차 있었다.

우선 그녀는 약제사의 이름을 듣기가 무섭게 큰 소리로 화를 냈다. 레옹은 어쩔 수 없었다고 변명을 늘어놓았다. 그는 내 잘못이 아니다, 당신도 오메가 어떤 사람인지 알지 않느냐, 그리고 그런 남자와 같이 있는 걸 좋아할 사람이 있겠느냐 하고 말했다. 하지만 화가 난 그녀가 밖으로 나가려고 하자, 레옹은 그녀를 붙잡았다. 그러고는 털썩 무릎을 꿇고 앉아 욕망과 애원으로 가득한 괴로운 몸짓을 하면서 그녀의 허리를 껴안았다.

그녀는 똑바로 서서 타는 듯한 눈빛으로 매섭게 레옹을 쏘아 보았다. 하지만 이내 그녀의 두 눈은 눈물로 젖어 들었다. 엠마는 장밋빛 눈꺼풀을 내리깔면서도 손을 내밀었다. 레옹이 그 손에 입맞춤하려는데, 사환이 나타나서 어떤 손님이 찾아왔다고 전했다.

"금방 올 거지요?"

"그럼요."

"언제?"

"금방요."

레옹을 찾은 손님은 오메였다.

"내가 잠깐 수를 부렸지."

약제사는 레옹을 보면서 말을 이었다.

"당신이 여기서 해야 할 번거로운 용무를 빨리 끝낼 수 있도록 말이오. 그럼 우리는 브리두네 집에 가서 가뤼스나 한잔할까?"

레옹은 법률 사무소에 돌아가야 한다면서 거절했지만, 약제사는 그런 쓸데없는 소송 서류나 절차 같은 일 따위가 무슨 대수냐고 말했다.

"퀴자스 니 바르톨로 같은 것은 잠시 잊게나. 용기를 내라고, 용기를. 이제 그럼 브리두네로 갑시다. 그곳에 개가 한 마리 있는데, 아주 별난 놈이야."

레옹이 안 된다고 계속 고집을 피우자 오메는 말을 이었다.

"그럼 내가 사무소로 가지. 자네를 기다리면서 신문이라도 읽으면 되니까. 아니면 법전을 읽고 있어도 되고."

엠마의 노여움과 오메 씨의 권유로 머리가 멍해지고, 조금 전에 먹을 점심까지 체해 레옹은 마음을 정하지 못한 채 약제사의 마술에 걸리기라도 한 듯 가만히 있었다.

"브리두네로 가자고. 조금만 가면 돼. 말팔뤼 거리에서 조금 더 가면 된다고."

레옹은 우유부단하고 어리석은 면이 있는 데다, 내키지 않는 일도 곧잘 따라 하는 성격이라 결국 브리두 집으로 따라 갔다. 브리두는 작은 안뜰에서 셸츠 광천수 제조기의 커다란 바퀴를 돌리고 있는 세 젊은이를 감독하고 있었다. 오메는 그에게 잔소리를 좀 늘어놓더니 그를 껴안았다. 그리고 그들은 자리를 잡고 술을 마셨다. 레옹은 몇 번이나 돌아가려 했지만, 그때마다 오메가 그의 팔을 잡고 놓아 주지 않았다.

"조금만 기다려 봐. 나도 곧 갈 테니까. 같이 '루앙의 등불' 사에 가서 여러 사람을 만나 보자고. 토마생 씨를 소개해 줄게."

레옹은 그를 뿌리치고 호텔로 달려갔지만, 엠마는 그곳에 없었다. 엠마는 크게 화를 내면서 호텔을 나온 것이었다. 이제 그녀는 레옹 생각만 해도 지긋지긋했다. 밀회의 약속을 어긴 것은 그녀에게 큰 모욕감을 주었다. 또한 그녀는 그와 헤어질 핑계도 생각해 보았다. 그는 남자답지 못하고, 겁쟁이였으며, 평범한 데다 여자보다 소극적인 성격이었다. 또한 인색하고 비겁했다.

잠시 후 기분이 가라앉자, 엠마는 자신이 너무했다는 생각이 들었다. 하지만 사랑하는 사람을 욕하다 보면 결국 상대와 조금 멀어지게 마련이다. 그러니 우상에는 손을 대는 것이 아니다. 거것에 칠해진 금박이 벗겨져 손에 흔적을 남기기 때문이다.

그 후, 두 사람은 자신들의 사랑과는 관계가 없는 것들에 관해 이야기를 나누게 되었다. 엠마가 그에게 보내는 편지 속에는 꽃과 시와 달과 별의 이야기들만이 담겨 있었다. 그것은 힘이 빠진 정열을 되살려 보려는 소박한 수단이었다. 그녀는 매번 이번에야말로 깊은 기쁨을 맛보고 오리라고 다짐했지만, 돌아올 때는 변한 게 없다는 것을 인정해야만 했다. 하지만 이러한 환멸은 곧 새로운 희망으로 변모해 엠마는 이전보다 더 강렬하게 레옹을 탐하게 되었다. 그녀가 거칠게 옷을 벗고 세게 잡아당기면, 끈은 독사 같은 소리를 내면서 그녀의 허리에서 미끄러져 내려왔다. 그녀는 맨발로 발끝을 들고 걸어가서 다시 한번 문이 잠겨 있는지 확인했다. 이내 그녀는 창백한 얼굴로 아무 말 없이 그의 가슴에 파고들어 오랫동안 몸을 떨었다.

하지만 식은땀에 젖은 이마와 뭐라고 중얼거리는 입술, 겁에 질린 듯한 눈동자, 그리고 필사적으로 껴안은 팔에는 막연하고 불길한 그 무엇, 두 사람을 갈라놓으려 하는 무엇이 있었다.

레옹은 대놓고 그녀에게 물어볼 용기가 없었다. 하지만 그는 그녀가 경험이 많은 것을 보면서 그녀가 고통과 쾌락의 온갖 시련을 겪어 왔다는 것을 알 수 있었다. 전에는 그를 매혹했던 것들이 이제는 환멸을 불러일으켰다. 무엇보다 시간이 지날수록 그의 인격이 그녀에게 깊숙이 흡수되어 가는 것에 대한 반발심이 생겼다. 그는 언제나 이기려고만 하는 엠마가 원망스러워서 그녀를 사랑하지 않으려고 노력도 해 보았다. 하지만 그녀의 구두 소리만 들어도 독한 술을 마신 술꾼처럼 맥을 추지 못했다.

엠마는 그에게 음식 맛을 음미하는 것부터 옷맵시까지 섬세하게 신경을 써 주었다. 용빌에서 몰래 장미꽃을 가져와 그의 얼굴에 던지기도 하고, 그의 건강을 염려하거나 평소 그의 행동에 대해 충고해 주기도 했다. 레옹을 언제까지 붙들어 놓기 위해 하느님의 도움을 요청하려는 듯 그의 목에 성모상 메달을 달아 주기도 했다. 그녀는 엄격한 어머니처럼 레옹의 친구 관계를 알고 싶어 했다. 그녀는 이렇게 말하곤 했다.

"그런 사람들과 만나지 말아요. 자꾸 밖으로 나다니지도 말고요. 오로지 우리 두 사람의 일만 생각하고, 나만을 사랑해 줘요."

엠마는 레옹의 모든 것을 감시하고 싶었다.

'사람을 고용해 그를 미행하게 하면, 그러니까 호텔 근처에서 항상 사람들을 따라다니는 부랑자 같은 그 남자한테 부탁하면 되지 않을까?'

하지만 막상 구체적인 생각을 하고 나자, 그녀의 자존심이 허락하지 않았다.

'상관없어. 속이려면 속이라지. 아무려면 어때?'

어느 날, 레옹과 일찍 헤어져 큰길을 걷던 엠마는 옛날에 그녀가 지냈던 수도원의 벽을 알아보았다. 그녀는 느릅나무 그늘에 놓인 의자에 앉았다.

'그 시절에는 무척 마음이 평화로웠는데. 책에서 읽은 대로 상상했던, 말로 설명할 수 없는 사랑의 정서를 얼마나 동경했던가!'

결혼하고 나서 처음 몇 달 동안 말을 타고 숲속을 산책했던 일, 왈츠를 추던 자작, 노래하는 라가르디, 그런 모든 것이 눈앞을 스쳐 지나갔다. 갑자기 레옹의 모습도 다른 남자들처럼 멀어져 가는 것 같았다.

'하지만 나는 레옹을 사랑하고 있어.'

그녀는 이렇게 생각했다. 그렇지만 그녀는 행복하지 않았다. 어쩌면 그동안 한 번도 행복했던 적이 없었을지도 모른다.

'인생에 대한 이런 불만은 어디에서 오는 걸까? 의지했던 모든 것들이 한순간에 사라지는 것은 무슨 이유일까? 그러나 어딘가에서 아름답고, 강한 존재가 열정적이고 품위 있으며, 천사와 같은 시인의 마음, 하늘의 마음, 하늘을 향해 애조 띤 축혼가를 부르는 청동 하프 같은 마음을 지닌 사람이 있다면 얼마나 좋을까. 하지만 그런 사람을 만나 본 적이 없다. 모든 것이 다 틀려먹었다. 일부러 애쓰며 찾아야 할 가치조차 없다. 모두가 거짓이고 가짜다. 어떠한 미소에도 권태의 하품이 들어 있다. 어떠한 환희에도 저주가 어떠한 쾌락에도 혐오감이 숨어 있다. 황홀한 키스가 끝나면 입술 위에는 더욱더 큰 환락을 느끼고 싶어 하는 실현 불가능한 욕망이 남을 뿐이다.'

그때 쇳소리의 울림이 허공에 길게 끌리면서 수도원 종탑에서 네 번의 종소리가 흘러나왔다. 4시구나. 엠마는 자신이 아주 오랜 옛날부터 그 벤치에 앉아 있었다는 생각이 문득 들었다. 무한한 정념은 군중이 비좁은 공간에 모여들듯 단 한 순간에 모여드는 것이다. 엠마는 스스로 정념의 포로가 되어 하루하루를 보냈다. 그러고는 왕비처럼 이제 금전적인 것은 더는 걱정하지 않았다.

그러던 어느 날, 얼굴이 벌겋고 머리가 벗겨진 남자가 루앙의 뱅사르 씨가 보냈다면서 엠마를 찾아왔다. 그는 녹색의 긴 프록코트 옆 주머니에 지른 핀을 빼서 소매에 꽂은 뒤 서류 한 장을 내밀었다. 그것은 엠마가 서명한 700프랑짜리 어음이었다. 뢰르는 모든 약속에도, 결국 그 어음을 뱅사르에게 넘기고 만 것이다.

엠마는 곧바로 하녀를 뢰르 집으로 보냈지만 그는 올 수 없다고 버텼다. 그러나 주위를 신기하다는 듯 둘러보던 낯선 남자가 순진한 표정으로 말했다.

"뱅사르 씨에게 무어라 전할까요?"

엠마는 좀 주저하다가 말했다.

"이렇게 전해 주세요. 지금은 가진 게 없고, 다음 주에 줄 수 있다고요. 조금만 기다려 달라고 해 주세요."

남자는 아무 말도 하지 않은 채 돌아갔다.

다음 날 정오에 엠마는 어음 지급 거절 증서를 받았다. 그리고 인지가 붙은 서류에 '뷔시 집달리 아랑'이라는 글자가 몇 곳에 찍혀 있었다. 매우 놀란 엠마는 포목상 뢰르의 집으로 달려갔다.

뢰르는 마침 상점에서 포장한 물건에 끈을 감고 있었다.

"어서 오세요. 잠깐만 기다려 주시고요."

뢰르는 그렇게 말하면서, 가게 일과 부엌일을 겸하고 있는 열세 살 정도의 곱사등이 소녀의 도움을 받으며 계속 일했다.

이윽고 일이 끝나자, 뢰르는 나막신 끄는 소리를 내며 2층의 작은 방으로 엠마를 데리고 갔다. 그곳에는 전나무로 만든 커다란 책상 위에 자물쇠가 달린 쇠막대로 가로질러 놓은 장부가 몇 권 있었다. 벽 옆에는 무늬가 알록달록한 인도산 천이 걸려 있었고, 금고가 하나 있었다. 크기로 보아 현금과 증서 외에도 다른 무언가가 들어 있는 것 같았다.

뢰르는 사실 물건을 저당 잡고 돈을 빌려주는 일을 하고 있었다. 그는 엠마의 금시계 줄과 텔리에 노인의 귀걸이를 이 금고 속에 넣어 두었다.

텔리에 노인은 결국 카페를 팔게 되어 캥캉프에 작은 잡화점을 장만했지만 가게에서 팔고 있는 양초보다 더 노란 얼굴을 한 채 지병인 카타르 때문에 다 죽어 가고 있었다.

"무슨 일이 있습니까?"

뢰르는 널찍한 안락의자에 앉으며 물었다.

"이걸 좀 보세요."

엠마는 서류를 내보였다.

"저보고 어떻게 하라고요?"

"어음은 절대 다른 사람한테 넘기지 않기로 약속했잖아요."

화가 크게 난 엠마가 따지고 들었다.

"그랬지요. 하지만 어쩔 수 없었어요. 저도 요즘에 사정이 안 좋아서요."

"그럼 이제 어떻게 해야 하는 거지요?"

"그야 뻔한 일이지요. 재판소의 판결 이후 압류가 이루어

지겠지요. 이제는 어쩔 수가 없어요."

"그럼 뱅사르 씨를 구슬릴 방법은 없나요?"

엠마는 그를 패 주고 싶었지만, 겨우 참아가면서 조용히 말했다.

"뱅사르 씨를 구슬릴 방법이요? 그건 부인이 잘 몰라서 하는 말입니다. 그는 아라비아인보다 더 지독해요."

"그래도 당신이 힘을 좀 써 주면 안 될까요?"

"저는 그동안 부인에게 해 줄 만큼 다 해 주었는데요."

뤼르는 장부 하나를 펼치면서 말을 이었다.

"이것 보세요."

그러고는 손가락으로 페이지를 거슬러 올라갔다.

"자, 보십시오. 8월 3일 200프랑, 6월 17일 150프랑, 3월 23일에는 46프랑, 4월에는……."

뤼르는 이 부분에서 실수라도 할까 겁이 나는 듯 잠시 말을 멈추었다. 그러고 나서는 말했다.

"게다가 바깥양반께서 서명하신 700프랑짜리와 300프랑짜리 어음은 따로 있습니다. 부인께서 조금씩 가져가신 돈에 이자를 합하면 한이 없어요. 저도 이런 일을 더는 하고 싶지 않군요."

엠마는 친절한 뤼르 씨라고 부르며 도와달라고 말했다. 하지만 뤼르는 뱅사르에게 책임을 씌우고 나 몰라라 했다. 하여튼 지금 자신에게는 돈이 한 푼도 없고, 요즘은 돈을 제대로 갚는 사람이 없어 빈털터리라며, 누가 자기 같은 능력 없는 장사꾼에게 돈을 대 주겠냐고 말했다.

엠마는 입을 다물었다. 그러자 새털 펜의 털을 씹고 있던 그는 그녀의 침묵에 신경이 쓰여 다시 말을 이었다.

"아무튼 며칠 안에 돈이 들어오면 어떻게 좀 해 주십시오."

"어떻게든 해 볼게요. 바르느빌 땅의 잔금만 들어오면……."

랑글르와가 아직 돈을 다 주지 못했다는 말을 들은 그는 무척 놀라는 표정을 지었다. 그리고 은근한 어조로 말했다.

"그럼 어떻게든 해 볼게요. 얼마 정도 가능한가요?"

"되시는 대로요."

뢰르는 눈을 감고 좀 생각해 보는 듯하더니, 숫자를 백지에 써 가며 계산했다. 그리고 무척 귀찮다는 둥 위험한 일이라는 둥 자신으로서는 출혈이 심하다는 둥 너스레를 떨더니 한 달 기한으로 250프랑짜리 어음을 네 장 써 주었다.

"이제 뱅사르가 동의해 주어야 할 것 같은데, 아무튼 좋아요. 난 변덕을 부리는 사람이 아닙니다. 거래는 깨끗이 하는 편이지요."

그러고 나서 이런저런 물건을 그녀에게 보여 주었다. 자신이 보기에는 부인의 마음에 들 만한 것이 없다는 말을 했다.

"이런 옷감을 미터당 7수에 염색을 보증한다며 팔고 있답니다. 그래도 사람들은 믿으면서 사 가지요. 아시다시피 장사꾼은 정직하게 얘기하지 않는데도 말이지요."

마치 이 말은 자신이 정직하지 못하다고 정직하게 말하는 것처럼 보였다. 그는 돌아가려는 그녀를 불러 세워 최근 경매에서 찾아낸 진귀한 물건이라면서 3m 정도 되는 레이스를 보여 주었다.

"어떻습니까? 좋지요? 보통 안락의자 덮개로 쓰는 겁니다. 요즘 한창 유행이지요."

뤼르는 재빠른 동작으로 그것을 푸른 종이에 싸서 엠마에게 건넸다.

"하지만 가격이 얼마인지 알아야겠어요."

"신경 쓰지 마시고 나중에 되는대로 주십시오."

이렇게 대답한 뤼르는 곧 돌아서 버렸다.

그날 밤 엠마는 어머니에게 유산 전부를 빨리 보내 달라고 편지를 쓰라며 샤를 닦달했다. 보바리 노부인은 남아 있는 것이 없다는 회신을 보내 왔다. 게다가 모든 계산은 다 끝났고, 너희들에게는 바르느빌 땅 외에 600프랑의 연금이 남아 있을 뿐이라며, 그 돈은 자신이 꼬박꼬박 보내 주겠다고 의중을 전했다.

엠마는 두세 명의 환자 집에 청구서를 보냈다. 그녀는 이 방법을 계속 써먹었다. 청구서 뒤에는 "이 건에 관해서는 우리 바깥양반이 자존심이 강하니 비밀로 해 주세요. 기분 나쁘게 생각하시지도 말고요."라는 글을 썼다.

엠마는 돈을 마련하기 위해 자신의 낡은 장갑과 오래된 모자, 그리고 철물 등을 팔았다. 그리고 조금이라도 더 돈을 받기 위해 흥정했다. 농사꾼의 피는 속일 수 없는지 그녀는 돈벌이에 혈안이 되어 있었다. 시내에 나갈 때면 뤼르가 혹할 것 같은 물건들을 사들였다. 그녀는 타조 깃털, 중국 도자기, 낡은 궤짝 등을 샀다. 그리고 펠리시테나 르프랑수와 부인,

적십자 여관의 안주인 등 여러 사람에게 돈을 꾸었다. 마침내 바르느빌에서 돈이 들어왔지만 어음 두 장을 갚았을 뿐 1,500 프랑은 모두 써 버리고 또 빚을 졌다. 이런 악순환은 계속되었다.

엠마는 총 빚이 얼마인지 계산해 보았다. 믿어지지 않을 정도로 많은 액수였다. 그래서 반복해서 계산해 보기도 했다. 하지만 그녀는 갑자기 혼란스러워져서 그대로 집어 던지고 더는 계산하지 말아야겠다고 생각했다.

집 안 분위기도 엉망이었다. 드나드는 상인들이 성난 표정으로 나가는 모습도 보았다. 벽난로 위에는 손수건이 아무렇게나 팽개쳐져 있었다. 오메 부인은 어린 베르트가 구멍 뚫린 양말을 신고 있는 것을 보고는 어이가 없어 펄쩍 뛰었다. 샤를이 눈치를 보며 잔소리하려고 하면, 그녀는 화를 내면서 그것은 자신의 잘못이 아니라고 항변했다.

샤를은 엠마가 화내는 것은 그녀가 앓았던 신경병 때문일 거라고 생각했다. 그러고는 병을 성격적 문제로 돌린 자신을 책망했다. 그는 달려가서 아내에게 키스해 주고 싶었다.

"아니지."

그는 혼잣말했다.

"귀찮아할 거야."

그는 그녀를 가만히 지켜보기로 마음먹었다.

저녁을 먹고 나서 샤를은 혼자 정원을 거닐었다. 어린 베르트를 무릎에 앉혀 놓고 의학 신물을 펼쳐 놓은 다음 글자를 가르쳐 주기도 했다. 지금까지 공부해 본 적이 없던 베르트는 곧 슬픈 눈을 하더니 울기 시작했다. 그는 아이를 달랬다. 물뿌리개에 물을 담아와 모래땅에 강을 만들어 주기도 하고, 쥐똥나무 가지들을 꺾어서 화단 속에 심어 주기도 했다. 길이가 긴 잡초에 뒤덮인 정원이기 때문에 별로 흉해 보이지 않았다. 레스티부드와에게 일을 맡기려 해도 품삯이 많이 밀려 있었다. 이때 아이는 춥다면서 엄마를 찾았다.

"펠리시테 언니를 부르자, 응?"

샤를은 말했다.

"엄마는 귀찮게 구는 걸 싫어하니까 말이야."

계절은 초가을이어서 벌써 나뭇잎이 떨어지기 시작했다. 2년 전 엠마가 앓았을 때와 같은 악재들은 도대체 언제 끝날 것인가? 샤를은 뒷짐을 지고 정원을 왔다 갔다 하면서 생각했다.

엠마는 자기 방에서 나오지 않았다. 아무도 그 방에 올라가지 않았다. 그녀는 옷도 갈아입지 않고 온종일 멍하니 방에 틀어박혀 있었다. 가끔 루앙에 있는 알제리 사람에게서 산 향을 피우곤 했다. 밤에는 옆에서 자는 남편이 꼴 보기 싫어서 얼굴을 찡그리다가 결국 그를 3층으로 내쫓았다. 그러고는 피비린내 나는 상황이 벌어지고, 음란한 내용이 들어 있는 책을 아침까지 읽기도 했다. 그러다가 정 못 견디겠으면, 소리를 질러 댔다. 그 소리에 깜짝 놀란 샤를이 달려오면 그녀는 말했다.

"이 방에서 나가요!"

그녀는 불륜의 사랑에 자극받아 심하게 정념이 불타올라

서 숨이 가쁘거나 욕정에 사로잡힐 때면, 창문을 열고 찬바람을 쐬었다. 바람에 머리카락을 날리면서 하늘에 떠 있는 해를 바라보고는 고귀한 사랑을 동경했다. 그러고는 레옹을 생각했다. 그에게는 단 한 번의 밀회를 위해 자신의 모든 것을 주어도 아깝지 않을 것 같았다.

엠마에게는 레옹을 만나는 날이 가장 소중했다. 그녀는 밀회가 항상 멋지게 이루어지기를 바랐다. 레옹이 만남에 드는 비용 때문에 버거워할 때면 자신이 돈을 썼다. 이런 일은 자주 일어났다. 레옹은 좀 더 싼 호텔에 가기를 원했으나 엠마가 반대했다.

어느 날 엠마는 손가방에서 은수저 여섯 벌을 꺼내 레옹더러 전당포에 맡기고 오라고 말했다. 그는 그렇게 했지만, 마음이 안 좋았다. 나중에 귀찮은 일이라도 생길까 봐 걱정되었다.

또한 곰곰이 생각해 보니 요즘 엠마의 태도가 좀 이상하다고 느꼈고, 그녀와 헤어지라는 사람들의 말도 일리가 있는 것 같았다.

사실은 누군가가 레옹의 어머니에게 익명의 편지를 보내 '아드님이 어떤 유부녀에게 빠져 있어 신세를 망치게 되었다.'는 경고를 보냈다. 레옹의 어머니는 가정을 위협하는 사랑의 컴컴한 심연에 도사리고 있는 정체불명의 요사스러운 괴물을 연상하면서 레옹의 주인인 뒤보카주 씨에게 편지를 썼다. 그는 이 사건을 완벽하게 해결했다. 그는 레옹을 불러 1시간 동안 그것이 얼마나 끔찍한 심연인지 이야기했다. 이런 연애는 독립해서 자리를 잡을 때 해가 될 수도 있다, 이제 그만하라고 그는 말했다. 설사 레옹을 위해서 사랑의 끈을 놓을 수 없다면 자기 뒤보카주를 위해 그렇게 해 달라는 부탁도 했다.

결국 레옹은 엠마를 더는 만나지 않겠다고 다짐했다. 아침마다 난로 옆에 모인 동료들이 놀려 대는 것은 그렇다 치더라도 앞으로 그 여자 때문에 난처한 상황에 빠질 수도 있고, 또 소문이 날 수도 있기 때문에 걱정이 되었다. 그뿐만 아니라 그는 머지 않아 수석 서기가 될 상황이었다. 점잖게 생각하고 신중하게 행동할 필요가 있었다. 그는 플루트 연습도 그만두고, 고조된 감정과 공상에서도 벗어났다. 평범한 사람일지라도 피가 끓어오르면 하루에 단 1분이라도 위대한 정열을 품을 수 있고, 드높은 계획을 세우는 경우가 많다. 평범한 바람둥이도 터키의 왕후를 안아 보는 꿈을 꿀 수 있는 법이다. 일개 공중인도 시인의 마음을 가슴에 간직할 수 있다. 하지만 이제 그는 그런 분에 넘치는 모든 꿈을 접고 말았다.

요즘은 엠마가 갑자기 그의 가슴에 얼굴을 묻고 흐느껴 울 때면 레옹은 짜증이 났다. 그의 마음은 이제 한정된 음악밖에 들을 수 없는 사람처럼 이미 미묘한 사랑의 매력에 거리를 두었다. 그래서 소음으로밖에 여겨지지 않는 사랑의 소리가 이제는 지겨워졌다.

두 사람은 이제 서로에 대해 너무나 잘 알았기 때문에 만나는 기쁨보다 100배는 큰 소유의 경이로움을 느끼지 못했다. 레옹이 그녀에게 질렸듯이 엠마도 그에게 싫증을 내고 있었다. 엠마는 정부와의 관계 속에서 결혼 생활의 평범함을 떠올리곤 했다.

하지만 어떻게 해야 그와 헤어질 수 있을까? 그녀는 자신의 저속한 행복에 굴욕을 느끼면서도 어쩌해야 할 바를 몰랐고, 오랜 습관과 타락의 유혹에 집착했다. 아주 큰 사랑을 바라다가 행복의 샘이 모두 말라 버려서 그녀는 오히려 더 열을 올렸다. 그녀는 마치 레옹이 배반한 것처럼 자신의 변심을 그의 탓으로 여겼다. 헤어질 결심을 할 용기가 없었기에 우연한 파국이 일어나기를 바랄 뿐이었다.

그러면서도 여자는 사랑하는 사람에게 편지를 보내야 한다는 생각 때문에 엠마는 계속 레옹에게 편지를 썼다. 하지만 그녀는 편지를 쓰면서 다른 남자를 생각했다. 그것은 열렬한 추억과 아름다운 내용의 책과 강한 욕망이 얽힌 환영이었다. 마침내 그 환영이 현실 같은 실감을 불러일으켜 손에 잡힐 듯해 그녀는 황홀감 속에서 가슴이 두근거리는 것을 느꼈다. 그렇지만 그것은 확실한 모습을 나타내지 않는 신처럼 또렷하게 보이지는 않았다. 그 남자는 꽃바람 속에서 달빛을 받으며, 난간마다 비단 사다리가 흔들리는 곳에 있었다. 그녀는 그를 느꼈다. 금방이라도 달려와 그녀에게 키스를 퍼부은 다음 그녀를 낚아채려 했다. 그녀는 이런 막연한 사랑을 꿈꾸면서 격한 섹스 때보다 더 큰 피로감을 느꼈다.

엠마는 늘 피곤했다. 소환장과 인지가 붙은 서류가 자꾸 와도 거들떠보지 않았다. 이제 삶의 끈을 놓고 영원히 잠들고 싶었다.

사순절 아침, 엠마는 용빌로 돌아가지 않고 밤에 가면무도

회에 갔다. 벨벳 바지에 빨간 양말을 신고, 구식 가발에 삼각모자를 썼다. 그리고 그녀는 트롬본의 소리에 맞추어 밤새 미친 듯이 춤추었다. 그 안의 모든 사람이 그녀 주위에 몰려 둥근 원을 만들었다. 아침이 되어 정신을 차리고 나서 보니, 자신이 인부와 뱃사공으로 가장한 남녀 대여섯 명과 극장 문앞의 기둥에 서 있었다. 그들은 모두 레옹의 친구였고, 식사하러 가자고 엠마에게 말했다.

근처 카페는 모두 손님들로 꽉 차 있었다. 그들은 부둣가에서 싼 음식점을 발견했다. 주인은 그들을 5층 방으로 인도했다.

남자들은 비용에 대해 의논하면서 한구석에서 수군거렸다. 서기 한 사람, 의학생 둘, 그리고 점원 한 사람이 그곳에 있었다.

'내가 이렇게 보잘것없는 사람들과 어울렸단 말인가?'

엠마는 속으로 생각했다. 더욱이 여자들의 목소리는 억양만으로도 모두가 최악이라는 것을 알게 되었다. 갑자기 무서워진 엠마는 의자를 뒤로 밀고 눈을 감은 채 기대어 앉았다.

음식이 나오자 모두 먹기 시작했지만, 엠마는 손도 대지 않았다. 머리는 불같이 뜨겁고, 눈꺼풀은 따끔거리고 살은 얼음처럼 찼다. 또 머릿속에서는 춤추고 있는 무수한 다리들이 리듬에 따라 마구 뛰놀면서 무도장의 마루가 튀어 오르는 것만 같았다. 또 펀치 냄새와 잎담배 냄새 때문에 머리가 어지러웠다. 그녀는 정신이 아득해지면서 주저앉았고, 사람들은 그녀를 창가로 옮겼다.

서서히 해가 떠오르기 시작했다. 불그레한 빛의 커다란 반점이 생 카트린느 언덕 위의 하늘로 번져가고, 바람이 불어와 강물의 수면이 흔들리고 있었다. 다리 위에는 아무도 없었고, 가로등은 모두 꺼져 있었다.

엠마는 차츰 정신이 돌아왔다. 문득 하녀 방에서 잠자고 있는 베르트가 생각났다. 이때 기다란 철판을 실은 짐마차 한 대가 귀가 찢어질 듯한 진동을 일으키며 지나갔다.

엠마는 급히 자리에서 일어나 가면무도회 때 입은 옷을 벗어 버리고 레옹에게 그만 돌아가겠다고 말하고는 불로뉴 호텔로 돌아왔다. 모든 것이, 심지어는 자기 자신까지 싫었다. 그녀는 새들처럼 아득히 먼 깨끗하고 순결한 어딘가로 날아가고 싶었다.

그녀는 바깥으로 나왔다. 그리고 큰길을 거쳐 코슈와즈 광장을 가로질러 정원들이 내려다보이는 넓은 길로 들어섰다. 그녀는 빠른 속도로 걸었다. 신선한 공기가 마음을 가다듬게 했다. 그리고 군중의 얼굴, 가면을 쓴 모습, 카드릴 춤, 샹들리에, 밤바람 따위가 안개처럼 사라져 버렸다. 그러다가 적십자 여관으로 돌아온 엠마는 '넬의 탑' 그림이 걸려 있는 3층 방에 들어섰다. 오후 4시가 되자 이베르가 그녀를 깨우러 들어왔다.

마침내 집으로 돌아온 엠마에게 펠리시테가 괘종시계 뒤에 감추었던 회색 서류를 꺼냈다. 엠마는 그것을 받아 읽어 보았다.

집행문을 첨부한 판결의 등본에 따라……

'무슨 판결을 말하는 거지?'

그녀는 이외에도 또 다른 서류 한 장이 왔다는 사실을 몰랐다. 그 때문에 다음 문장을 보고 깜짝 놀랐다.

국왕 및 법률과 재판서의 이름으로 보바리 부인에게 명하노니……

몇 줄을 건너뛰자 다음과 같은 문구가 들어 있었다.

바로 24시간 이내에……

'이게 다 무슨 소리야?'

8,000프랑을 지급할 것.

그리고 이런 문구도 있었다.

모든 법적 조치, 특히 동산의 압류에 의해 강제 집행함.

'어떻게 하지? 24시간 이내라면 바로 내일인데.'

엠마는 뢰르가 무슨 일을 꾸몄다고 생각했다. 이제야 비로소 엠마는 뢰르가 온갖 술책으로 친절과 호의로 다가온 이유를 알 것 같았다. 그리고 오히려 엄청나게 늘어난 빚의 액수가 차라리 그녀를 안심시켰다.

그동안 사실 그녀는 물건값을 치르지 않고 계속 빚을 내면서 어음에 서명해, 그 어음을 여러 번 돌렸기 때문에 새로운 지급 기일이 될 때마다 액수가 눈덩이 불듯 늘어나 결국 뢰르에게 이득이 가게 했던 것이었다. 뢰르는 이런 순간을 기다리고 있었다.

엠마는 아무렇지도 않은 표정으로 뢰르의 집에 찾아갔다.

"제게 무슨 일이 생겼는지 아시지요?"

"모릅니다."

"뭐라고요?"

뢰르는 팔짱을 낀 채 천천히 몸을 돌리면서 말했다.

"부인, 제가 언제까지나 부인의 어용상인이나 돈을 융통해 주어야 하는 겁니까? 저도 준 돈을 받아야 할 것 아닙니까? 그렇지 않습니까?"

엠마는 빌린 돈이 그렇게 많지는 않다면서 화를 냈다.

"그건 어쩔 수 없는 일입니다. 재판소에서 인정해 주었고, 판결이 난 것이니까요. 물론 그것은 제가 한 일이 아니라 뱅사르가 한 거라고요."

"당신이 좀 어떻게 해 주시면 안 되나요?"

"어림없는 소리 말아요."

"그래도 생각 좀 해 보시지요."

그녀는 되는 대로 말을 내뱉었다. 나는 아무것도 몰랐다. 이건 너무 뜻밖이라 당황스럽다.

"이게 다 누구 탓이지요?"

뤼르가 빈정거렸다.

"저는 피땀 흘리면서 일했습니다. 그런데 그동안 부인은 하고 싶은 일만 하지 않았습니까?"

"설교는 그만하시고요."

"들어서 해로울 건 없습니다."

뤼르가 말을 맞받았다. 풀이 죽은 엠마는 뤼르에게 사정했다. 희고 화사한 손을 뤼르의 무릎에 올려놓기도 했다.

"저리 비키세요. 저를 유혹하는 겁니까?"

"뭐라고요? 뻔뻔스러우시군요."

엠마가 소리를 질렀다.

"참, 대단하십니다."

뤼르는 우습다는 듯이 말했다.

"남편에게 당신의 행태를 다 말하겠어요."

그러자 뤼르는 1,800프랑짜리 영수증을 꺼냈다. 그것은 뱅사르가 어음을 할인해 주었을 때 엠마가 건넨 영수증이었다.

"자, 어때요? 이걸 바깥양반께서 보신다면 뭔가 수상한 걸 알게 되겠지요."

큰 충격을 받은 엠마는 의자에 쓰러질 듯이 주저앉았다. 뤼르는 창문과 책상 사이를 왔다 갔다 하면서 덧붙여 말했다.

"들어야 하고 말고요. 꼭 보시게 해야 합니다."

뤼르는 엠마 가까이 다가와 교활한 목소리로 말했다.

"물론 유쾌한 얘기는 아니지요. 하지만 이런 일로 사람이 죽는 것도 아니고, 이렇게까지라도 하지 않으면 돈을 못 받을 거 같아서 처한 조처입니다."

"하지만 그 많은 돈을 어떻게 구합니까?"

엠마는 거의 울부짖듯 말했다.

"뭐, 훌륭한 남자 친구가 많지 않습니까?"

뤼르는 날카롭게 그녀를 쏘아 보았다. 엠마는 창자까지 떨리는 것 같았다.

"약속해요, 서, 서명할게요."

"부인의 서명 따위는 필요 없어요."

"뭐든 팔게요."

"농담하지 마세요. 아직도 부인에게 팔 것이 있습니까?"

뤼르는 어깨를 으쓱거리면서 말했다. 그리고 가게를 들여다볼 수 있게 만든 창 아래를 향해 말했다.

"아네트. 14번 이자표 석 장 잊지 말아."

이내 하녀가 들어왔다. 모든 것을 눈치챈 엠마는 고소를 취하시키려면 얼마의 돈이 필요한지 물었다.

"이미 늦었어요."

"하지만 몇천 프랑이라도, 아니 전액의 1/4이나 1/3, 아니 전부 가져오면요?"

"안됐지만 다 소용없습니다."

뤼르는 엠마를 계단 쪽으로 밀쳐 냈다.

"뤼르 씨! 제발. 조금만 더 기다려 주세요."

엠마가 흐느끼면서 말했다.

"울지 마십시오. 운다고 해결됩니까?"

"이제 저는 어떻게 하지요?"

"제가 알 바 아니지요."

뤼르는 문을 닫으면서 말했다.

7

다음 날 집달리 아랑이 압류 조서를 쓰기 위해 입회인 둘을 데리고 나타났을 때, 엠마는 아무런 동요도 하지 않았다.

그들은 먼저 샤를의 진찰실로 들어갔다. 골상학용인 흉상은 직업상 필요한 기구로 간주해 목록에 적지 않았다. 하지만 부엌에서는 접시, 냄비, 의자, 촛대 등을 기재했고, 침실에서는 선반 위의 자질구레한 물건까지 다 적었다. 그들은 엠마의 옷, 속옷, 화장실까지 샅샅이 뒤졌다. 그리하여 그녀 생활의 비밀스러운 곳까지 세 남자에게 보여 주어야 했다.

집달리 아랑은 몸에 꼭 끼는 검은 연미복의 단추를 단정하게 잠갔고, 흰색 넥타이를 매었으며, 바지의 각반을 꽉 졸라매고 있었다.

"죄송합니다, 부인. 괜찮으시겠어요?"

집달리 아랑은 이런 말도 했다.

"훌륭한데요, 아주 멋집니다."

집달이 아랑은 연신 감탄사를 연발했다. 그리고 왼손에 든 뿔 잉크병에 펜을 적셔 다시 목록을 작성했다.

그는 이번에는 3층 다락방으로 올라갔다. 그곳에는 로돌프의 편지를 넣어 잠가 둔 책상이 있었다. 그는 그것도 열려고 했다.

"아, 편지군요."

아랑은 은근한 웃음을 띠면서 말했다.

"하지만 이것도 보아야겠어요. 상자 속에 다른 물건이 있을 수도 있으니까요."

그는 마치 금화라도 떨어질지 모른다는 듯 편지들을 기울였다. 엠마는 지난날 가슴 두근대며 읽어 내려갔던 편지들 위에 징그러운 붉은 손이 닿자 화가 치밀어 올랐다.

마침내 그들은 밖으로 나갔다. 그리고 샤를을 집에 들어오지 못하게 하려고 보낸 펠리시테가 돌아왔다. 두 여자는 압류 입회인을 다락방으로 들어가게 했다. 그리고 그곳에서 꼼짝도 하지 않겠다는 대답을 들었다.

그날 밤 엠마의 눈에는 샤를의 얼굴이 슬프게 보였다. 엠마는 그의 주름 진 얼굴 속에 비난이 담겨 있는 것 같아 불안한 마음이 들어 몇 번이나 그를 훔쳐보았다. 그리고 중국 병풍으로 장식한 벽난로, 넓은 커튼, 안락의자 등 생활의 활기가 되어 주었던 물건들에 시선이 멈추자 양심의 가책이라기보다 후회감이 몰려왔다. 그런 기분은 정념을 없애 주는 것이 아니라 오히려 부추겼다.

샤를은 장작 받침대 위에 두 발을 걸치고 멍한 표정으로 불을 헤집고 있었다.

가끔 입회인들이 다락방에서 움직이는 소리를 냈다.

"누가 다락방을 걸어 다니고 있는 것 같은데?"

"아니에요. 천장 문이 열려 바람에 흔들리는 소리예요."

이튿날 일요일 엠마는 루앙에 갔다. 이름을 알고 있는 금융업자들을 모두 찾아다닐 생각이었다. 하지만 하나 같이 시골에 갔거나 여행 중이었다. 하지만 그녀는 단념하지 않았다. 그리하여 만나게 된 사람들 모두에게 돈을 요구했다. 꼭 필요하다면서 호소했고, 꼭 갚겠다는 말도 덧붙였다. 하지만 다들 코웃음을 쳤다. 모두가 그녀의 간청을 외면했다.

2시쯤 그녀는 레옹의 집으로 가서 문을 두드렸다. 문은 열리지 않다가 조금 후 레옹이 나타났다.

"무슨 일 있어요?"

"왜, 방해되나요?"

"그렇지는 않아요."

그는 집주인이 여자들을 집에 들이는 것을 싫어한다고 말했다.

"당신에게 할 얘기가 있어요."

그러자 그는 열쇠를 집었고, 그녀가 막았다.

"아니요. 우리 방으로 가요."

그리하여 그 둘은 불로뉴 호텔에 있는 그들의 방으로 갔다.

그녀는 방에 들어서자마자 큰 컵에 가득 물을 담아 단숨에 들이켰다. 그녀의 얼굴은 아주 창백했다.

"레옹. 제 부탁 좀 들어주세요."

엠마는 레옹의 손을 꼭 잡고 말했다.

"지금 8,000프랑이 필요해요."

"당신, 지금 제정신이에요?"

"그게 아니고요!"

엠마는 압류 이야기를 꺼냈다. 그리고 샤를은 아무것도 모르며, 시어머니는 자신을 아주 싫어하고, 친정아버지도 어쩔 도리가 없다면서 자신의 현재 상황에 대해 말했다.

"하지만 당신이라면 돈을 구해 줄 수 있을 거 같아서요."

"내가 어떻게 그 많은 돈을 구해요?"

"어떻게든 알아봐 주세요!"

엠마는 소리를 질렀다. 그러자 레옹이 무뚝뚝하게 말했다.

"상황을 너무 비관적으로 생각하지 마세요. 아마 3,000프랑 정도면 어느 정도 무마될 거예요."

그렇다면 3,000프랑쯤은 변통할 수 있을 것 같았다. 레옹이 직접 줄 수도 있으리라는 희망이 생겼다.

"어떻게 좀 해 봐요, 어떻게 좀. 많이 사랑해 줄 테니까."

레옹은 밖으로 나가 1시간쯤 뒤에 나타났다.

"세 사람을 만났는데, 그게 뜻대로 안 되네요."

그러자 엠마는 발을 구르고 어깨를 으쓱거리면서 말했다.

"만일 내가 당신이라면 돈을 구해 올 거예요."

"어디서?"

"당신 사무소에서요."

엠마는 그를 쏘아 보았다. 그 타는 듯한 눈동자에는 대담함이 번쩍였고, 눈꺼풀은 요염하게 가늘어졌다. 레옹은 범죄를 부추기는 그녀의 침묵 때문에 마음이 약해졌다. 그래서 그는 더 이상의 말은 하지 않고 이마를 '탁' 치면서 외쳤다.

"아, 모렐이 오늘 밤 돌아오기로 되어 있군. 그 친구라면 거절하지 못할 거야. 일이 잘되면 당신에게 갖다 줄게요."

그러나 엠마는 레옹의 생각보다 그리 반색하지 않았다. 거짓말이라는 것을 알았을까. 그는 얼굴을 붉히면서 말했다.

"하지만 내일 3시까지 소식이 없으면 기다리지 말아요. 나는 그만 가 볼게요. 미안해요. 안녕!"

레옹은 엠마의 손을 잡았지만, 살아 있는 사람의 손 같지가 않았다. 엠마는 이제 아무런 느낌도 느끼지 못했다.

4시가 되었다. 그녀는 충동적으로 용빌로 돌아가기 위해 자리에서 일어났다.

새파란 하늘 아래서 해가 빛나고, 햇볕이 쨍쨍 내리쬐는 어느 하루였다. 나들이옷으로 차려입은 루앙 시민들은 행복한 표정으로 산책하고 있었다. 그녀는 대성당 앞 광장에 도착했다. 저녁 미사를 마친 사람들이 성당에서 나오고 있었다. 그리고 그 한가운데서 성당지기가 바위처럼 흔들림 없이 서 있었다. 엠마는 불안에 떨면서도 희망이 넘쳐 저 커다란 본당으로 들어가던 날, 저 깊숙한 곳도 자신의 사랑보다는 깊지 못하다는 생각을 했다. 그리고 베일 속에서 흐느끼면서 비틀비틀 실신할 것같이 위태로운 모습으로 걸어갔다.

"위험해요."

순간 어느 저택의 문이 열리면서 큰 목소리가 흘러나왔다.

엠마는 흠칫 놀라 그대로 서 있었다. 그때 검은 말 한 필이 그녀 옆을 아슬아슬하게 스치면서 달렸다. 마차는 새까만 담비 모피를 입은 신사가 몰고 있었다. 하지만 마차는 이미 눈앞에서 사라지고 없었다.

"아, 그래, 그 사람이야. 자작 말이야."

엠마는 몸을 돌렸지만 이미 거리에는 사람 그림자조차 없었다. 그녀는 맥이 빠지고 슬픔이 복받쳐 올라 벽에 몸을 기댔다.

엠마는 아까 자신이 잘못 본 것이라고 믿었다. 확실한 것은 아무것도 없었다. 모든 것이 그녀를 저버렸다는 생각에, 엠마는 방향을 잃은 채 적십자 여관에 도착했다. 그녀는 그곳에서 낯익은 오메의 모습을 보았을 때 기뻤다. 오메는 시내에서 산 약상자가 제비에 실리는 것을 바라보고 있었다. 그는 아내에게 주려고 빵 여섯 개를 사서 바단 손수건에 싼 뒤 들고 있었다.

오메 부인은 사순절에 미리 간을 맞춘, 버터를 발라 먹는 딱딱하고 작은 빵을 좋아했다. 아주 옛날, 노르만 민족은 횃불 아래서 식탁에 놓인 이포크라스(설탕과 향신료를 와인에 섞어 만든 음료) 병들과 돼지고기 사이에 사라센 사람의 머리가 있다고 상상하며 이 빵을 배부르게 먹었다고 한다. 오메 부인은 이가 좋지 않았지만, 이 빵을 아주 잘 먹었다. 그래서 오메 씨는 시내에 나갈 때마다 이 빵을 사는 것을 잊지 않았다.

"아, 반갑습니다."

오메가 인사를 건네며 손을 내밀어 엠마가 제비에 오르는 것을 도와주었다. 그러고 나서 그는 그물 선반의 가죽끈에 빵을 매달아 놓고 모자를 벗은 다음, 팔짱을 끼고 나폴레옹과 함께 사색하는 듯한 자세를 취했다.

하지만 또 언덕 밑에서 떠돌이 거지가 나타나자 큰 소리로 말했다.

"이런 못된 장사를 왜 당국에서는 가만히 놓아두는지 알 수가 없어. 저런 작자들은 당장 감금해서 강제 노역이라도 시켜야 해. 진보가 이렇게 거북이걸음을 걷다니 말도 안 돼. 아직도 야만스러운 일이 주위에서 많이 벌어지고 있어."

거지는 모자를 내밀었다. 모자는 못이 빠져 흔들리는 커튼처럼 마차의 창문에서 흔들거렸다.

"연주창 환자로군."

오메가 말했다. 그러고는 그 거지를 잘 알고 있으면서도 처음 보는 것처럼 각막이니 불투명 각막이니 공막이니 안면 특징이니 하면서 한참을 떠들더니 거지에게 말했다.

"이봐, 이런 병에 걸린 지 오래됐어? 그러면 선술집에 가서 술이나 마실 게 아니라 병원에 가서 병을 고쳐야지."

오메는 그러면서 좋은 포도주나 맥주를 마시고, 좋은 고기를 먹으라고 권했다. 하지만 장님은 이에 아랑곳하지 않고 노래를 흥얼거렸다. 그는 아마도 천치인 것 같았다. 마침내 오메 씨가 지갑을 열었다.

"자, 여기 1수 줄 테니 잔돈 2리아를 줘. 내가 알려준 것 잊지 말고. 틀림없이 도움이 될 거야."

"그런 처방이 효과가 있을까?"

마부 이베르가 큰 소리로 말했다. 그 말을 들은 오메는 자기가 조제한 소염 연고로 치료해 주겠다고 말했다. 그러고는 거지에게 자신의 약국 주소를 알려 주었다.

"시장 옆 오메 약국이야. 그렇게 말하면 다 알아들어."

"그렇다면 그 대가로 춤을 보여 주어야지."

이베르가 말했다.

그러자 무릎을 꿇은 거지는 머리를 뒤로 젖히고 푸르스름한 눈동자를 굴리면서 혀를 내밀고 두 손으로 배를 문질렀다. 그러고는 굶주린 개처럼 신음을 냈다. 엠마는 그것을 바라보고만 있을 수 없었다. 그래서 5프랑짜리 금화를 던져 주었다. 그녀의 전 재산이었지만, 잘한 일이라고 생각했다.

마차가 다시 움직이기 시작했다. 그러자 오메 씨가 갑자기 창문을 열고 몸을 내민 채 말했다.

"밀가루나 우유 같은 것은 먹으면 안 돼. 옷을 모직물을 입고 노간주 열매를 태워서 연기에 쐬라고."

눈앞에 펼쳐진 낯익은 풍경을 바라보면서 엠마는 마음이 좀 가라앉았다. 그러다가 갑자기 피로가 밀려왔다. 이윽고 정신이 아득해진 그녀는 거의 반수면 상태로 집으로 돌아왔다.

"될 대로 되라지."

엠마는 중얼거렸다.

"또 모르잖아. 갑자기 천재지변이 일어나지 말라는 법도 없잖아. 혹 뤼르가 죽기라도 할지."

아침 9시에 광장에서 사람들이 웅성거리는 소리가 들리면서 엠마는 잠에서 깨어났다. 시장 주변에 사람들이 모여서 기둥에 붙인 벽보를 읽고 있었다. 쥐스탱이 표지 돌 위에 올라가 벽보를 뜯어내는 것이 보였다. 그때 마을 경찰관이 그의 목을 잡았다. 오메 씨는 약국에서 나왔다. 르프랑수와 부인이 사람들 한가운데서 뭐라고 떠들어 대고 있었다.

"마님! 마님!"

펠레시테가 방에 들어오면서 소리쳤다.

"큰일 났어요."

이 하녀는 잔뜩 흥분해서 문간에서 뜯어 온 종이 한 장을 엠마에게 건네주었다. 종이를 흘끗 쳐다본 엠마는 집의 동산 전부가 경매에 부쳐졌다는 걸 알게 되었다.

그러자 두 사람은 아무 말도 못 하고 서로 얼굴만 바라보았다. 하녀와 여주인 사이에는 비밀이 없었다. 펠리시테는 한숨을 내쉬면서 말했다.

"저 같으면 기요맹 씨를 찾아가 보겠어요."

"그렇게 생각하니?"

이렇게 반문하는 것은 다음과 같은 뜻이었다.

'너는 그 집 머슴과 친하니까 그 집의 내막을 잘 알고 있겠구나. 주인어른이 내 얘기를 하더냐.'

"네, 가 보세요."

그녀는 옷을 갈아입고 검은 구슬을 박은 모자를 쓴 뒤, 외출 준비를 했다. 그녀는 사람들 눈에 띄지 않게 마을을 벗어나 개울가 오솔길로 발걸음을 돌렸다. 그러고는 이내 가쁜 숨을 쉬면서 공증인 기요맹 씨 집으로 갔다. 잔뜩 흐린 하늘에서는 눈이 조금씩 내렸다.

초인종을 누르자 빨간 조끼를 입은 테오도르가 나타났다. 그는 마치 아는 사람인 것처럼 친절하게 문을 열고 그녀를 식당으로 안내했다.

벽의 움푹 팬 공간에 가득 놓인 선인장 아래서 커다란 도기(陶器) 난로가 소리를 내면서 열을 발산하고 있었다. 그리고 떡갈나무 무늬의 벽지를 바른 벽에는 나무 액자에 낀 〈에스메랄다〉와 쇼팽의 〈퓌티파르〉가 걸려 있었다. 음식을 차려 놓은 식탁과 은으로 된 두 개의 풍로, 유리관의 손잡이, 그리고 모자이크로 된 마룻바닥에서부터 수정으로 된 초인종 단추와 각종 가구가 영국식으로 청결하게 펼쳐져 있었다. 유리창 네 귀퉁이는 전부 색유리로 장식되어 있었다.

'우리도 이 정도 식당이 있었더라면.'

엠마는 생각했다. 마침내 공증인이 들어왔다. 그는 종려나무 무늬의 실내복 앞자락을 왼손으로 누르며 들어왔다. 다른 한 손으로는 테 없는 밤색 벨벳 모자를 벗었다가 다시 썼다. 모자 밑으로는 벗겨진 대머리를 싸고 있는 세 묶음의 금발이 보였다.

의자에 앉기를 권한 그는 결례하게 되어 죄송하다면서 자리에 앉아 식사하기 시작했다.

"저, 청이 있어서요."

"무슨 용건인가요, 부인."

그녀는 자신이 처한 상황에 관해 설명했다.

기요맹은 이미 포목상과 은밀한 관계였기 때문에 그 내용을 잘 알고 있었다. 그는 사람들이 저당 대출의 계약 때문에 찾아오면 포목상으로부터 자금을 융통해 오고 있었다.

그래서 그는 그 어음의 내역을 그녀보다 더 잘 알고 있었다. 처음에 이 어음은 소액이었지만 여러 사람이 바뀌가면서 서명하고, 어음들 사이에는 상당히 긴 지급 기간이 있었기 때문에 그사이에 계속해 갱신되었다. 그리고 마지막에 뤼르가 지독한 놈이라는 소리를 듣지 않으려고 친구 뱅사르에게 의뢰해 그 이름으로 소송을 걸었던 것이었다.

그녀는 말 사이사이에 뢰르를 비난하는 말을 섞었다. 그러나 공증인은 건성으로 들었다. 커틀릿을 먹고, 차를 마시면서, 하늘색 넥타이에 턱을 파묻고 있었다. 그 넥타이에는 가느다란 금줄로 고정된 두 개의 다이아몬드 핀이 꽂혀 있었다. 그는 친절하면서도 왠지 기분 나쁜 웃음을 지고 있었다.

그는 엠마의 발이 젖어 있는 것을 보고 말했다.

"난로 옆으로 가까이 가서 앉으세요."

엠마는 자신의 구두가 도기 난로에 상하지 않을까 걱정이 되었다. 공증인은 친절한 말투로 말했다.

"아름다운 것은 아무것도 더럽히지 않지요."

엠마는 이 남자의 마음을 움직여 보려고 애썼다. 하지만 먼저 흥분한 그녀는 살림살이의 궁핍함과 돈에 쪼들리는 사정을 털어놓았다. 그는 잘 이해하고 있다고 말했다. 여전히 그는 음식을 먹으면서 그는 완전히 그녀 쪽으로 돌아앉았기 때문에 그의 무릎이 그녀의 구두에 닿았다. 엠마는 바닥이 휘도록 구두를 난로에 대고 있었기 때문에 구두창이 휘어져 모락모락 김이 났다.

엠마가 3,000프랑을 융통해 달라고 이야기하자 그는 입을 꼭 다물었다. 그러고는 그에게 재산 관리를 맡기지 않은 것을 아주 애석해했다. 그는 돈을 손쉽게 벌 수 있었을 텐데, 만약 그렇게 했더라면 그뤼메닐 탄광, 아니 르아브르 땅에 투자해서 돈을 많이 벌었을 것이라고도 말했다. 그는 그러지 못한 것을 분개하는 엠마를 가만히 바라보았다.

"왜 지금까지 제게 오지 않았습니까?"

그는 말했다.

"모르겠습니다."

그녀가 대답했다.

"대체 왜 그랬나요? 제가 무서웠습니까? 원망은 제가 하고 싶네요. 우리는 지금까지 별 거래를 하지 않았어요. 그렇지만 부인에게 도움이 될 수 있는 건 다 해 드리겠습니다. 제 말을 믿으십시오."

말을 마친 그는 손을 뻗어 엠마의 손을 잡고는 미친 듯이 키스하더니 그 손을 자신의 무릎 위에 얹었다. 그러고는 달콤한 목소리로 속삭이면서 그녀의 손을 만지작거렸다.

그의 김빠진 목소리는 냇물 흐르듯 속삭였다. 안경 너머 그의 눈동자에서 번쩍이는 빛이 튀겼다. 이내 그는 엠마의 소매 속으로 두 손을 넣어 팔을 더듬었다. 그의 가쁜 숨이 볼에 느껴졌다. 그녀는 이 남자가 끔찍하게 싫었다.

엠마는 벌떡 일어나서 말했다.

"저는 지금 기다리고 있어요."

"무엇을 말입니까?"

얼굴이 파랗게 질린 공증인이 되물었다.

"그 돈 말이에요."

"하지만."

잠시 후 그가 강렬한 욕망을 더는 참을 수 없었는지 말했다.

"조, 좋습니다."

무릎을 꿇은 그는 실내복이 어찌 되든 상관없이 그녀 곁으로 다가왔다.

"제발 부탁합니다. 가지 마십시오. 저는 당신을 좋아합니다."

그는 갑자기 엠마의 허리를 안았다. 엠마는 피가 거꾸로 솟았다. 그녀는 무서운 얼굴로 소리쳤다.

"제 약점을 이용해 이런 무례한 행동을 하다니요! 지금 제 처지가 난처하기는 하지만, 몸을 팔지는 않습니다."

엠마는 이렇게 말하고는 밖으로 뛰쳐나갔다.

공증인은 어리둥절하며 아름답게 수놓은 자신의 실내화를 내려다보았다. 그것은 정부가 준 선물이었다. 그러자 차츰 마음이 가라앉았다. 그리고 이 사랑의 모험이 손실이 너무 크다는 생각을 했다.

"뻔뻔스러운 놈, 야비한 놈! 그리 더러운 짓을 하다니!"

그녀는 후들후들 떨리는 걸음으로 사시나무가 늘어서 있는 길을 걸으며, 분노에 찬 소리로 크게 공증인을 욕했다. 원하는 뜻을 이루지 못했기에, 능욕당한 것에 대한 분노가 더 커졌다. 하느님이 자신만을 괴롭히는 것만 같았다. 그러면서 그녀는 자기 자신에 대해 강한 자긍심을 느꼈다. 동시에 타인에 대한 경멸감도 일었다. 호전적인 그 무엇이 그녀를 들뜨게 했다. 남자들을 두들겨 패 주고 얼굴에 침을 뱉어 준 다음, 모두 다 박살 내고 싶었다. 그녀는 창백한 얼굴로 분노에 떨면서 눈물 젖은 눈으로 지평선을 더듬었다. 그리고 숨 막히는 증오의 감정을 즐기기라도 하듯, 빠른 걸음으로 앞을 향해 걸었다.

집에 거의 다다르자 엠마는 갑자기 온몸의 감각이 없어지는 느낌을 받았다. 단 한 걸음도 내디딜 수가 없었다. 그러나 걸어야만 했다. 이제 도망칠 곳도 없다.

펠리시테가 문 앞에서 기다리고 있었다.

"어떻게 되었나요?"

"다 틀렸어."

두 사람은 서로 마주 앉아 용빌에서 엠마를 도와줄지도 모를 사람들을 떠올려 보았다. 그러나 펠리시테가 이름들을 거론할 때마다 엠마는 말했다.

"설마 그 사람이 도와주겠어?"

"하지만 곧 주인님이 돌아오실 거예요."

"알아, 나도. 이제 혼자 있고 싶구나."

엠마는 자신이 할 수 있는 한 모든 것을 다 해 보았다. 하지만 이제 더는 어쩔 도리가 없었다. 그녀는 샤를이 돌아오면 이렇게 말하려고 했다.

"비키세요. 당신이 밟고 있는 융단은 이제 우리 것이 아니에요. 이 집에 있는 가구나 바늘, 지푸라기 하나도 우리 것은 없어요. 당신을 파산시킨 건 저예요."

남편은 몹시 놀라며 흐느껴 울겠지만, 어느 정도 마음이 안정되면 자신을 용서해 줄 것이다.

"그래."

엠마는 어금니를 깨물면서 중얼거렸다.

"그이는 나를 용서해 줄 거야. 나를 알게 된 대가로 나에게 백만금을 주어도, 내가 용서할 수 없는 그 남자가. 아니, 아니, 정말 싫어."

엠마는 샤를이 자기 앞에서 콧대를 세울 것을 생각하니 화가 나서 견딜 수가 없었다. 자기가 고백하든 안 하든 이 사실은 지금, 아니면 오후나 내일까지는 남편도 알게 될 것이다. 그러므로 그 끔찍한 상황을 생각하면서 남편이 베푸는 관용을 견뎌야만 한다. 다시 한번 뢰르에게 가 보면 어떨까 하는 생각도 들었다. 하지만 가서 어쩔 거란 말인가! 아버지에게 편지를 써 보려고도 싶었지만, 때는 너무 늦었다. 순간 엠마는 아까 그 남자에게 몸을 맡기지 않은 것이 후회되었다.

그때 말발굽 소리가 들려왔다. 드디어 남편이 도착한 것이다. 문을 여는 그의 얼굴은 창백했다.

그녀는 얼른 성당으로 도망갔다. 이때 성당 앞에서 레스티부드와, 그리고 신부와 이야기를 나누던 면장 부인은 엠마가 비네 씨 집으로 들어가는 것을 보았다. 면장 부인은 카롱 부인에게 달려가 그 사실을 알렸다. 두 여자는 다락방으로 올라갔다. 그러고는 장대에 널어놓은 빨래 뒤에 숨어 비네의 방안 전체가 들여다보이는 곳에 자리를 잡았다.

비네는 다락방에 처박혀, 형용할 수 없이 기묘한 상아 세공을 본떠 나무를 깎는 일에 열중하고 있었다. 초승달 모양을 서로 엇갈리게 놓아, 전체적으로 오벨리스크 같은 곧게 뻗은 막대기를 만드는 쓸모없는 작업이었다. 그는 마지막으로 남은 조각을 깎으며 완성품을 바라보았다.

어두컴컴한 작업장에서 마치 달리는 말발굽에서 이는 것

같은 뽀얀 먼지가 그의 연장에서 휘날리고 있었다. 두 개의 바퀴가 빙빙 돌면서 요란한 소리를 냈다. 비네는 턱을 내리고 콧구멍을 벌름거리면서 만족해했다. 그 모습은 마치 대단한 노력을 하지 않은 일로 지적 만족을 느낄 수 있고, 완성이 되면 헛된 생각이 들지 않는 소일거리에서 맛볼 수 있는 충만한 행복감을 주는 것 같았다.

"보세요, 저기 왔어요."

튀바슈 부인이 말했다. 그러나 선반 소리 때문에 그녀의 말은 거의 알아들을 수 없었다.

두 여자는 '프랑'이라는 말만 알아들었다.

"저 여자. 세금 납부를 늦추기 위해 온 모양이네요."

튀바슈 부인이 작은 소리로 말했다.

"그런 것 같네요."

상대가 말을 받았다.

엠마는 방을 왔다 갔다 하면서 벽에 걸린 냅킨 집게와 촛대, 난간의 둥근 손잡이를 바라보고 있었다. 한편 비네는 만족한 표정으로 수염을 쓰다듬고 있었다.

"혹시 뭘 주문하러 온 걸까?"

튀바슈 부인이 말했다.

"하지만 저 남자는 아무것도 팔지 않는걸요."

비네는 상대의 말을 잘 알아들을 수 없다는 듯 눈을 크게 뜨고 귀를 기울이는 듯했다. 엠마는 애원하는 듯한 태도로 말을 계속하는 것이 보였다. 그리고 그녀는 그에게 가까이 다가 갔다. 그들은 아무 말도 하지 않고 있었다.

"뭔가 남자를 설득하는 거 같은데요."

튀바슈 부인이 말했다.

비네는 귀가 빨개졌다. 그러자 엠마가 남자의 손을 잡았다.

"어쩜 저런 행동을 하다니!"

엠마가 그에게 뭔가 어려운 부탁을 하는 것만은 틀림없는 것 같았다. 보첸과 뤼첸 전투에 참가했었고, 프랑스군의 한 사람으로서 레종 도뇌르 훈장까지 받은 비네는 뱀이라도 본 듯 뒷걸음질 치면서 외쳤다.

"부인, 그건 말도 안 돼요."

"저런 여자는 채찍으로 때려야 해요."

튀바슈 부인이 말했다.

"어, 어디로 갔지요?"

카롱 부인이 소리를 쳤다.

그녀들이 이야기를 나누는 사이 엠마의 모습은 보이지 않았다. 잠시 후 그랑뤼로 나온 엠마가 묘지에 가려는지 오른쪽으로 꺾어지는 모습을 보고 두 여자는 온갖 추측에 사로잡혔다.

"룰레 아줌마."

엠마는 룰레의 집에 도착해서 말했다.

"숨이 가빠서 그러는데 옷끈 좀 풀어 줘."

그리고 나서 침대 위에 쓰러진 엠마는 어깨를 들썩이며 울음을 터뜨렸다. 룰레 아줌마는 그녀에게 페티코트를 덮어 주고 그 옆에 서 있었다. 그러나 엠마가 아무리 기다려도 아무 말을 하지 않자, 그곳을 떠나 물레를 잡고 실을 잣기 시작했다.

"그만 좀 하세요."

비네의 선반 소리가 들리는 듯해서 엠마는 소리를 쳤다.

'무슨 걱정거리라도 있는가 보네.'

유모는 걱정이 되었다.

'이곳에는 왜 찾아왔지?'

엠마는 공포감에 질려 집으로 가지 못하고 이곳으로 온 것이었다.

반듯이 누워 꼼짝도 하지 않고 눈을 똑바로 뜬 채, 백치처럼 집중하려 해도 사물들이 희미하게만 보였다. 그녀는 벽의 벗겨진 자국, 포개어진 채 타고 있는 두 개의 장작, 머리 위 대들보 틈 사이로 기어 다니는 거미 등을 멍하니 바라보았다. 이내 어떤 생각이 떠올랐다. 어느 날 레옹과…… 하지만 그건 아주 아득한 날의 일이다. 햇빛은 강물 위에서 빛나고 어디선가 작약 냄새가 풍겨 왔다. 급류에 떠내려가듯 추억 속을 헤매는 엠마는 어제저녁 일을 떠올렸다.

"지금 시간이 어떻게 돼?"

엠마가 물었다. 유모는 밖으로 나가 하늘이 좀 더 밝게 빛나는 쪽으로 손을 들어 보고 말했다.

"곧 3시쯤 되겠네요."

"고마워."

'조금 있으면 레옹이 올 것이다.'

엠마는 생각했다.

'꼭 오겠지. 하지만 내가 이곳으로 온 줄 모르니, 곧장 집으로 갈지도 몰라.'

엠마는 유모에게 빨리 집에 가서 그를 데리고 오라고 부탁
했다.

"빨리 갔다 와 줘."

"네, 갑니다. 가요."

엠마는 왜 처음부터 그를 잊고 있었던 것인지 궁금했다.
어제 그는 언질을 주었다. 약속을 어길 리가 없다. 그녀의 눈
에는 뢰르의 집으로 찾아가서 책상 위에 지폐 석 장을 늘어
놓는 자신의 모습이 보였다. 그다음에는 샤를에게 사건의 경
위를 지어내서 말해 주어야 한다.

'뭐라고 거짓말을 하지?'

시간이 많이 흘렀는데도 유모는 오지 않았다. 그녀는 이
집에 시계가 없어서 시간 감각이 떨어진 것이 아닌가 생각해
보았다. 그녀는 마당을 천천히 걸으면서 돌았다. 울타리를 따
라 나 있는 샛길로 나섰다가 유모가 다른 길로 올지 몰라서
집으로 되돌아왔다. 기다림에 지친 그녀는 여기 온 것이 까마
득한 옛날 일인지, 아니면 1분 전의 일인지도 구분이 되지 않
았다. 그래서 한쪽 구석에 주저앉아 눈을 감고 귀를 틀어막았
다. 그때 울타리 문이 열리는 소리가 들려왔다. 엠마는 벌떡
일어났고, 그녀가 입을 열기 전에 유모가 말했다.

"댁에는 아무도 없던 걸요."

"아니, 뭐라고?"

"네, 아무도 없어요. 나리께서는 울고 계시고요. 마님 이름
을 부르면서요. 모두 마님을 찾고 있어요."

엠마는 아무 대꾸도 하지 않았다. 그녀는 숨을 헐떡이며

주위를 노려보았다. 그런 얼굴을 보자, 겁을 먹은 유모는 그녀가 미친 것이 아닐까 싶어 본능적으로 뒷걸음질 쳐 물러났다. 갑자기 엠마는 자신의 이마를 치면서 소리를 질렀다. 캄캄한 어둠 속의 번갯불처럼 로돌프 생각이 떠올랐던 것이었다. 그는 친절하고 자상하고 마음도 넓은 사람이었다. 그가 처음에는 그녀의 부탁을 듣지 않을지라도 옛사랑을 상기시키면 들어줄 것이다. 엠마는 벌떡 일어나 위세트 저택을 향해 출발했다. 하지만 그녀는 지난날 그리도 아픈 상처를 주었던 남자에게 스스로 몸을 던지기 위해 달려가고 있다는 것을, 그것이 바로 자신의 몸을 파는 행위라는 것도 자각하지 못했다.

8

그녀는 길을 걸으면서 궁리했다.

'뭐라고 말할까? 무슨 말부터 해야 하는 걸까?'

길을 걸어갈수록 언젠가 본 적이 있는 언덕 위의 풀숲과 나무숲, 그리고 골풀과 함께 저 멀리 저택이 모습을 드러냈다. 그녀는 처음 느꼈던 사랑의 감각들이 되살아났다. 그리고 그녀의 가여운 마음이 이 감각 속에서 다시 부풀어 올랐다. 한 줄기 바람이 엠마의 얼굴을 스쳐 지나갔다. 녹은 눈이 나무에 움튼 싹이나 풀잎 위로 물방울이 되어 떨어졌다.

엠마는 옛날처럼 정원의 조그만 문으로 들어가 두 줄의 무성한 보리수 울타리로 에워싸인 마당에 이르렀다. 우수수 바람 소리를 내면서 나무들이 긴 가지를 흔들었다. 개집 안에 있던 개들이 일제히 짖어 댔다. 그 소리가 크게 울렸으나 아무도 나타나지 않았다.

엠마는 나무 난간이 달린 넓고 곧은 계단을 올라갔다. 계단은 먼지투성이인 돌로 바닥을 깔아 놓은 복도와 통했고, 그곳에는 수도원이나 여인숙에서처럼 여러 개의 방이 늘어서 있었다. 그의 방은 왼쪽 맨 끝에 있었다. 문의 손잡이에 손을 대자 그녀는 갑자기 온몸의 맥이 빠지면서 그가 방에 없을지도 모른다고 생각했다. 한편으로 그가 없기를 바라는 마음도 있었다. 하지만 이 남자가 이제는 유일한 희망이었고, 마지막 구원의 기회였다. 잠시 마음을 진정시킨 그녀는 눈앞에 닥친 절박한 사정을 생각하고 용기를 내어 방으로 들어갔다.

"아, 엠마로군요."

로돌프가 벌떡 일어나며 말했다.

"네, 저예요. 당신과 의논하고 싶은 게 있어서 왔어요."

하지만 엠마는 더 말이 나오지 않았다.

"당신은 조금도 변하지 않았군요. 여전히 아름다워요."

"하찮은 아름다움이지요. 어차피 당신한테 경멸당할 테니까."

엠마는 씁쓸하게 대답했다.

그러자 로돌프는 지난날 자신이 취한 행동에 대한 변명을 늘어놓았다. 하지만 그럴듯한 말이 떠오르지 않아 모호한 말만 되풀이했다.

그녀는 그의 말에 끌려가고 있었다. 아니 오히려 그의 목소리와 풍채에 끌려가고 있었다고 해야 옳을 것이다. 그래서 그녀는 인연이 끊어진 일에 대한 남자의 변명을 진지하게 듣는 척했다. 아니, 그것이 진심이었는지도 모른다.

"다른 사람의 명예, 아니 생명과 관련된 일이 생겨서 어쩔 수 없었어요. 당시에는."

"하지만 나는 무척 괴로웠답니다."

엠마는 슬픈 표정으로 남자를 보며 말했다.

"인생이란 게 원래 그런 겁니다."

로돌프는 잘 알고 있다는 듯이 말했다.

"우리가 헤어지고 나서도 당신은 삶이 행복했나요?"

엠마가 물었다.

"아니, 행복할 것도, 불행할 것도 없었어요."

"어쩌면 헤어지지 않는 게 더 좋을 뻔하지 않았나요?"

"글쎄, 그럴지도 모르지요."

"그렇게 생각하세요?"

엠마는 그에게 다가가면서 물었다. 그러고는 한숨을 내쉬었다.

"로돌프! 제 마음을 이해한다면, 저는 당신을 많이 사랑했어요."

엠마는 그의 손을 잡았다. 두 사람은 서로의 손을 깍지 낀 채 한동안 가만히 있었다. 처음 만났던 날, 공진회에서처럼. 남자는 위신을 세우기 위해 감정에 치우치지 않으려고 애썼다. 하지만 엠마는 그의 가슴에 몸을 기대면서 말했다.

"저는 당신 없이 살아갈 수 없어요. 행복이라는 것도 한번 알고 나니 잊혀지지 않더군요. 눈앞이 깜깜했던 당신의 일을 어떻게 설명해야 할지 모르겠어요. 그때는 이제 죽는구나 하고 생각했답니다. 나중에 그 심정에 대해 자세히 말해 줄게요. 당신은 참 무정한 사람이에요. 왜 당신은 제게서 멀어졌나요?"

사실 2, 3년 동안 로돌프는 남자 특유의 타고난 비겁함으로 계속 엠마를 피해 왔다. 그런데도 엠마는 애교 있게 머리를 흔들면서 매달리는 고양이보다 더 아양을 떨면서 말을 이었다.

"당신은 지금도 많은 여자를 사귀고 있겠지요? 솔직히 말하세요. 저에게 그랬듯 여자들을 유혹했겠지요. 그 여자들의 마음을 저는 잘 알고 있어요. 그래요, 이해해 드릴게요. 당신이 조금만 끌어당겨도 여자들은 당신한테 꼼짝도 못하니까요. 당신은 참 남자다워요. 게다가 여자의 마음을 끄는 매력을 다 갖추고 있어요. 하지만 우리 다시 시작해요. 서로 사랑하자고요. 저는 웃고 있잖아요. 행복한 거예요. 무슨 말이라도 해 보세요."

한차례 소나기가 지나간 뒤 파란 꽃잎에 맺힌 물방울이 떨리는 것처럼 눈물방울을 눈에 가득 담은 엠마는 정신을 빼앗길 만큼 아름다웠다.

로돌프는 그녀를 무릎으로 끌어당기고 윤기 흐르는 머리카락을 어루만졌다. 그 머리 위로 저녁노을이 황금빛 화살처럼 빛나고 있었다. 로돌프는 입술로 그녀의 눈꺼풀 위에 살짝 키스했다.

"당신, 울고 있었군요. 무슨 일이라도 있나요?"

로돌프가 말했다.

그러자 엠마는 더 서럽게 울기 시작했다. 로돌프는 여자의 그리움이 한꺼번에 폭발한 것이라고 생각했다. 그녀가 가만히 있었기 때문에 그는 이 침묵이 수줍음 때문이라고 여겼다. 그래서 그는 큰 소리로 말했다.

"나를 용서하시오. 내가 좋아하는 사람은 단지 당신 하나뿐이었소. 내가 어리석고 나빴어. 나는 당신을 사랑해. 언제까지나 사랑하겠소. 그러니 말 좀 해 봐."

그는 무릎을 꿇고 말했다.

"저, 사실은 파산했어요. 로돌프, 나에게 3,000프랑만 빌려주세요."

"하지만……."

로돌프는 천천히 일어서면서 말했고, 그의 표정은 점점 심각해져 갔다.

"사실은……."

엠마는 얼른 말을 꺼냈다.

"남편이 어느 공증인에게 재산을 전부 맡겨 두었는데 그 남자가 도망갔어요. 환자들이 치료를 받고도 돈을 내지 않아 우리는 빚을 지게 되었지요. 아직 시아버지의 유산 결산이 끝나지 않았지만 잘 처리되면 그 가운데 얼마는 우리에게 들어올 거예요. 어쨌든 지금은 3,000프랑 때문에 압류를 당하게 생겼어요, 당장 일이 커질 겁니다. 그래서 나는 당신이 호의를 베풀기 바라는 마음으로 이곳에 왔어요."

그러자 갑자기 얼굴이 창백해진 로돌프는 생각에 잠겼다. 그리고는 심각한 표정으로 말했다.

"나에겐 그만한 돈이 없소."

로돌프의 말은 거짓이 아니었다. 아무튼 그런 선행을 베푸는 것이 그리 유쾌한 일은 아니었지만 지금 그에게는 그 정도의 돈이 없는 것도 사실이었다. 그만한 돈이 있었다면, 그는 주었을 것이다. 돈을 요구한다는 것은 사랑에 엄습하는 태풍 가운데서도 가장 싸늘한 바람이고, 가장 피해가 큰 것이다.

엠마는 한동안 그의 얼굴을 빤히 바라보았다. 그리고 나서 같은 말을 여러 번 되풀이했다.

"돈이 없으시다고요? 이렇게 창피를 당할 줄 알았다면 찾아오지 않는 거였네요. 당신은 나를 한 번도 사랑한 적이 없군요. 결국 당신도 다른 남자들과 다를 게 없어요."

엠마는 그만 마음을 들켰다는 생각이 들었다. 더는 어떻게 해야 할지 몰랐다.

"나도 돈 때문에 몹시 곤란에 빠져 있소."

로돌프는 그녀의 말을 막으면서 단호하게 말했다.

"그래요? 참 안됐네요, 정말 안됐어요."

엠마가 말을 받았다. 그러고는 벽에 걸린 무기 장식대에서 반짝거리는, 은으로 세공한 기병 소총에 시선을 던지면서 말을 이었다.

"그렇게 가난하다면서 은으로 총 손잡이를 장식했군요. 거북이 등껍질을 박은 탁상시계도 살 수 없을 거라고요."

엠마는 금속 면에 무늬를 새겨 박은 시계를 가리키면서 말을 계속했다.

"말채찍에 다는 보석 장식도요."

엠마는 그것을 만져 보았다.

"회중시계에 다는 보석 장식도 못 사요. 아니, 없는 게 없군요. 방 안에 술병을 놓는 데도 있고. 이 모든 것이 당신이 자신을 사랑하고 사치를 즐긴다는 증거 아닌가요? 별장과 농장도 있고, 개를 앞세우고 사냥도 하고 파리 여행도 하고요. 이 것만 하더라도……."

그녀는 벽난로 위에 있는 커프스단추를 집어 들면서 외쳤다.

"이런 사소한 물건들을 팔아도 돈이 되지요. 됐어요. 그만 두시라고요."

그러더니 그녀는 힘껏 두 개의 커프스단추를 던졌고, 곧 금줄이 벽에 부딪혀 끊어졌다.

"나라면 당신에게 모든 것을 바쳤을 거예요. 이것저것 따지지 않고 모두 팔아 버렸겠지요. 그리고 노동하거나 거지가 되어 동냥했을 겁니다. 당신이 지어 주는 미소와 고맙다는 한 마디를 듣기 위해서 말이에요. 그런데 당신은 그렇게 한가로이 안락의자에 앉아 있군요. 지금까지 나를 괴롭힌 일이 없는 사람처럼 말이에요. 당신만 아니었으면 나도 행복한 생활을 했을 겁니다. 누가 시켜서 내가 그런 일을 억지로 했나요? 누구와 장난으로 내기라도 걸었나요? 그러면서도 당신은 나를 사랑한다고 했지요. 바로 조금 전에도 그랬어요. 차라리 처음부터 나를 내쫓을 것이지. 아직도 내 손은 당신이 키스해 주어서 따뜻해요. 그리고 양탄자 위의 이 자리에서 내 무릎에 매달려 영원한 사랑을 맹세했어요. 2년 동안이나 당신은 화려하고 달콤한 꿈속으로 나를 이끌었어요. 지난번 우리 둘이 함께 여행을 계획했던 일이 기억나나요? 그래요, 당신의 그 편지! 그것은 내 마음을 갈기갈기 찢어 놓았지요. 그런 일을 겪고도 나는 당신을 찾아왔어요. 돈이 없어서 행복하고 자유롭게 사는 당신에게 돌아와 간절히 애원하면서 도움을 청했는데도 당신은 나를 뿌리치는군요. 3,000프랑이 아까워서 말이에요."

"나에게는 지금 그 정도의 돈이 정말 없어요."

로돌프는 꾹 참고 있는 분노를 방패로 가리는 듯 태연하게 말했다.

엠마는 방을 나와 버렸다. 벽이 흔들리고 천장이 내려앉아 자신을 덮칠 것 같았기 때문이었다. 그녀는 바람에 흩어지는 낙엽을 밟으며 현관 앞 긴 가로수 길을 되돌아왔다. 간신히 그녀는 철문 앞 도랑에 다다랐다. 서둘러 자물쇠로 문고리를 열려다가 손톱이 부러지고 말았다. 100걸음쯤 더 가자, 숨이 막혀 쓰러질 것만 같았다. 그녀는 뒤로 돌아서서 그 거대한 저택, 농장, 정원, 세 개의 안뜰, 그리고 늘어서 있는 창문들을 다시 한번 바라보았다.

엠마는 넋이 나가서 멍하게 서 있었다. 맥박 뛰는 소리만이 그녀가 살아 있다는 것을 느끼게 할 뿐이었다. 그 소리는 몸 안에서 밖으로 나와 들판을 가득 채우며 귀청이 떨어질 것처럼 울려 퍼졌다. 발아래 땅은 물결보다 물렁물렁하게 출렁거렸고, 밭이랑은 파도처럼 밀려와 부서지는 것 같았다. 머릿속의 기억들과 모든 생각들이 마치 불꽃처럼 한꺼번에 뿜어져 나왔다.

아버지의 모습, 뤼르의 가게, 아득히 먼 곳에 있는 그들의 방, 그리고 또 다른 풍경이 눈앞에서 어른거렸다. 그냥 이대로 미치는 게 아닐까 싶어 무서웠지만, 그녀는 간신히 정신을 차렸다. 그래도 역시 의식은 또렷하지 못했다. 그녀를 이렇게 비참하게 만든 돈 문제에 대해서는 까맣게 잊고 있었다. 그녀의 마음에는 사랑으로 말미암은 상처만이 남아 있었다. 그리고 마치 크게 다친 사람이 상처를 입어 피를 흘리고 생명이 꺼져 가는 것처럼 자신의 몸에서 영혼이 사랑의 추억을 통해 빠져나가는 것 같았다.

해는 이미 저물고 있었고, 까마귀 떼가 불길하게 날아다녔다.

갑자기 수많은 불빛의 구슬들이 곧 터질 포탄처럼 공중에서 폭발하고 납작해지며 빙글빙글 돌더니, 나뭇가지 사이의 눈 속에 녹아 들어가는 것 같았다. 그 하나하나의 구슬 한복판에 로돌프의 얼굴이 있었다. 점점 늘어난 구슬들은 그녀에게 다가와 몸속으로 파고들다 이내 사라져 버렸다. 엠마는 멀리 안개 속에서 빛나는 집들의 불빛을 바라보았다.

그때 엠마가 놓인 상황은 점점 더 어두운 구렁텅이에 빠져들어가는 것 같았다. 그녀는 가슴이 터지는 것만 같았다. 하지만 모든 것을 팽개쳐 버린 비장함에 지금은 기쁨마저 느꼈다. 그녀는 소들이 건너는 판자 다리를 건너 오솔길과 가로수길, 그리고 시장을 지나 약제사의 약국 앞에 도착했다.

약국에는 아무도 없었다. 그곳으로 들어가려던 엠마는 초인종을 누르며 누군가 나올 것 같아, 사립문으로 살짝 들어가 벽을 더듬거리면서 부엌 입구까지 갔다. 난로 위에서 촛불이 타고 있었다. 쥐스탱이 셔츠 바람으로 음식 접시를 나르고 있었다.

"아, 저녁 식사 중이구나. 조금만 기다려야겠다."

그리고 쥐스탱이 돌아오자 엠마는 유리창을 두드렸다. 그러자 쥐스탱이 나왔다.

"열쇠 좀, 다락방의 열쇠 말이야."

"뭐라고요?"

쥐스탱은 어둠 속 엠마의 얼굴이 너무 창백했기에 깜짝 놀라 그녀를 바라보았다. 그에게는 그녀가 예사롭지 않은 아름다움을 지녔고, 환영처럼 사람을 압도하는 존재였다. 그녀가 원하는 것이 무엇인지 알 수는 없었지만, 그는 무서운 그 무언가를 예감하고 있었다.

엠마는 쥐스탱에게 부드럽고 나지막한 소리로 말했다.

"열쇠가 필요해. 그것을 좀 빌려주렴."

칸막이벽이 얇아 접시에 포크가 부딪치는 소리가 식당에서 들려왔다.

엠마는 쥐스탱에게 집에서 쥐가 시끄럽게 굴어 잠을 잘 수 없어 약으로 잡으려는 것이라고 변명했다.

"그럼 주인 나리께 말씀드리고 올게요."

"아냐, 그러지 마."

엠마는 아무렇지도 않게 말했다.

"그럴 필요 없어. 나중에 내가 말씀드릴게. 그리고 내게 불 좀 비춰 줘."

엠마는 약국 입구로 통하는 복도로 들어섰다. '창고'라는 말이 쓰인 열쇠가 벽에 걸려 있었다.

"쥐스탱."

그때 약제사가 신경질을 내며 부르는 소리가 들려왔다. 그가 꾸물거려서 화가 난 것 같았다.

"올라가자."

쥐스탱은 하는 수 없이 엠마의 뒤를 따랐다.

열쇠가 자물쇠 속에서 돌아갔다. 엠마는 곧바로 세 번째 선반으로 갔다. 그녀의 기억은 틀리지 않았다. 파란 병을 집어 든 엠마는 마개를 열고 손을 집어넣었다. 그러고는 하얀 가루를 한 움큼 집어 입속에 털어 넣었다.

"안 돼요."

쥐스탱이 소리쳤다.

"쉿, 누가 오면 어쩌려고."

쥐스탱은 너무 놀라서 사람을 부르려고 했다.

"아무 말도 하지 마렴. 모두 네 주인 탓이니까."

집으로 돌아온 엠마는 마음이 진정되었고, 의무를 다한 것처럼 편안했다.

압류 소식을 듣고 깜짝 놀란 샤를이 집으로 돌아왔을 때, 엠마는 이미 집을 나선 상태였다. 그는 소리치면서 흐느껴 울다가 그만 기절해 버렸다. 하지만 그녀는 돌아오지 않았다.

"도대체 어디로 간 거야!"

샤를은 아내가 어디에 있는지 알기 위해 펠리시테를 오메의 집으로, 튀바슈 씨의 집으로, 뢰르의 가게로, 황금 사자로 이곳저곳 들러 보게 했다. 그는 간헐적으로 고통이 가라앉으면 이제 자신이 세상으로부터 받은 존경은 끝장이 나고, 재산은 한 푼도 없으며, 베르트의 장래가 심히 걱정되는 암담한 광경이 떠올랐다.

'이런 일이 왜 생긴 걸까. 도대체 영문을 모르겠어!'

샤를은 저녁 6시까지 기다렸다. 마침내 인내심에 한계가 온 그는 혹시 엠마가 루앙에 갔을지도 모른다는 생각에 큰길로 나왔다. 5마일 정도 나가 보았지만 아무도 만나지 못했다. 그래도 그는 한참을 더 기다리다가 되돌아왔다.

그녀는 집에 있었다.

"어떻게 된 일이요? 설명 좀 하구려."

엠마는 책상 앞에 앉아 편지를 써서 봉한 후, 날짜와 시간을 적었다. 그러고는 엄숙하게 말했다.

"내일 이것을 읽어 주세요. 그때까지는 아무 말도 하지 말고요. 단 한마디도."

"하지만 여보."

"제발 저를 그냥 내버려 두세요. 잠을 좀 자야겠네요."

엠마는 침대에 길게 드러누웠다.

입속에서 맵싸한 맛을 느낀 엠마는 눈을 떴다. 그러고는 샤를을 힐끗 보고 나서 다시 눈을 감았다.

엠마는 고통이 느껴지는지 알아보려고 집중해 자신의 몸

상태를 느껴 보았다, 하지만 아무렇지도 않았다. 시계가 도는 소리도 불이 튀는 소리도 그녀의 침대 옆에 있는 샤를의 숨소리도 들렸다.

'죽음이라는 게 별 거 아니구나.'

엠마는 생각했다.

'이제 잠들고 아침이 되면 모든 것이 끝나는구나.'

엠마는 물을 한 모금 마시고 벽 쪽으로 돌아누웠다. 하지만 잉크를 핥았을 때와 같은 끝 맛이 언짢았다.

"아, 목말라. 목이 타는 것 같아!"

엠마는 신음을 냈다.

"아니, 왜 그러는 거요?"

샤를이 유리컵을 건네면서 말했다.

"아무것도 아니에요. 창문 좀 열어 주세요. 숨이 막힐 것만 같아요."

갑자기 엠마는 구역질했다. 베개 밑에서 손수건을 꺼낼 틈도 없었다.

"이걸 치워 줘요."

엠마가 말했다.

"버리라고요."

샤를은 왜 그러냐고 물었지만, 엠마는 아무런 말도 하지 않았다. 조금만 움직여도 토가 나올 것 같았다. 그러면서 그녀는 발끝에서 심장까지 냉기가 휘도는 것을 느꼈다.

"드디어 시작되었구나."

엠마가 중얼거렸다.

"뭐라는 말이오."

엠마는 괴로움에 견딜 수 없어 천천히 머리를 저었다. 그리고 혓바닥 위에 무거운 것을 올려놓은 것처럼 입을 크게 벌렸다. 8시가 되자 구토가 또 치밀었다.

샤를은 사기로 된 대야 밑바닥 안쪽에 하얀 모래 같은 것이 붙어 있는 것을 보았다.

"이거 이상하군. 정말 이상해."

샤를이 말했다.

"아니에요. 아무런 이상 없어요."

엠마는 단호하게 말했다.

샤를은 아내의 배 위에 가만히 손을 대 보았다. 그녀는 날카로운 비명을 질렀다. 샤를은 이에 깜짝 놀라 뒤로 물러섰다.

잠시 후 그녀가 신음을 냈다. 처음에는 그 소리가 가냘팠다. 그러다가 격렬한 전율이 어깨를 뒤흔들었고, 그녀의 얼굴은 손가락이 꽉 움켜쥔 시트보다도 창백했다. 맥박은 불규칙하고 이제는 거의 느낄 수조차 없었다.

엠마의 얼굴에 땀방울이 맺혔다. 그 얼굴은 금속에서 발산하는 증기에 의해 굳어 버린 것만 같았다. 이가 맞부딪치면서 소리를 내고 있었고, 커다란 두 눈은 주위를 둘러보고 있었다. 그리고 샤를의 질문에는 고개를 저을 뿐이었다. 심지어 미소를 띠기도 했다. 신음은 점점 커졌다. 가끔 비명을 지르기도 했다. 잠시 후 그녀는 이제 좀 몸이 좋아진 것 같다며 일어나야겠다고 말했다. 하지만 이내 그녀는 경련이 엄습해 비명을 질렀다.

"아, 너무 괴로워. 살려 주세요."

샤를은 그녀 곁에 무릎을 꿇었다.

"말해 봐요. 뭘 먹었소? 제발 대답 좀 해 보라고."

샤를은 엠마가 지금까지 한 번도 본 적 없는 애정이 담긴 눈빛으로 그녀를 바라보았다.

"저 말이에요. 저기에……."

엠마는 꺼질 듯한 목소리로 말했다. 샤를은 책상 쪽으로 뛰어가 봉투를 찢고 편지를 큰 소리로 읽었다.

"아무도 탓하지 말아 주세요."

샤를은 잠시 읽기를 멈추고 눈을 비빈 다음 다시 읽어 내려갔다.

"이거 큰일이군. 여기 누구 좀 와 주세요."

샤를은 "독약을 먹었다, 독약을."이라는 말만 되풀이했다. 그러자 펠리시테는 오메의 집으로 달려갔다. 오메는 광장으로 나와 큰 소리로 말했다. 르프랑수와 부인은 황금 사자에서 그 소리를 들었고, 몇몇 사람이 일어나 그 소식을 이웃에게 알렸다. 밤새도록 마을 사람들은 긴장을 늦추지 않았다.

정신이 뒤집힌 샤를은 알 수 없는 말을 중얼거리며 쓰러질 듯한 모습으로 방 안을 왔다 갔다 했다. 그는 가구에 부딪치고 머리카락을 쥐어뜯었다. 오메는 이런 끔찍한 상황을 예상치 못했다.

오메는 집으로 돌아와 카니베 선생과 라리비에르 박사에게 편지를 썼다. 그는 머릿속이 복잡했다. 그래서 열다섯 번이상이나 편지를 다시 썼다. 이폴리트는 이 소식을 알리기 위해 뇌샤텔로 출발했다. 쥐스탱은 샤를의 말을 타고 달렸다. 그는 심하게 박차를 가해 브와기욤 언덕에 다다랐을 때 말이 크게 지쳐 거의 죽을 지경에 다다른 모습을 보였다. 그래서 그는 어쩔 수 없이 그곳에서부터는 걸어가야만 했다.

샤를은 의학 사전을 들춰 보았지만 읽을 수가 없었다. 글자들이 춤을 추었기 때문이었다.

"침착하세요."

약제사가 말했다.

"강력한 해독제를 처방하면 돼요. 그런데 무엇을 먹었을까요?"

샤를은 편지를 보았다. 비소였다.

"그렇다면 말이지요."

오메가 말을 이었다.

"분석해 봐야겠어요."

그는 어떤 음독의 경우라도 분석해 보아야 한다는 사실을 잘 알고 있었다. 그런데 샤를은 무슨 말인지도 인지하지 못한 채 말했다.

"그렇게 해 주세요. 저 사람을 살려 주세요."

그러고는 그녀 곁으로 가 융단 위에 무릎을 꿇고 침대 가장자리에 머리를 기댄 채 흐느껴 울었다.

"울지 말아요. 조금만 있으면 나는 더 이상 당신을 괴롭히지 않을 거예요."

엠마가 말했다.

"왜 그랬어? 누가 시킨 거야?"

그녀가 대답했다.

"여보, 어쩔 수 없었어요."

"당신은 늘 행복을 느끼지 못했어? 내 잘못인 거지? 그래도 나는 한다고 했는데."

"네, 그래요. 당신은 좋은 사람이에요."

그리고 그녀는 샤를의 머리를 천천히 쓰다듬었다. 아내의 애정 어린 손길을 느끼자 샤를은 더욱 큰 슬픔에 잠겼다. 이제 그녀로부터 사랑을 고백받는 지금 이 순간, 아내를 잃어야한다는 생각이 들자 샤를은 절망감에 모든 것이 무너져 내리는 듯했다. 하지만 무엇을 해야 하는지 알지 못했고, 무엇을할 용기도 없었다. 당장 결정을 내려야 하는 긴박한 상황 때문에 그는 거의 정신을 잃은 상태였다.

엠마는 지금까지의 수많은 배신과 비열했던 행동, 그리고자신을 괴롭혔던 무수한 욕망이 이제는 곧 사라지리라 생각했다. 이제 그녀는 아무도 원망하지 않았다. 희미한 황혼이가슴속으로 밀려들어 왔다. 지상에서 나는 모든 소리 중 이제엠마의 귀에 들리는 것은 멀어져 가는 교향악의 마지막 메아리처럼 다정하고 가엾은 남편이 한탄하는 소리 뿐이었다.

"베르트가 보고 싶어요."

엠마는 몸을 일으키면서 말했다.

"이제 기분이 좀 나아진 거지? 그렇지?"

샤를이 안타깝게 물었다.

"네, 좋아졌어요."

기다란 잠옷 아래로 맨발을 드러낸 베르트는 하녀에게 안겨 들어왔다. 베르트는 심각한 표정이었고, 잠에 취해 꿈속에서 헤매는 듯했다. 아이는 어수선한 방 안을 이상하다는 듯이 바라보았다. 그리고 가구 위에서 타고 있는 촛불이 눈이 부신지 눈을 가늘게 떴다. 아직 채 밝지 않은 새해나 사순절의 이른 아침에 깨어나면 아이는 이렇게 촛불을 보곤 했다. 그리고 어머니의 침대로 가 선물을 받았었다. 아이는 촛불을 보고는 그 생각이 났는지 어머니에게 말했다.

"그거 어디 있어, 엄마?"

사람들이 아무 말 없이 있자 다시 아이가 말했다.

"엄마, 내 예쁜 구두가 보이지 않아."

펠리시테가 아이를 안은 채 침대 쪽으로 몸을 구부렸지만 베르트는 벽난로 쪽만 바라보았다.

"유모가 가져갔어?"

베르트가 물었다.

유모라는 말을 듣자 엠마는 자신이 저지른 불륜과 괴로웠던 일들이 기억 속에서 되살아났다. 마치 또 다른 독약이 달라붙어 구역질이 날 것만 같았다. 베르트는 침대 위에 가만히 앉아 있었다.

"근데 엄마 눈이 왜 이렇게 커? 얼굴도 파랗고, 왜 그렇게 땀을 흘려?"

엠마는 딸아이를 바라보고 있었다.

"무서워."

베르트가 뒤로 물러났다. 엠마가 손에 키스하려 하자 아이는 발버둥 쳤다.

"이제 됐어, 아이를 데리고 나가."

한쪽 구석에서 눈물을 흘리던 샤를이 소리쳤다.

증세는 잠시 좋아지는 듯했다. 그녀는 편안해 보였다. 샤를은 의미도 없는 말을 아내가 중얼거릴 때마다, 또 숨소리가 조금이라도 편안하게 들릴 때마다 희망을 품었다. 카니베 박사가 들어오자 그는 울먹이면서 말했다.

"아, 선생님이시군요. 와 주셔서 감사합니다. 이제 좀 좋아졌어요. 잘 봐 주세요."

카니베의 의견은 샤를과 아주 달랐다. 그는 복잡한 설명은 생략한 채 위장을 씻어 내기 위해 구토제를 처방했다.

잠시 후 엠마는 피를 토했다. 그러고는 입술과 손발에 경련을 일으키면서 온몸에 갈색 반점이 생겨났다. 맥박은 팽팽하게 잡아당긴 실처럼, 당장이라도 끊어질 것 같은 하프의 줄처럼 달렸다.

이윽고 엠마는 처절하게 소리를 질렀다. 그녀는 독약을 저주하고 욕하면서 어서 이 상황에서 벗어나게 해 달라고 말했다. 그녀보다 더 괴로워하던 샤를은 손수건을 입에 대고 발뒤꿈치까지 떨릴 만큼 오열을 터뜨렸다. 펠리시테는 어쩔 줄 몰라 방 안 여기저기를 돌아다녔다. 오메는 꼼짝도 하지 않은 채 깊은 한숨만 쉬었고, 카니베 박사도 당황하기 시작했다.

"이거 큰일이군. 해독제를 써서 위장은 깨끗해졌을 텐데 말이네. 원인이 없어진 만큼 결과도 좋아질 겁니다."

카니베 박사가 말했다.

"어떻게든 살려만 주십시오."

샤를이 소리쳤다.

"아마 회복하기 위한 발작일 거예요."

오메가 말했다. 하지만 카니베 박사는 약제사가 하는 말을 듣지도 않고, 아편성 해독제를 투여하려고 했다. 바로 그때 말을 채찍질하는 소리가 들려오면서 유리창이 흔들렸다. 역마차 한 대가 진흙을 뒤집어쓴 세 마리 말에 이끌려 공동 시장 모퉁이를 돌았다. 바로 라리비에르 박사가 온 것이었다.

하느님의 출현도 이처럼 감동적이지는 않을 것이었다. 샤를은 양손을 쳐들었고, 카니베 박사는 동작을 멈추었으며, 오메는 박사가 들어오기도 전에 모자를 벗어 들었다.

라리비에르 박사는 비샤 계통의 외과 학파에 속해 있었다. 지금은 없어졌지만, 열광적으로 의술을 아끼고 열성적이고 지혜로운 의술을 베푼 그 철학자 의사 중 한 명이었던 것이다. 그가 화를 내면 병원의 모든 사람이 긴장했다. 그를 존경하는 제자들은 개업하고 나면 그를 닮으려고 노력했다. 그 때문에 가까운 마을에서는 제자들이 박사의 것과 같은 메리노 솜을 넣은 긴 외투와 검은 예복을 입고 있는 것을 볼 수 있었다. 박사는 항상 예복의 단추를 채우지 않아서 보기 좋게 살이 찐 박사의 아름다운 손은 덮여 있었다. 그리고 그는 장갑을 끼는 일이 없었다.

훈장이나 직위, 신분이나 아카데미 등을 경멸한 그는 가난한 자에게 친절하고 보답을 의식하지 않고 덕을 실천하는 성자로 통했지만, 날카로운 성격 때문에 사람들은 그를 악마처럼 두려워했다. 수술용 메스보다 날카로운 그의 눈길은 사람들의 마음을 꿰뚫어 보았고, 여러 가지 변명 속의 거짓을 찾아냈다. 이렇게 박사는 위대한 재능에 대한 자각과 재산이 뒷받침되어 근면하고 훌륭한 40년의 생애가 안겨 준 부드럽고 따뜻한 위엄에 가득 찬 인물로 평가받고 있었다.

입을 벌리고 똑바로 누워 죽을 것 같은 엠마를 본 라리비에르 박사는 문턱에서부터 눈살을 찌푸렸다. 그러고는 카니베의 설명에 귀를 기울이면서 코밑을 집게손가락으로 문질러 댔다.

"알았소. 잘 됐군."

하지만 박사는 어깨를 으쓱했다. 보바리는 그런 행동 하나하나를 눈여겨보았다. 두 사람의 눈이 마주쳤다. 환자가 신음하는 광경에 익숙한 박사지만, 그 역시 가슴 장식 위로 한 방울의 눈물이 떨어지는 것은 어쩔 수 없었다.

그는 카니베를 옆방으로 데리고 가려 했다. 샤를이 그 뒤를 따랐다.

"안 좋은 상태지요? 겨자 고약을 붙여 보면 어떨까요? 저로서는 어떻게 해야 할지 모르겠습니다. 무슨 수가 없겠습니까?"

샤를은 두 팔로 의사를 껴안고 실신한 사람처럼 그의 가슴에 쓰러지면서 애원하는 표정으로 그를 바라보았다.

"자, 용기를 내요. 이제는 어쩔 도리가 없다네."

라리비에르 박사가 돌아섰다.

"돌아가시는 겁니까?"

"다시 오겠소."

그는 마부에게 말해 둘 것이 있는지 카니베 씨와 함께 밖으로 나갔다. 카니베 역시 엠마가 죽는 것을 바라볼 생각이 없었다. 약제사가 광장에서 두 사람을 따라붙었다. 그는 천성적으로 유명인을 좋아했다. 그는 라리비에르 박사에게 간청해, 카니베 씨와 점심을 같이할 수 있는 영광을 누리게 해 달라고 말했다.

오메는 서둘러 황금 사자에서 비둘기 몇 마리를 가져오고, 고깃간에서는 제일 좋은 고기를, 튀바슈 집에서는 아이스크림을, 레스티부드와의 집에서는 달걀을 가져오도록 해 준비를 거들었다.

"정말 죄송합니다, 선생님. 이런 시골에서는 전날 미리 연락을 받지 못하면 이렇게……."

"그만하셔도 돼요. 자, 우리 식사나 하지요."

첫 번째 요리 몇 점을 집어먹고 난 오메는 이 불행한 일에 대한 몇 가지 이야기를 해 주는 것이 좋을 것 같았다.

"맨 처음에는 인후 부분의 건조 현상이 나타나는 것 같았어요, 다음에는 복부 위쪽에 심한 통증을 느꼈으며, 심하게 설사하고 난 후 혼수상태에 빠졌습니다."

그러자 접시들을 잔뜩 포개서 온 쥐스탱이 와들와들 떨기 시작했다.

"왜 그러니?"

약제사가 말했다.

소년은 그 물음에 그만 손에 들고 있던 접시들을 바닥에 떨어뜨렸고, 요란하게 깨지는 소리가 났다.

"바보 같은 녀석!"

오메가 소리를 질렀다.

"이 둔한 놈, 당나귀 같은 놈!"

그러다가 갑자기 화를 꾹 참으면서 말했다.

"그래서 저는 분석하려고 우선 시험관 속에 조심해서 넣은 것이……."

"그보다는 오히려."

외과 의사는 약제사의 말을 잘랐다.

"그녀 목구멍에 당신의 손가락을 넣어 주는 것이 더 나았겠는걸요."

카니베는 자신이 처방한 구토약 때문에 책망을 듣고 있었기에 가만히 있었다. 안짱다리를 수술할 때는 거침없이 말을 많이 했지만, 이 자리에서는 아주 얌전했거나와 연신 고개를 끄덕이며 상냥한 미소를 짓곤 했다.

오메는 두 사람을 초대한 주인으로서 자부심이 있었고, 기분이 좋아 벙글거리면서 웃었다. 가엾은 보바리를 자신과 비교해 보자, 막연히 흐뭇한 감정이 솟기도 했다. 게다가 박사가 자기 곁에 나란히 앉아 있는 것을 보니 기뻤다. 그는 자신의 박식함을 그들에게 인지시키려 했고, 칸타리스 약이나 독이 있는 만치닐 나무, 살모사 등 생각나는 대로 열거했다.

"박사님, 그것뿐만이 아닙니다. 그밖에도 저는 찐 소시지를 먹고 졸도한 사례도 읽었습니다. 그것은 우리 의학계의 스승이시며 권위자의 한 사람인 카데 드 카시쿠르 선생이 쓴 논문에 보고되어 있습니다."

그때 오메 부인이 알코올 연료를 사용하는 난로를 들고 다시 나타났다. 오메가 커피를 식탁에서 끓이고 싶어 했기 때문이었다. 더욱이 그는 커피도 손수 볶고 빻고 섞어 놓은 것이었다.

"설탕입니다, 박사님. 조금만 넣으세요."

오메는 말했다. 그러고 나서 아이들의 체력에 대한 외과 의사의 고견을 듣고 싶다고 말하면서 2층에서 아이들을 모두 내려오게 했다.

마침내 라리비에르가 돌아가려 하자 이번에는 오메 부인이 남편을 한번 진찰해 달라고 말했다. 그는 저녁만 먹으면 잠을 자 혈액 농도가 점점 짙어지는 것 같다고 말했다.

"혈액 순환 때문에 곤란해질 분은 아닌데요."

재담을 해도 못 알아듣자 박사는 미소를 지으면서 문을 열었다. 그런데 약국 문 앞에서 아내가 재 속에 가래를 뱉는 습관이 있는데, 폐병 아니냐고 걱정하는 튀바슈 씨를 비롯해 가끔 심한 허기증에 시달린다는 비네 씨, 몸이 바늘로 콕콕 찌르는 것 같다는 카롱 부인, 현기증이 난다는 뤼르 씨, 류머티즘에 걸린 레스티부드와, 위산과다의 르프랑수와 부인 등 많은 사람이 기다리고 있었다. 이 사람들을 쫓아내기란 여간 쉬운 것이 아니었다. 겨우 그들을 밀어내고, 세 마리 말이 가볍게 달리기 시작했다. 그러자 모두 박사는 친절하지 못하다고 뒷담을 했다.

그때 성유(聖油)를 들고 지나가는 부르니지앙 신부가 나타나자 사람들은 그에게 집중했다.

오메는 평소 자신의 신조에 따라 신부들은 죽은 사람의 냄새를 맡고 모여드는 까마귀 떼 같은 존재라고 말했다. 그는 신부를 보면 기분이 항상 불쾌했다. 그에게는 신부복이 죽은 사람의 수의를 연상시켰고, 그는 수의를 무서워했기 때문에 신부복이 당연히 두려웠던 것이었다.

오메 씨는 자신의 사명 앞에서 한 발짝도 물러서지 않고 카니베 씨와 보바리 집으로 되돌아갔다. 라리비에르 씨가 떠나기 전에 그렇게 하라고 의사에게 신신당부했던 것이었다. 만일 부인이 반대만 안 했어도 오메는 두 아들까지 데리고 갔을 것이다. 아이들을 이런 장면에 익숙해지도록 해서 훗날까지 머릿속에 남아 하나의 교훈과 모범이 될 뿐만 아니라 엄숙한 장면임을 알아야 한다는 생각에서였다.

두 사람이 들어갔을 때, 방 안 분위기는 음산하고 장엄했다. 흰 수건을 덮어 놓은 재봉 탁자 위에는 불이 켜진 촛대 두 개가 놓여 있었고, 두 촛대 사이에 있는 커다란 십자가 옆의 은 접시에는 대여섯 개의 솜뭉치가 담겨 있었다. 엠마는 가슴까지 턱을 내리고 눈을 부릅뜨고 있었다. 가련한 두 손은 수의를 입으려는 것처럼, 임종에 다다른 사람의 불길하고 조용한 몸짓을 하고 있었다. 조각상처럼 창백하고 숯불처럼 눈이 빨갛게 부은 샤를은 이제 울지도 않고 침대 발치에 앉아 그녀를 마주한 채 서 있었다, 한쪽에서는 신부가 무릎을 꿇고 나직한 소리로 기도를 올리고 있었다.

엠마는 천천히 고개를 돌렸다. 그녀는 신부의 옷에 걸려 있는 보랏빛 영대를 보고는 기쁨의 미소를 지었다. 아마도 마음의 평정을 찾으면서 지난날 그녀가 처음으로 느꼈던 신비적 충동들의 잃어버린 쾌감과 더불어 이제 새로 시작하려는 영생의 비전을 다시 발견하고 있는 것인지도 몰랐다.

신부는 일어서서 십자가를 들었다. 엠마는 목마른 사람처럼 목을 내밀었다. 그러고는 그리스도상에 입술을 가져다 대고 힘을 다해 생전에 한 번도 바친 적이 없는 뜨거운 키스를 표했다. 이어서 신부는 '하느님께서는 이를 불쌍히 여기소서.', '용서하여 주옵소서.'라는 기도를 올린 다음, 오른쪽 엄지손가락을 성유에 적셔 종부 성사를 시작했다. 우선 지상의 영화를 그리도 갈망하던 두 눈에, 따뜻한 미풍과 사랑의 냄새를 좋아하던 콧구멍에, 거짓을 말하기 위해 벌어지는 그 오만에, 전율하며 음란한 쾌락에 울부짖던 입에, 기분 좋은 감촉을 즐기던 두 손에. 마지막으로 욕망을 채우기 위해 그리도 빨리 달렸던 발바닥에 성유를 발랐다.

신부는 손가락을 모두 씻은 다음, 기름에 적신 솜을 불 속에 던져 버렸다. 그리고 죽어 가는 여자 곁으로 와서 그녀를 앉히고, 이제 자신의 고통을 그리스도의 고난과 같은 것으로 하고 하느님의 자비에 몸을 맡기라고 그녀에게 말했다.

설교를 마친 사제는 잠시 후 그녀를 감쌀 영광의 상징으로, 촛대를 그녀의 손에 쥐어 주려 했다. 힘이 하나도 없는 엠마는 손가락을 오므릴 수가 없었다. 부르니지앙 신부가 거들어 주지 않았다면 촛불을 바닥으로 떨어뜨렸을 것이다.

그렇지만 엠마의 얼굴은 이제 더는 창백하지 않았고, 마치 신비로운 기적에 의해 치유되기라도 한 듯 고요하고 밝은 표정을 지었다.

신부는 그 사실을 지적했다. 그는 주님께서 때때로 구원이 필요하다는 생각될 때는 사람의 생명을 연장해 주실 때도 있다고 말했다. 샤를은 엠마가 지금처럼 빈사 상태에 있을 때 성체를 배수했던 날이 떠올랐다.

'어쩌면 절망할 필요가 없을지도 몰라.'

그는 생각했다.

엠마는 꿈속에서 깨어난 사람처럼 주위를 둘러보았다. 그녀는 또렷하게 거울을 가져다 달라고 말했다. 그녀는 잠시 거울을 들여다 보더니 굵은 눈물방울을 뚝뚝 흘렸다. 그러고는 한숨을 크게 내쉬고 머리를 젖히며 다시 베개 위로 쓰러졌다.

이내 엠마가 숨을 헐떡이기 시작했다. 혀는 이제 완전히 입 밖으로 나오고, 두 눈은 빙빙 돌면서 꺼져 가는 램프의 불꽃처럼 빛을 잃어 가고 있었다. 몸에서 영혼이 빠져 나가기 위해 몸부림치듯 가쁜 숨결로 말미암아 늑골이 무섭게 흔들렸다. 차차 속도가 빨라지는 그 움직임이 없었더라면 이미 죽었다고 생각될 지경이었다.

펠리시테는 십자가 앞에 꿇어앉아 있었다. 심지어 약제사도 조금 무릎을 꿇었지만 카니베는 그저 뜰만 바라보았다. 침대 모서리에 얼굴을 기울인 부르니지앙 신부는 다시 기도를 시작했다. 그의 등 뒤로 검은 신부복 자락이 길게 꼬리를 끌며 마룻바닥에 펼쳐져 있었다. 샤를은 반대쪽에 무릎을 꿇고 앉아 엠마에게 두 팔을 내밀었다. 그는 아내가 자신의 두 손을 끌어간 뒤 그녀의 심장이 고동칠 때마다 폐허가 무너지는 충격을 받은 것처럼 몸을 떨었다. 헐떡이는 숨소리가 거칠어지자 신부의 기도문을 외는 속도도 빨라졌다. 그 소리는 보바리의 절박한 흐느낌과 뒤섞여 이따금 조종처럼 울리는 라틴어의 낮은 중얼거림 속에 꺼져 들어가는 것 같았다.

그때 갑자기 보도 위에서 무거운 나막신 소리가 지팡이를 질질 끄는 소리와 뒤섞여 들려왔다. 노래하는 소리도 들렸다. 목이 쉰 목소리는 이렇게 노래했다.

> 화창한 날의 후끈한 열기를 못 이겨
> 젊은 아가씨도 사랑을 꿈꾼다네

일순간 엠마는 전기가 통하는 시체처럼 벌떡 일어났다. 머리카락은 헝클어져 있었고, 눈은 고정한 채 입을 크게 벌리고 있었다.

> 낫으로 베어진 보리 이삭들
> 그것을 열심히 거두어 모으려고
> 보리가 무르익은 밭이랑으로
> 나의 나네트는 허리를 구부리고 가네

"장님이다."

그녀는 부르짖고는 웃기 시작했다. 마치 거지의 추악한 얼굴이 무시무시한 괴물처럼 영원한 암흑 속에서 솟아오르는 것이 보이는 듯, 소름이 끼치도록 미친 것처럼 절망적인 웃음

소리를 냈다.

그날은 몹시도 바람이 불어
짧은 치마가 날아가 버렸네

엠마는 경련을 일으키더니 다시 침대 위로 쓰러졌다. 모두 그녀 곁으로 다가갔다. 하지만 이미 그녀는 이 세상 사람이 아니었다.

9

사람이 죽은 뒤에는 누구나 항상 정신을 잃고 어리둥절한 상태를 맛본다. 엄습하는 허탈감 때문에 그것을 체념하고 받아들이기 어려운 것이다. 엠마가 꼼짝도 하지 않는다는 것을 깨달은 샤를은 아내의 몸 위에 자신의 몸을 던지면서 소리질렀다.

"잘 가오, 당신. 이것이 이별이로군."

오메와 카니베는 그를 방 밖으로 데리고 나갔다.

"이젠 진정 좀 하세요. 이제 단념하시라고요."

"괜찮아요. 조용히 있겠습니다. 쓸데없는 짓은 안 할 거예요. 하지만 나를 내버려 두세요. 저 사람 얼굴이 보고 싶어요. 저 사람은 나의 아내라고요."

이렇게 말하고서 그는 울었다.

"실컷 우십시오."

오메가 말했다.

"본성대로 따라 하세요. 울고 싶은 만큼 울고 나면 마음이 한결 가벼워져요."

어린아이보다 더 허약해진 샤를은 아래층 큰방으로 갔고 오메가 곧 자기 집으로 돌아갔다. 오메는 광장에서 거지 장님에게 붙들렸다. 거지는 소염 연고를 구하겠다는 마음에 불편한 다리를 이끌고 용빌까지 찾아와서 지나가는 사람을 붙들고 약제사가 어디 사는지 묻곤 했다.

"아니, 하필이면 이런 날에 왔어. 지금 나는 너무 바빠서 자네에게 도움을 줄 수 없다네. 안됐지만 나중에 다시 오도록 하게."

그는 급히 약국으로 들어섰다. 곧 그는 편지 두 통을 써야 했고, 샤를에게 줄 진정제를 만들어야 했다. 그리고 엠마가 극약을 먹었다는 사실을 숨기기 위해 거짓말을 만들어 〈루앙의 불꽃〉에 투고해야 했다. 그 외에도 자세한 이야기를 듣기 위해 그를 기다리는 사람들이 있었다. 그리고 결국 오메는 보바리 부인이 바닐라 크림을 만들면서 비소를 설탕으로 착각해 일이 커진 거라고 사람들에게 들려주고 다시 보바리 집으로 갔다.

샤를은 혼자서 창가의 안락의자에 앉아 방바닥의 격자무늬를 멍하니 바라보고 있었다.

"이제 식을 치를 시간을 정해야 해요."

오메가 말했다.

"식을 치르다니? 무슨 식을 말이오?"

깜짝 놀란 샤를은 더듬거리며 말했다.

"안 됩니다. 그렇지 않나요? 그것은 안 될 일입니다. 저 사람을 집에 데리고 있을 거예요."

오메는 침착해질 필요가 있다고 생각했다. 그리고 선반에 있는 물병을 가져와 제라늄 화분에 물을 주었다.

"정말 고마워요."

샤를은 말했다.

"이렇게 신경을 써주다니요."

그는 말을 마칠 수가 없었다. 약제사의 행동을 보면서 무수히 떠오르는 추억들 때문에 숨이 막히는 것 같았다.

그러자 그의 기분을 전환하기 위해 원예에 관한 이야기를 꺼냈다. 그가 식물에는 물이 필요하다고 말하자 샤를은 그렇다는 뜻으로 고개를 끄덕였다.

"이제 곧 봄이 올 거예요."

"봄 말이지요?"

샤를이 대답했다. 하지만 할 말이 없어진 오메는 유리창의 커튼을 살짝 젖혔다.

"저기 튀바슈 씨가 지나가는군."

그러자 샤를은 기계처럼 그의 말을 따라 했다.

"튀바슈 씨가 지나가는군."

오메는 장례 준비에 대해 다시 말을 꺼낼 용기가 없었다. 샤를을 설득해 장례를 치르게 한 사람은 신부였다.

샤를은 서재에 틀어박혀 펜을 들었다. 그리고 나서 한동안

<u>흐느껴</u> 울더니 글을 써 내려갔다.

엠마에게 결혼할 때의 옷을 입히고, 흰 구두를 신기며, 머리
에는 화관을 씌워 묶어 주시기 바랍니다. 그녀의 머리카락은 어
깨 위로 늘어지게 해 주세요. 관은 세 겹으로 하는데, 참나무, 마
호가니, 납을 사용하세요. 저에게는 아무 말도 건네지 마세요.
저는 정신이 또렷하니 절대 이성을 잃지는 않을 겁니다. 그녀의
몸 위에 커다란 초록색 벨벳을 덮어 주시고요. 이것이 제가 원
하는 바입니다. 꼭 그렇게 해 주시길 바랍니다.

글을 읽은 오메와 신부는 환상적인 보바리 씨의 생각에 좀
놀랐고, 오메는 샤를에게 가서 말했다.

"벨벳은 필요 없을 것 같아요. 그리고 무엇보다 비용이 많
이 든다고요."

"제 아내의 장례예요."

샤를이 소리쳤다.

"당신은 상관하지 말아요. 내가 다 알아서 합니다. 당신은
그 사람을 사랑한 적이 없는 사람입니다. 이만 돌아가 주세
요."

신부는 샤를의 팔을 끼고 뜰을 한 바퀴 돌면서 산책을 시
켰다. 그는 이 세상일이 모두 허무하다고 말해 주었다. 하느
님은 진정으로 위대하시고 은혜로운 분이시니, 그 명령에 복
종하고 감사해야 한다는 말도 잊지 않았다.

"저는 신부님이 말씀하시는 신이 가장 싫습니다."

"아직도 반항하고 있군요."

신부는 한숨을 내쉬었다. 샤를은 그곳을 떠나 담을 따라 과일나무 울타리 옆을 걸었다. 그러면서 이를 갈고 저주의 눈으로 하늘을 바라보았다. 하지만 하늘은 나뭇잎 하나 움직이지 않았다.

마침 부슬비가 내리고 있었다. 샤를은 앞가슴을 열어젖히고 있었기 때문에 이내 부들부들 떨기 시작했다. 그는 부엌으로 들어가 그곳에 앉았다.

6시가 되자, 광장에서 쇠가 덜그럭거리는 요란한 소리가 들려왔다. 제비가 도착한 것이다. 샤를은 유리창에 이마를 대고 차례차례 내리는 승객들을 바라보았다. 펠리시테가 거실에 매트리스를 하나 깔아 주었다. 그는 그곳에 몸을 던지고는 곧 잠이 들었다.

오메는 합리주의자였지만, 죽은 사람에게는 경의를 표해야 한다고 생각하는 사람이었다. 그는 가엾은 보바리를 원망하는 마음을 품지 않고, 저녁이 되자 세 권의 책과 노트 한 권을 가지고 밤을 새우기 위해 보바리 집으로 갔다. 부르니지앙 신부도 와 있었다. 안방에서 가져온 침대 머리맡에 두 개의 촛불이 불타고 있었다.

약제사는 말없이 가만히 있는 것이 어색했는지 '기구한 운명의 젊은 부인'을 애도하는 판에 박힌 이야기를 늘어놓았다. 그러자 신부는 이제 할 일은 고인을 위해 기도하는 것뿐이라고 말했다.

"그렇지만."

오메가 말을 받았다.

"두 가지 중 한 가지지요. 그녀가 성당에서 하는 말대로 은 총을 받으며 죽었다면, 우리의 기도는 필요 없다고 생각합니 다. 만일 그녀가 회개하지 않은 채 죽었다면, 그때는……."

부르니지앙은 말을 끊고 자신의 말을 이었다.

"그래도 기도는 반드시 드려야 합니다."

"하지만 우리의 모든 요구는 신도 알고 계시는데, 기도라 는 게 무슨 소용이 있습니까?"

오메가 반대 의사를 개진했다.

"뭐라고요? 지금 기도를 반대하는 겁니까? 그렇다면 당신 은 그리스도 신자가 아니군요."

"아니요. 저는 그리스도를 찬미하는 사람입니다. 그리스 도교는 우선 노예를 해방했고, 세상에 하나의 도덕을 이루어 놓았잖습니까."

"그게 중요한 게 아니에요. 성서 구절 얘기라면 역사책을 읽어 보십시오. 예수회 성직자들이 그것을 날조했다는 것을 알 수 있어요."

그때 샤를이 들어와 침대 쪽으로 가더니 커튼을 열어젖혔다.

엠마는 오른쪽 어깨 쪽으로 머리를 기울이고 있었다. 벌어 진 입은 마치 얼굴 아래쪽으로 난 시커먼 구멍 같았다. 양쪽 엄지손가락은 손바닥 안에 접혀 있었다. 흰 먼지 같은 것이 눈썹 여기저기에 붙어 있었고, 두 눈은 거미가 그물을 친 것 처럼 엷은 막 같은 끈적하고 창백한 기운 속으로 꺼져 들어

가기 시작했다. 그녀를 덮은 홑이불은 가슴부터 무릎까지 움푹 들어갔다가 다시 발가락 끝에서 불룩해져 있었다. 샤를은 아주 크고 엄청나게 무거운 힘이 엠마를 누르고 있다는 생각이 들었다.

성당의 종소리가 새벽 2시를 알렸다. 어둠 속을 뚫고 정원의 동산 밑을 흐르는 시냇물 소리가 들려왔다. 부르니지앙 신부는 이따금 코를 골았고, 오메는 펜을 끄적이고 있었다.

"선생께서는 이제 좀 쉬세요. 보고 있으면 마음만 더 아프잖아요."

샤를이 나가자 약제사와 신부는 또다시 토론을 시작했다.

"볼테르를 읽으세요. 올바크도 읽으시고요. 그리고 백과사전도 읽으십시오."

오메가 말했다.

"『포르투갈 유대인들의 서간집』을 읽어 보세요. 재판관 출신인 니콜라스가 쓴 『그리스도의 교론』을 읽어 보시라고요."

부르지니앙 신부가 맞섰다.

두 사람은 흥분하는 바람에 얼굴이 새빨개져 가면서 토론에 열중했다. 그들은 상대방의 말은 듣지도 않고 자기 이야기를 하느라 바빴다. 신부가 감히 어떻게 그런 터무니없는 말을 하느냐고 물으면, 오메는 그런 어리석음에서 빠져나오라고 일침을 가했다. 드디어 두 사람이 서로 욕설을 주고받게 되었을 즈음에 샤를이 다시 모습을 보였다. 알 수 없는 힘에 이끌린 것처럼 그는 2층으로 올라온 것이었다.

샤를은 아내를 좀 더 잘 보기 위해 엠마를 정면으로 마주

보며 서 있었다. 그 눈길이 너무 깊게 파고들어 이제는 슬픈 기색조차 보이지 않았다. 그는 전신 경직에 대한 이야기와 최면술의 기적에 대한 생각이 머릿속에서 떠올랐다. 그리고 자신의 힘으로 아내를 깨울 수 있을지도 모른다는 생각을 하게 되었다. 심지어 아내의 시신을 향해 몸을 굽히고는 엠마, 엠마라고 부르기도 했다. 그가 너무도 거세게 내쉰 숨 때문에 촛불의 불꽃이 흔들렸다.

날이 밝아올 때 보바리 노부인이 도착했다. 샤를은 그녀를 얼싸안고 울음을 터뜨렸다. 노부인은 오메가 그랬던 것처럼 장례식 비용에 대해 아들에게 몇 가지 의견을 말하고자 했다. 하지만 샤를이 몹시 화를 내는 바람에 노부인은 그만 입을 다물었다. 오히려 샤를은 어머니에게 당장 시내에 가서 필요한 물건을 사 달라고 이야기했다.

샤를은 오후까지 줄곧 혼자였다. 베르트는 오메 부인에게 맡겨 두었고, 펠리시테는 르프랑수와 부인과 함께 2층 방에 있었다.

저녁이 되자 샤를은 사람들의 문상을 받았다. 그는 자리에서 일어나 아무 말도 하지 못하고 사람들이 손을 내밀면 악수만 했다. 손님들은 난로를 둘러싸고 앉아 있는 사람들 사이에 끼어 앉았다. 모두 고개를 숙인 채 다리를 꼬고 앉아 한숨을 쉬거나 다리를 떨었다. 모두 따분했으나 누가 잘 버티는지 내기라도 하는 듯 자리를 지켰다.

오메는 9시에 다시 돌아왔을 때, 장뇌나 안식향 같은 향초들을 가득 안고 왔다. 그리고 독기를 빼기 위해 클로르 수를 가득 넣은 병도 함께 가지고 왔다. 마침 그때 하녀와 르프랑수와 부인, 그리고 보바리의 어머니는 엠마 곁에서 수의를 거의 다 입히고 있었다. 그녀들은 뻣뻣하고 긴 베일을 엠마의 공단 구두 끝까지 덮어 주었다.

"불쌍한 마님! 가엾은 우리 마님!"

펠리시테가 울음을 터뜨렸다.

"아직도 저렇게 아름답다니. 당장이라도 일어날 것만 같아요."

여자들은 엠마에게 화관을 씌워 주기 위해 몸을 굽혔다. 그래서 엠마의 머리를 조금 올려야 했다. 그러자 시커먼 액체 같은 것이 입에서 흘러나왔다.

"아니, 어쩌면 좋아. 옷 버리겠다. 조심들 하세요."

르프랑수와 부인이 외쳤다.

"좀 도와줘요."

그녀는 약제사에게 말했다.

"왜 그러세요? 겁이 나나요?"

"내가 겁을 내고 있다고요?"

오메는 어깨를 으쓱거리며 대답했다.

"나는 약학 공부를 하면서 이런 것을 시립 병원에서 많이 보았어요. 우리는 해부학 교실에서 펀치를 만들어 마시기도 했다고요. 합리주의를 신봉하는 사람은 죽음의 허무함을 두려워하지 않아요. 내가 늘 하는 얘기지만, 내가 죽으면 학문에 도움이 되도록 내 유해를 병원에 기부할 거예요."

신부는 방에 들어와 샤를의 안부부터 물었다. 그는 약제사의 대답을 듣고 말을 덧붙였다.

"당신도 알다시피 정신적 충격이 가라앉지 않았을 테니 말도 아니지."

오메는 신부에게 반려자를 잃을 걱정은 없겠다고 말했다. 그 말을 계기로 성직자들의 독신 생활에 대한 토론이 시작되었다.

"남자가 여자 없이 산다는 것은 순리가 아니에요. 그렇지요?"

"이제 별소리를 다 듣는군."

신부가 큰 소리로 말했다.

"결혼 생활에 시달리는 인간이 고해의 비밀 같은 것을 확실하게 간직할 수 있을 것 같소?"

오메는 그러자 고해를 비난했다. 부르니지앙은 그것을 변호하면서 고해가 인간의 중심을 잡아준다고 말했다. 그러더니 갑자기 참된 인간이 된 도둑들의 이야기를 전해 주었다.

"군인들이 고해실 가까이 와서는 혼미한 생각에서 벗어난 일도 많았소. 또 프라이부르크에서는 어떤 장관이⋯⋯."

하지만 상대방은 졸고 있었다. 그리고 너무 무거운 방 안 분위기에 가슴이 답답해진 신부는 창문을 열었다. 그 소리에 약제사는 눈을 떴다.

"코담배 피워 보겠소?"

신부가 권했다.

멀리서 개 짖는 소리가 컹컹 들려왔다.

"개 짖는 소리가 들리세요?"

약제사가 물었다.

"개는 사람이 죽으면 그 냄새를 맡는다고 하더군요."

신부는 대답했다.

"꿀벌도 그래요. 사람이 죽으면 벌통에서 나오지요."

오메는 이런 미신들에 대해 시비를 걸지는 않았다. 또다시 잠들었던 것이었다.

부르니지앙 신부는 오메 씨보다 건강했기 때문에, 한동안 조용히 입술을 들썩이며 뭔가를 외웠다. 하지만 자신도 모르는 사이에 점점 턱을 내리면서 들고 있던 검은색 표지의 두꺼운 책을 손에서 떨어뜨리고 코를 골기 시작했다.

두 사람은 배를 내밀고 부어오른 얼굴로 무뚝뚝한 표정을 지었는데, 서로 옥신각신한 끝에 똑같이 인간적인 모습을 보이면서 잠들어 있는 모습은 시체와 같았다. 샤를이 들어와도 두 사람은 깨어나지 않았다.

향초는 아직 연기를 뿜고 있었고, 푸르스름한 연기는 창 쪽에서 들어오는 안개와 섞여 버렸다. 별들이 반짝이는 평온한 밤이었다.

촛대의 촛농이 눈물방울 흐르듯 시트 위에 떨어졌다. 샤를은 촛불을 물끄러미 바라보면서 노랗게 빛나는 불빛 때문에 눈이 피로해졌다.

달빛처럼 하얀 비단옷 위에 물결 모양의 무늬가 미세하게 떨렸다. 엠마의 모습은 그 안에 들어 있어 보이지 않았다. 샤를은 그녀가 몸 밖으로 나와 주위의 사물들 속으로, 침묵 속으로, 어둠 속으로, 지나치는 바람 속으로, 올라오는 습기 찬

향내 속으로 녹아들어 가는 것 같다고 느꼈다.

갑자기 샤를의 눈에 토트의 뜰 안의 울타리 옆 벤치, 루앙의 거리, 이 집 문턱, 베르토의 안뜰에 있는 그녀의 모습이 보였다. 귀로는 사과나무 아래서 춤추던 소년들의 웃음소리가 들려왔다. 그때 방 안에는 엠마의 머리카락 냄새가 가득 차 있었고, 그녀의 옷들은 샤를의 두 팔 안에서 불꽃 소리를 내고 있었다. 그런데 그녀는 지금 그 옷을 입고 있는 것이다.

그는 오랫동안 지나가 버린 모든 행복과 엠마의 태도, 몸짓, 목소리를 회상했다. 하나의 절망 뒤에서 또 다른 절망이 밀려오면서 끝없이 넘쳐흐르는 밀물처럼 이어졌다.

문득 샤를의 마음속에 무서운 호기심이 일렁거렸다. 그는 두근거리는 가슴을 안고 손가락 끝으로 그녀의 베일을 천천히 걷어 올렸다. 하지만 그는 곧 밀려드는 공포 때문에 소리를 질렀고, 그 소리에 오메와 신부가 깨어났다. 두 사람은 다시 아래층으로 샤를을 데리고 갔다.

그런데 펠리시테가 올라와 샤를이 엠마의 머리카락을 가지고 싶어 한다고 전했다.

"그럼 잘라 가렴."

오메가 말했다.

하지만 하녀가 겁을 내며 머뭇거리자 그는 직접 가위를 들고 왔다. 그 역시 너무 떨렸기에 그는 엠마의 관자놀이 쪽 피부 몇 군데에 상처를 입혔다. 겨우 무서움을 달랜 그는 손에 잡히는 대로 두세 번 뭉텅뭉텅 가위질을 했다. 그래서 아름다운 까만 머리카락 몇 군데에 허연 자국을 만들었다.

약제사와 신부는 다시 자신들의 일에 몰두했다. 때때로 두 사람은 졸았고, 눈을 뜰 때마다 상대가 잠만 잔다고 흉을 보았다. 그러면 부르니지앙 신부는 방 안에 성수를 뿌렸고, 오메도 마룻바닥에 클로르 수를 조금씩 뿌리곤 했다.

펠리시테는 눈치 빠르게 두 사람을 위해 옷장 위에 브랜디 한 병과 치즈, 그리고 빵을 놓아두었다.

새벽 4시가 되자 오메는 더는 견디기 어렵다는 듯 한숨을 내쉬었다.

"이제 영양 섭취를 좀 할까요?"

신부도 찬성했다. 그는 성당의 미사를 마치고 돌아왔다. 그러고는 슬픈 자리에 오래 함께 있던 끝에 느끼는 막연하고 들뜬 기분이 들었다. 이내 두 사람은 이유도 없이 웃으며 먹고 마셨다. 마지막 잔을 들었을 때 신부는 약제사의 어깨를 두드리면서 말했다.

"우리는 결국, 서로를 이해하는 사이가 될 겁니다."

그들은 아래층 현관에서 막 들어서는 일꾼들과 마주쳤다. 그때부터 샤를은 두 시간 동안 관의 널빤지 위에서 울리는 망치 소리를 고통스럽게 견뎌야만 했다. 마침내 엠마는 참나무 관에 들어갔고, 그 관 위에 또 다른 두 개의 관이 씌워졌다. 그러나 가장 바깥의 관이 너무 커서 침대의 양털로 빈틈을 메우게 되었다. 마지막으로 세 개의 뚜껑을 대패질하고, 못을 박고, 땜질이 끝나자 관은 대문 앞으로 옮겨졌다. 대문을 활짝 열어젖히자 용빌 마을 사람들이 모여들기 시작했다.

그때 루올 노인이 도착했다. 그는 광장에서 관을 덮은 검은 천을 보자 그 자리에서 기절했다.

10

루올 노인은 사건이 일어난 지 36시간이 지난 뒤에야 약제
사의 편지를 받았다. 오메는 노인이 너무 놀랄까 봐 말을 돌
려 비유적으로 글을 썼기 때문에, 무슨 말인지 잘 이해를 하
지 못했다.

처음에 편지를 읽고 노인은 뇌내출혈이라도 일으킨 것처
럼 쓰러졌다. 그런 다음에는 딸이 죽은 것이 아니라고 이해
했다. 그러나 죽었을지도 모를 일이었다. 결국 그는 작업복을
입고 모자를 쓴 뒤 구두에 박차를 걸고는 전속력으로 말을
몰았다. 먼 길을 오는 동안 루올 노인은 숨을 헐떡거렸고 깊
은 불안감에 시달렸다. 심지어 말에서 내려야 하는 상황도 벌
어졌다. 눈은 잘 안 보이고, 사방에서 목소리들이 와글거리는
소리만이 들려와 돌아 버릴 것만 같은 지경이었다.

드디어 날이 밝았다. 어떤 나무에서 검은 암탉이 졸고 있
는 것이 보였다. 그는 이를 흉조라 여겨 몸서리를 쳤다. 그래
서 그는 성모 마리아 성당의 제례복 세 벌을 바치고, 베르토
의 묘지에서 바송빌의 예배당까지 맨발로 참석하리라 맹세
했다. 그는 마롬므 마을에 들어서기 무섭게 여관 주인을 불러
어깨로 문을 밀고 들어가 귀리 한 주먹을 집어 말먹이 통에
사과주 한 병과 함께 부어 준 다음, 다시 말에 올랐다. 말은 네

개의 편자에서 불꽃을 일으키면서 달렸다.

'반드시 내 딸은 살아날 거야. 의사가 좋은 약을 발견해 틀림없이 살아날 거야.'

노인은 생각했다. 그리고 기적적으로 병이 나아 살아난 사람들의 이야기를 떠올렸다.

하지만 다시 죽은 모습의 딸이 나타났다. 딸은 그의 눈앞에, 길 한복판에 반듯이 누워 있었다. 그는 고삐를 잡아당기면서 환상에서 벗어났다.

노인은 캥캉프와 마을에서 기운을 내기 위해 커피 석 잔을 계속 마셨다.

그는 어쩌면 편지의 이름이 잘못되었을지도 모른다고 생각했다. 주머니에 손을 넣어 편지를 찾아 손으로 만져 보았지만 차마 펴 볼 용기가 나지 않았다.

드디어 노인은 이게 어쩌면 장난일 수도 있다고 생각했다. 누군가 앙갚음을 하거나 한 잔 마시고 나서 엉뚱한 짓을 벌인 것일 수도 있었다. 만약에 딸이 정말 죽었다면 자신은 낌새라도 느꼈을 것이다. 하지만 그런 암시는 없었다. 주위의 들판은 무엇 하나 달라지지 않았다. 하늘은 푸르고 나무들은 흔들거리고 양 떼가 지나갔다. 그는 이윽고 용빌 마을에 도착했다. 사람들은 그가 말 위에 바짝 엎드려 달리는 것을 바라보았다. 노인이 얼마나 힘껏 채찍을 휘둘렀던지 말의 배에서는 피가 흐르고 있었다.

정신을 차린 루올 노인은 사위의 품에 쓰러졌다.

"내 딸 엠마가 어찌 됐다는 거냐? 어떻게 된 일이야?"

샤를도 울면서 말했다.

"모르겠어요. 이런 날벼락도 있군요."

그때 약제사가 그들 사이로 끼어들었다.

"이런 끔찍한 일을 자세히 얘기해 보았자 소용이 없습니다. 제가 말씀을 드리지요. 손님들이 많이 와 계십니다. 마음을 굳게 먹으세요."

가련한 샤를은 굳세게 보이려고 노력했다.

"그래요. 용기를 내야지요."

"그래, 나도 이러고 있으면 안 돼."

노인이 소리를 쳤다.

"절대로 안 되지. 저 애를 보내는 동안 정신줄을 놓지 않을 거야."

종소리가 울려왔다. 모든 준비는 끝났고, 이제는 떠나야 할 시간이 되었다.

성당 앞자리에 나란히 앉은 두 사람은 세 명의 성가대원이 성가를 부르면서 그들 앞을 왔다 갔다 하는 것을 보았다. 뱀 모양의 관악기를 부는 나팔수는 있는 힘껏 나팔을 불었다. 부르지니앙 신부는 예복을 차려입고 날카로운 목소리로 노래를 부르면서, 성궤를 향해 절하고 두 손을 높이 들어 뻗었다. 성가대 옆에는 큰 촛불로 둘러싸인 관이 있었다. 샤를은 일어나서 촛불을 꺼 버리고 싶었다.

샤를은 신앙심을 버리지 않으려 했고, 엠마와 다시 만나게 될 내세의 희망을 떠올리려 애썼다. 그는 그녀가 오래전부터 먼 곳으로 여행을 떠나 있었던 것이라고 생각했다. 하지만 그녀는 저 밑에 있다, 모든 것이 다 끝났다, 엠마는 땅속에 묻혀 버릴 것이다, 같은 생각을 하자 샤를은 거칠고 절망적인 노여움에 사로잡혔다. 어떤 때는 아무런 감각도 느껴지지 않았다. 그래서 자신을 한심한 인간이라 자책하면서 자신의 고통이 조금씩 누그러지는 것을 음미했다.

그때 쇠를 박은 지팡이로 일정한 간격을 두고 타일 바닥을 두드리는 것 같은 소리가 들렸다. 그 소리는 성당 안쪽에서 들려왔는데, 옆 복도에서 딱 멈췄다. 두꺼운 갈색 재킷을 입은 사나이 하나가 아주 힘들게 무릎을 꿇었다, 황금 사자의 하인인 이폴리트였다. 그는 새 의족을 달고 있었다.

성가대원 한 사람이 헌금을 걷으려고 성당 안을 한 바퀴 돌았고, 동전들이 소리를 내면서 은 접시 위로 떨어졌다.

"빨리 좀 해 줘요. 괴로워서 견딜 수가 없어요."

샤를은 화가 난 듯 5프랑짜리 금화를 던지면서 말했다. 성가대원은 정중하게 인사하면서 감사의 마음을 전했다.

그들은 성가를 부르기도 하고 무릎을 꿇고 앉았다 일어나기를 반복했지만, 도무지 장례식은 끝날 것 같지가 않았다. 샤를은 결혼 초에 엠마와 함께 미사에 참석했던 일이 떠올랐다. 그들은 반대편 오른쪽 벽 앞에 앉아 있었다. 이때 다시 종이 울리기 시작했고, 의자 몇 개가 덜컹거리는 소리를 내면서 흔들렸다. 이어 관을 나르던 사람들이 관 아래로 세 개의 막대기를 집어넣었다. 모든 사람이 성당에서 나왔다.

그때 쥐스탱이 약국 문 앞에 나타났다. 하지만 그는 갑자기 하얗게 질려 약국 안으로 다시 들어가 버렸다.

사람들은 장례 행렬이 지나가는 것을 보기 위해 창가에 나와 있었다. 샤를은 행렬의 맨 앞에 서서 몸을 젖히고 걸었다. 그는 억지로 태연한 척하면서 골목이나 문에서 나와 군중 속에 끼어드는 사람들에게 인사했다. 관 양쪽으로 세 사람씩 여섯 명의 남자가 숨이 찬 소리를 내면서 잰걸음을 옮겼다. 사제들과 성가대원들, 그리고 두 명의 소년 찬양대원이 애도의 노래를 되풀이하며 불렀다. 그들의 목소리는 높낮이를 달리하면서 물결치듯 벌판으로 퍼져 나갔다. 이따금 오솔길 모퉁이에서 그들의 모습이 보이지 않기도 했다. 하지만 커다란 은 십자가는 언제나 높이 솟아 있었다.

두건을 뒤로 젖힌, 소매 없는 검은 망토를 입은 부인들이 행렬의 뒤를 따라 걸었다. 그녀들은 손에 촛불을 하나씩 들고 있었다. 샤를은 끊임없이 계속되는 기도와 촛불, 그리고 신부복에서 풍기는 냄새 때문에 정신이 아득해지는 것만 같았다. 시원한 산들바람이 불어오고 보리와 채소들이 파릇파릇 솟아 있었다. 길가의 가시나무 울타리에는 작은 이슬방울들이 맺혀 있었다. 바퀴 자국을 따라 덜컹거리면서 굴러가는 짐마차 소리가 멀리서 들려왔고, 계속해서 울어 대는 수탉의 울음소리, 사과나무 그늘로 도망치는 망아지의 놀란 종종걸음 소리 등 다양한 소리가 주위를 번잡하게 만들었다.

맑은 하늘에는 장밋빛 구름이 떠 있었다. 푸르스름한 연기의 소용돌이가 창포들로 뒤덮인 초가지붕 위로 깔리고 있었다. 걸어가는 동안 보이는 남의 집 마당들은 샤를에게는 모두 낯익은 것들이었다. 아침나절 왕진을 마친 다음, 이런 뜰을 거쳐 아내가 기다리는 집으로 돌아가던 때가 떠올랐다.

흰 눈물 무늬들이 군데군데 찍힌 검은 천이 이따금 바람에 날려 관을 드러냈다. 관을 멘 일꾼들이 지쳐서 걸음을 늦추곤 했다. 그래서 관은 파도에 부딪칠 때마다 흔들거리는 거룻배처럼 이리저리 흔들리면서 앞으로 나아갔다.

마침내 장례 행렬이 묘지에 도착했다. 남자들은 잔디밭 속에 무덤 자리를 파놓은 곳까지 들어갔다.

모든 사람은 무덤 구덩이 주위를 에워쌌다. 신부가 무언가를 외고 있는 동안 가장자리에 파놓은 붉은 흙이 귀퉁이에서 자꾸 흘러내렸다. 네 가닥의 밧줄이 준비되자, 그 위에 관이 올려졌다. 샤를은 관이 내려가는 것을 지켜보았다. 그것은 끝없이 내려가고 있었다.

마침내 깊은 구덩이의 끝에 닿았는지 덜커덕거리는 소리가 들려왔다. 밧줄은 스치는 소리를 내며 다시 올라왔다. 그때 부르니지앙 신부가 레스티부드와가 건네주는 삽을 받았다. 그는 오른손으로 성수를 뿌리고, 왼손으로는 흙을 한 삽 퍼서 관 위에 뿌렸다. 조그마한 돌들이 관에 부딪치면서 나는 소리는 영원의 울림 같았다.

신부는 명정(銘旌, 죽은 사람의 관직과 성씨 따위를 적은 기)을 옆 사람에게 건네주었다. 그는 오메 씨였다. 오메는 엄숙한 표정으로 그것을 흔들더니 다시 샤를에게 내밀었다. 샤를은 흙 속에 무릎이 파묻히도록 꿇어앉았다.

"잘 가시오."

샤를은 두 손에 가득 담은 흙을 던지면서 소리쳤다. 그러고는 아내에게 키스를 던지고, 자신도 함께 묻히겠다면서 구덩이로 기어갔다.

사람들은 놀라며 그를 끌어냈다. 샤를은 다른 사람들과 마찬가지로 마침내 일을 다 끝냈다는 막연한 만족감을 느꼈는지 곧 진정되었다.

루오 노인도 돌아가는 길에 한가하게 파이프 담배를 피우기도 했다. 오메는 그것이 내심 못마땅했다. 그는 또한 비네 씨가 장례에 참석하지 않았고, 튀바슈 씨가 미사가 끝나자 도망친 사실과 공증인의 하인인 테오도르가 푸른 옷을 입고 온 것을 그냥 넘기지 않았다. 그는 자신의 견해를 밝히기 위해 사람들이 모여 있는 곳을 왔다 갔다 했다. 사람들은 엠마의 죽음을 슬퍼하고 있었다. 특히 뤼르가 그랬다.

"정말 가엾은 부인이에요. 남편께서는 얼마나 슬프시겠습니까."

"정말이지 내가 신경 쓰지 않았다면 저 선생은 경솔한 짓을 저지를 뻔했어요."

오메가 뤼르의 말을 받았다.

"참 좋은 분이었는데. 지난 토요일에도 우리 가게에 오셨었어요."

"정말 묘 앞에서 드릴 추도사를 생각해 볼 틈도 없이 갑작스러운 일이었지요."

오메가 말했다.

집으로 돌아온 샤를은 옷을 갈아입었다. 루올 노인도 다시 푸른 작업복을 입었다. 원래 새것이었던 작업복은 돌아오는 도중에 그 소매로 눈물을 닦았기 때문에 그의 얼굴에 퍼런 물이 들어 있었다. 그는 먼지로 더럽혀진 얼굴에 눈물 자국이 번져 있었다.

보바리의 모친이 그들과 함께 남아 있었다. 세 사람 다 아무 말도 하지 않았다. 마침내 노인이 한숨을 내쉬었다.

"생각나는가, 자네. 자네가 첫 번째 아내를 잃은 직후에 나는 토트에 간 적이 있어. 그때는 내가 자네를 위로해 주었어. 위로할 말이 있었거든. 하지만 지금은 그렇지 못해."

노인은 가슴 가득 복받쳐 오르는 긴 신음을 내며 말을 이었다.

"이것으로 이제 나도 마지막이야. 마누라도 앞서고, 아들도 그렇고. 게다가 이젠 딸까지 잃었으니."

그는 샤를의 집에서는 잠이 올 것 같지 않다면서 즉시 베르토로 돌아가야겠다고 말했다. 그는 손녀딸조차 만나려고 하지 않았다.

"아냐, 만나면 오히려 더 슬퍼질 거야. 자네가 손녀에게 잘 말해 줘. 그럼 잘 있게. 자네는 좋은 사람이야. 내 다리도 고쳐 주었잖아. 평생 잊지 않겠네."

루올은 자신의 넓적다리를 두드리면서 말했다.

"염려하지 말게, 앞으로도 칠면조는 계속 보내 주겠네."

그러나 언덕 꼭대기에 이르렀을 때, 그는 예전에 딸과 헤어지면서 생 빅토르 길에서처럼 뒤를 돌아다보았다. 마을 창문들은 들판에 지는 석양의 비스듬한 광선을 받아 붉게 빛나고 있었다. 그는 한 손으로 눈앞을 가렸다. 지평선 저쪽에 담장으로 둘러쳐진 지대가 보였다. 그 담장 안 하얀 묘석들 사이로 나무들이 검은 덤불을 이루고 있었다. 말이 다리를 절었기 때문에 터덜거리면서 천천히 걸었다.

샤를과 보바리 노부인은 지쳐 있었지만, 그날 밤 오랫동안 아들과 많은 이야기를 나누었다. 그들은 지난날과 앞으로의 일을 이야기했다. 그녀는 용빌로 옮겨서 살림을 돌보아 주겠다면서 다시는 모자가 떨어져 살지 말자고 말했다. 오랫동안 사신의 손에서 벗어나 있던 잃어버린 애정을 되찾은 것을 내심 기뻐하며 노부인은 다정스레 말했다. 그때 자정을 알리는 종소리가 들려왔다. 평소처럼 마을은 조용했다. 샤를은 잠을 이루지 못하고 그녀를 생각하고 있었다.

로돌프는 마음을 달래기 위해 온종일 숲속을 헤매다가 집으로 돌아와 자고 있었다. 그리고 레옹 또한 잠들어 있었다.

그러나 이 시간에 잠들지 않은 사람이 하나 더 있었다.

전나무 숲속 무덤 위에서 한 소년이 무릎을 꿇고 울고 있었다. 흐느낌으로 미어질 듯한 소년의 가슴은 달빛보다 더 부드럽고, 칠흑 같은 밤보다 더 헤아릴 수 없는 깊은 회한에 빠져 어둠 속에서 헐떡거렸다. 갑자기 철문 소리가 나더니 누군가 나타났다. 레스티부드와였다. 그는 두고 간 삽을 찾으러 온 것이었다. 담을 기어올라 도망가는 쥐스탱을 보면서 그는 종종 자기네 감자를 훔쳐 가는 도둑놈이 바로 그였다고 생각했다.

11

샤를은 다음 날 다시 딸아이를 데려오게 했다. 아이가 엄마를 찾자 모두 엄마가 밖에 나가 장난감을 많이 사 올 거라고 대답했다. 베르트는 몇 번이나 같은 말을 되뇌었으나 나중에는 잊어버리고 말았다. 어린아이가 명랑해 있는 것을 보자 보바리의 가슴은 슬픔으로 미어졌다. 그리고 귀찮을 정도로 위로의 말을 늘어놓는 오메의 말을 참고 들어야만 했다.

하지만 여전히 돈 문제가 남아 있었다. 뢰르 씨가 한패인 뱅사르를 충동질했기 때문이었다. 샤를은 엄청난 액수의 부채를 떠맡게 되었다. 그는 아내의 가구류는 아무리 낡은 것이라도 팔지 않겠다고 고집을 부렸다. 어머니는 이에 매우 화를 냈다. 그는 완전히 사람이 달라졌고, 어머니는 집을 나가 버렸다. 이제 샤를은 어머니 이상으로 화를 냈다.

그러자 작은 것이라도 챙겨야겠다는 생각으로 빚쟁이들이 덤벼들었다. 랑프뢰르 양은 엄마가 단 한 번도 개인 지도를 받은 적이 없는데도 6개월 치 수업료를 청구했다. 그것은 두 여자 사이에게 이미 이야기가 된 것이었다. 유모 룰레는 스무 통에 달하는 편지를 배달해 주었다면서 그 대가를 요구했다. 샤를이 무슨 말이냐고 묻자 그녀는 말했다.

"부인께서 하신 일을 제가 어찌 알겠어요."

빚을 갚을 때마다 샤를은 이게 끝이려니 했지만, 또 다른 요구가 들어왔다.

샤를은 밀려 있는 왕진료를 받으려 했지만, 그들은 엄마의 편지를 보여 주었다. 그래서 거꾸로 사과해야 할 상황이 벌어졌다.

펠리시테는 엠마의 옷을 입었다. 전부는 아니었다. 샤를이 아내의 옷 몇 벌을 따로 챙겨놓고 아내의 옷 방에 틀어박혀 그것들을 바라보곤 했기 때문이었다. 펠리시테는 몸집이 엠마와 거의 같아 샤를은 하녀의 뒷모습을 보고 착각을 일으켜 소리를 지르곤 했다.

"그대로 가만히 있어 봐."

성신 강림절 날 펠리시테는 테오도르의 꼬임으로 옷장에 있던 옷들을 모두 챙겨 용빌을 떠났다.

미망인 뒤피 부인은 샤를에게 레옹의 결혼 소식을 전했다. 샤를은 축하의 말을 하면서 다음과 같은 문구를 적었다.

제 아내가 살아 있었다면 아주 기뻐했을 것입니다.

어느 날, 집 안을 서성이던 샤를은 지붕 밑 다락방에 올라갔다. 그때 덧신에 밟히는 종이 뭉치를 발견했다. 그는 종이를 펼쳐 그것을 읽어 보았다.

엠마, 용기를 내요. 나는 당신을 불행하게 하고 싶지 않아요.

그것은 로돌프가 보낸 편지였다. 상자 사이의 바닥에 떨어져 있던 것이 채광창으로 불어온 바람 때문에 문 쪽으로 날린 것 같았다. 샤를은 꼼짝도 하지 않고 입을 벌리고 서 있었다. 옛날에 엠마가 자신보다 더 창백한 얼굴로 죽으려 했던 자리였다.

샤를은 두 번째 페이지 끝에서 R자를 발견했다.

'누구지?'

그는 로돌프가 아내에게 친절했던 일, 그가 갑자기 사라진 일, 그리고 두세 번 만났을 때 거북한 태도를 보이던 일들이 떠올랐다. 하지만 편지에는 아주 예절 바른 내용이 적혀 있었다.

'두 사람이 관념적인 사랑을 하고 있었나 보네.'

샤를은 어떤 일이든 깊이 파고드는 사람이 아니었다. 그는 명백한 증거를 보고도 속았으며, 애매한 질투심은 현재의 슬픔 때문에 사라졌다.

사람들 모두가 엠마를 좋아했을 거라는 생각은 들었다. 남자들은 모두 엠마에게 마음을 두었을 것이다. 그는 그런 생각이 떠오르자, 아내가 정말 아름다웠다는 생각이 들었다. 새삼 아내에 대한 욕망이 미칠 듯이 끓어올랐다. 하지만 채워질 수 없는 것이었다.

샤를은 아내가 살아 있는 것처럼 그녀가 좋아하던 것들을 샀다. 에나멜 장화를 샀고, 언제나 흰 넥타이를 매고 다녔다. 콧수염에는 포마드를 발랐고, 엠마처럼 약속 어음에 서명했다. 이렇게 엠마는 무덤에서조차 샤를을 타락시키고 있었다.

그는 은그릇을 결국 팔 수밖에 없었다. 그런 후에는 거실의 가구를 팔았다. 방들은 점점 텅텅 비어 갔다. 하지만 그녀의 침실만은 그대로였다. 벽난로 불 앞에 둥근 탁자를 가져다 놓고 그녀의 안락의자를 옆에 당겨 놓았다. 그러고는 그 앞에 마주 앉았다. 촛불이 타올랐고 베르트는 그의 옆에서 그림에 색칠했다.

딸아이의 옷이 너무 초라해 보이자, 가엾은 사내는 가슴이 아팠다. 목이 조금 긴 구두는 끈이 떨어졌고, 블라우스 소매는 허리께까지 찢어져 있었다. 하지만 딸아이는 여전히 귀엽기만 했다. 장밋빛 뺨 위에 금발 머리를 늘어뜨리고 조그만 머리를 갸웃거리는 모습을 보기만 해도 샤를은 기쁨에 어쩔 줄 몰랐다. 그것은 송진 냄새가 나는 잘못 빚어진 포도주처럼 씁쓸한 맛을 내는 기쁨이었다. 그는 딸아이의 장난감을 고쳐 주거나 인형을 만들어 주고, 인형의 찢어진 배를 꿰매어 주었다. 그러다가 반짇고리나 굴러다니는 리본, 탁자의 갈라진 틈새에 있는 바늘만 보아도 놀랐다. 슬픈 표정의 아버지를 보면 어린 베르트도 슬퍼졌다.

이제 아무도 그들을 찾아오지 않았다. 쥐스탱은 루앙으로 도망가 식료품 가게의 점원으로 일했고, 약제사의 아이들도 베르트와 노는 일이 점점 줄어들었다. 오메는 서로의 사회적 신분이 달라지자 그와 계속 교류하는 것이 싫어졌다.

오메의 연고로 병이 낫지 않은 거지 장님은 브와기욤 언덕으로 돌아가 약제사의 약이 엉터리라 낫지 않는다고 사람들을 붙잡고 떠들어 댔다. 그래서 오메는 시내에 갈 때 거지 장님과 만나는 것을 피하고자 제비의 커튼 뒤에 숨곤 했다. 그는 장님이라면 질색이었다. 심지어 자신의 평판을 위해서라도 그를 쫓아 버릴 계획을 세우기도 했다. 그리하여 6개월 동안 다음과 같은 기사가 〈루앙의 등불〉에 실렸다.

풍요로운 피카르디 지방으로 가는 사람들은 누구나 브와기용 언덕 위에서 얼굴에 끔찍한 상처가 있는 거지를 보았을 것이다. 그는 사람들에게 달라붙어 마치 세금이라도 받듯 사람들에게 돈을 강요했다. 우리는 아직도 옛날의 부랑아들이 십자군 원정에서 들여온 문둥병과 연주창을 공공연하게 사람들 앞에 서게 하는, 기괴하기 짝이 없는 중세 시대에 살고 있는 것이다.

다음과 같은 내용도 있었다.

부랑을 금지하는 법률들이 엄연히 존재함에도 우리나라의 대도시 변두리에는 여전히 거지 떼들이 떠돌고 있다. 그중에는 혼자 배회하는 이들도 있지만, 그들 역시 위험하다. 시 당국은 무엇을 하고 있는가?

또한 오메는 여러 가지 이야기를 꾸며서 글을 썼다.

어제 브와기용 언덕에서 한 마리의 사나운 말이……

이후에는 문제의 거지 장님이 나타났기 때문에 일어난 우발적인 사건의 이야기를 계속 썼다

오메의 계획은 적중해 당국에서는 거지 장님을 구속했지만, 곧 석방되었다. 그러자 오메 역시 다시 글을 쓰기 시작했

다. 이 사태는 싸움으로 번졌고, 마침내 오메가 승리했다. 그의 적은 빈민 구제소에 종신 감금을 선고받은 것이다.

이 성공으로 말미암아 오메는 대담해졌다. 그 이후 마을에서 개가 한 마리 죽거나 헛간에 불이 나거나 어떤 부인이 매를 맞는 사건이 발생하면 즉시 기사를 썼다. 그것도 오로지 진보에 대한 사랑과 성직자에 대한 증오심이 작용했다. 그는 공립 초등학교와 신부가 가르치는 자선 학교를 비교하면서 후자를 맹렬히 공격하고, 성당에 100프랑의 보조금이 주어지는 것에 대해 성 바르톨로메오 축일의 학살을 들먹이면서 사람들의 주의를 끌어냈다. 그는 온갖 비리를 고발하고 날카로운 풍자의 화살을 날렸다. 어떤 것이든 깊이 파고들었다. 그는 점점 위험한 인물이 되어갔다.

그러나 그는 저널리즘이라는 조그마한 세계에 갑갑증을 느꼈다. 그리하여 그는 서적, 즉 책을 쓸 필요성을 절감했다. 그래서 『용빌 지구의 일반 통계 및 관찰』이라는 책을 저술했다. 이제 통계학을 넘어 철학의 세계로 넘어간 그는 사회 문제, 빈민 계급의 도덕 향상, 양어(養魚)법, 고무, 철도 등 거창한 문제들에 접근했다. 그러는 중 자신은 일개 부르주아에 불과하다는 사실을 깨달았다. 그는 예술 계통의 사람임을 자처하면서 담배를 피웠다. 그리고 로코코 식의 세련된 조각 두 점을 사들였다.

그렇다고 약국 일을 소홀히 한 것은 아니었다. 오히려 반대로 여러 가지 새로운 발견을 했다. 엄청나게 유행하는 초콜릿에 주의를 기울였고 쇼카, 르발렌시아 등 초콜릿 원료를 세느 앙페리외르 지방에 처음 도입하기도 했다. 또한 쀨베르마셰 식 수력 전기 건강 벨트에 열을 올려 그것을 몸에 달고 다녔다. 그리하여 밤에 그가 플란넬의 조끼를 벗으면 오메 부인은 남편의 몸을 감싸고 있는 황금빛 나선 장치에 매우 놀라곤 했다. 그리고 야만인인 스키티아 인보다 더욱 세게 몸을 졸라매고 있는 베들레헴의 성직자처럼 장엄해 보이는 남편에 대한 사랑이 불타오르는 것을 느꼈다.

그는 엠마의 무덤에 대해서도 몇 가지 좋은 생각을 해냈다. 처음에 그는 원주에 천을 감은 모양은 어떠냐고 했다. 다음에는 피라미드형을, 그다음에는 베스타 신전처럼 둥근 지붕형을, 아니면 '폐허의 산'은 어떠냐고 묻기도 했다. 오메는 슬픔의 상징인 수양버들을 빼놓을 수 없다고 주장하기도 했다.

샤를은 오메와 함께 루앙에 있는 어느 비석 가게에 가서 여러 가지 무덤 견본을 보게 되었다. 브뤼두의 친구이며 항상 재담만을 늘어놓는 보프릴라르라는 화가가 두 사람을 안내했다. 100장 정도의 도안을 검토하고 견적을 뽑아 달라고 해, 다시 한번 루앙에 다녀온 샤를은 앞뒤에 '불 꺼진 횃불을 손에 든 정령'을 새긴 커다란 묘를 만들어야겠다고 생각했다.

비문의 경우 오메는 '나그네여, 발길을 멈추라.'라는 표현보다 아름다운 것을 찾을 수 없다고 말했다. 그러다가 '사랑스러운 아내, 이곳에 잠들다.'라는 문구를 찾아내 그것을 사용하기로 했다.

그런데 한 가지 이상한 점은 샤를은 항상 엠마를 생각하고 있지만, 그녀가 점점 기억에서 사라지고 있다는 사실이었다.

그녀의 모습을 잡아 두려고 아무리 애써도 기억에서 빠져나가는 것을 느꼈기에 그는 항상 안타까웠다. 그럼에도 매일 밤 그는 엠마 꿈을 꾸었다. 언제나 똑같은 꿈이었다. 엠마에게 가까이 다가가 꼭 안았다는 생각이 드는 순간 품속에서 멀어지는 것이었다.

일주일 내내 저녁이면 샤를은 성당으로 갔다. 부르니지앙 씨가 두세 번 그를 찾아오기도 했지만, 곧 그만두었다. 오메가 말하기를, 사실 이 신부는 점점 완고하고 광신적인 쪽으로 빠지고 있다고 했다. 시대정신을 역행하고 있으며, 두 주일에 한 번씩 하는 강론에서는 자신의 배설물을 먹으면서 죽었다는 사실을 세상이 다 아는데도 볼테르의 임종 이야기를 꼭 꺼내기도 한다는 것이었다.

검소한 생활을 했지만, 보바리는 묵은 빚을 청산하기에 한계가 있었다. 뢰르는 어음의 대체를 거부했다. 압류가 임박해 왔다. 샤를은 어머니에게 울며 매달렸다. 보바리 노부인은 자기 재산의 일부를 저당 잡히는 것을 허락했지만, 엠마에 대한 요구도 같이 편지에 썼다. 그리고 자신이 희생하는 대가로 펠리시테가 훔쳐 가고 남은 엠마의 숄을 하나 달라고 했다. 샤를은 이를 거절했고 두 사람 사이는 틀어졌다.

마침내 어머니가 먼저 화해의 손길을 내밀었다. 그리고 베르트를 데리고 있으면 좋겠다면서 손녀딸을 맡겠다고 했다. 샤를은 이를 승낙했다. 하지만 베르트가 떠날 때가 되자 용기가 없었다. 그리하여 둘은 결국 완전히 절교하게 되었다.

애정을 쏟아부을 데가 없어서인지 샤를은 딸아이를 더욱

더 사랑하고 집착했다. 그리고 아이의 건강이 걱정되었다. 아이는 기침을 자주 하고 양 볼에 빨간 반점이 생기기까지 했다.

반면 약제사의 집안은 경기가 잘 풀리는지 매우 활발하게 움직였다. 나폴레옹은 약국에서 아버지를 도왔고, 아탈리는 아버지의 모자에 수를 놓아 주었으며, 이르마는 샘에 덮을 종이를 둥그렇게 잘랐다. 프랭클린은 구구단을 단숨에 외웠다. 오메는 이 세상에서 가장 행복한 아버지였고 가장 운이 좋은 사람 같았다.

하지만 사실은 그렇지 않았다. 그에게는 남모를 야심이 있었다. 그는 훈장을 타고 싶었다. 또한 자신은 그럴 만한 자격이 충분하다고 생각했다.

우선 콜레라가 유행했을 때 그는 방역에 헌신적으로 봉사해 인정을 받았다. 그다음으로는 여러 가지 공공의 이익에 도움이 되는 각종 저서를 자비로 출판했다. 예를 들어 「사과주, 그 제조법 및 효능」이라는 연구 논문을 비롯해 루앙의 아카데미에 제출한 「잔털이 있는 진딧물에 대한 관찰」과 통계학 서적, 그리고 약제사 자격 논문에 이르기까지, 많은 책을 쓴 것이었다. 또한 여러 학회의 회원으로 활동하고 있었다.

"말하자면."

오메는 한쪽 발끝을 돌리면서 말했다.

"불이라도 나서 사람들이 놀랄 만한 공을 세우면 되는 거야."

오메는 권력 있는 사람들에게 접근했다. 그는 선거 때 도지사를 도왔다. 그는 마침내 몸을 팔고 지조를 버렸다. 심지어 국왕에게 탄원서를 제출해 '마땅한 조치'를 간청했다. 그는 왕을 '우리의 어지신 국왕'이라고 부르면서 성군 앙리 4세에 비유했다.

약제사는 매일 아침 자신에게 훈장이 수여되는 기사가 실렸는지 신문을 들여다보았다. 하지만 그러한 기사는 실리지 않았다. 그러자 오메는 훈장의 별 모양을 본뜬 잔디를 자기 집 뜰에 심었고, 그 꼭대기에 풀로 만든 꽈배기 모양의 리본을 늘어뜨렸다. 그는 팔짱을 끼고 그 주위를 걸어 다니면서 정부의 무능과 인간들의 배은망덕함에 대해 깊이 생각하곤 했다.

죽은 사람에 대한 존중인지 아니면 뒤지는 것을 늦추면서 느끼는 쾌감 때문인지, 샤를은 엠마가 사용하던 책상의 비밀함을 열어 보지 않았다. 그러던 어느 날, 마침내 그는 그녀의 책상 앞에 앉아 열쇠를 돌려 서랍의 용수철을 밀었다. 그 속에는 레옹에게서 받은 편지가 모두 들어 있었다. 정신없이 마지막 한 통까지 읽은 샤를은 울기도 하고 고함도 치면서 넋을 잃은 사람처럼 가구들과 서랍, 그리고 벽을 파헤쳤다. 그는 상자 하나를 발견했다. 쏟아지는 사랑의 편지들 속에는 로돌프의 초상화도 있었다.

사람들은 샤를의 넋이 나간 모습을 보고는 놀라워했다. 이제 그는 문밖에도 나가지 않았고, 찾아오는 손님도 만나지 않았으며, 환자를 왕진하러 가지도 않았다. 그래서 사람들은 그가 방구석에 처박혀 술만 마시고 있다면서 수군거렸다.

하지만 때때로 호기심 많은 사람이 뜰의 울타리 너머로 발꿈치를 세우고는 그를 들여다보았다. 그는 샤를이 수염을 기른 채 때에 찌든 옷을 입고 험상궂은 얼굴로 마당을 거닐면서 울고 있는 것을 보고 깜짝 놀랐다.

여름날 저녁이면 샤를은 어린 딸을 데리고 아내의 무덤을 찾았다. 그들은 이슥한 밤이 되어 광장에서 비네 집 창문의 불빛밖에 보이지 않을 무렵 집으로 돌아왔다.

하지만 이런 행동도 슬픔에 잠기는 즐거움을 맛보기에 충분하지 않았다. 주위에 슬픔을 나누어 가질 사람이 없었던 것이었다. 샤를은 엠마 이야기를 하기 위해 르프랑수와 부인을 찾아갔다. 하지만 여관집 주인도 자신만의 걱정거리가 있기에 그의 말을 흘려 들었다. 왜냐하면 뤼르가 '파보리트 뒤 코메르스'라는 승합차 사업을 시작했는데, 일을 잘해서 인기가 많은 마부 이베르가 급료를 올려 주지 않으면 경쟁 관계에 있는 사람에게도 가겠다고 위협했기 때문이다.

어느 날 샤를은 아르괴이유 시장에 말을 팔러 갔다가 로돌프와 마주쳤다.

두 사람은 서로를 알아보자 얼굴이 창백해졌다. 로돌프는 장례식에 겨우 명함 하나를 보내 인사했기에 우선 그에 대한 변명을 늘어놓았고, 갑자기 배짱을 부리며 맥주나 한잔 하자면서 그를 주점으로 이끌었다.

자리를 잡고 앉은 두 사람은 팔꿈치를 괴고 이야기하면서 잎담배를 씹었다. 샤를은 지난날 아내가 사랑했던 남자를 만나자 여러 가지 생각이 오고 갔다. 그는 아내의 남겨진 어떤 면을 다시 보는 것 같았다. 그것은 경이로운 느낌이었고, 샤를은 자신이 이 남자였으면 좋겠다고 생각했다.

상대방은 경작과 가축과 비료에 대한 이야기를 늘어놓았다. 샤를은 아무 말도 듣지 않았다. 그 사실을 알아차린 로돌프는 그의 표정에서 추억이 지나가는 것을 보고 있었다. 샤를의 얼굴은 더욱 붉어지고, 콧구멍이 벌름거리고, 입술이 떨렸다. 그러더니 샤를이 분노에 찬 표정으로 자신을 바라보자 로돌프는 두려움에 말문을 닫아 버렸다. 샤를의 얼굴에는 슬픔으로 가득한 권태의 그늘이 나타났다.

"나는 당신을 원망하지 않소."

그는 말했다.

로돌프는 가만히 있었다. 하지만 샤를은 두 손으로 머리를 감싸고 꺼져가는 목소리로 무한한 고통도 체념했다는 듯이 다시 한번 말했다.

"맞아요. 나는 당신을 원망하지 않아요."

심지어 그는, 그로서는 지금까지 해 본 적이 없는 말을 했다.

"이게 다 운명 탓이지요."

그 운명을 인도한 로돌프에게는 그 같은 처지에 놓인 사내가 말하는 것 치고는 마음 좋은 사람이라는 것을 느꼈고, 우스꽝스럽기도 했으며, 비굴함도 느꼈다.

다음 날, 샤를은 덩굴시렁 밑의 벤치에 앉았다. 얽어맨 졸대들 사이로 햇볕이 들어왔다. 포도 잎사귀들이 모래 위에 그림자를 드리우고 있었다. 재스민 꽃의 향기는 참 좋았다. 하늘은 푸르고, 백합 주위에는 가뢰 떼가 붕붕거리면서 날아다니고 있었다. 샤를은 슬픔에 잠긴 그의 심장을 자극하는 몽롱

한 사랑의 향기에 소년처럼 숨이 막혔다.

7시가 되자, 그날 오후 내내 아버지를 보지 못했던 베르트가 저녁 식사 시간이 되었다면서 아버지를 부르러 왔다.

그는 뒤로 젖힌 머리를 벽에 기대고 눈을 감고는 입을 벌린 채 검은 머리카락 한 줌을 양손에 쥐고 있었다.

"아빠, 저녁 먹어야지."

딸아이가 말했다. 그녀는 아버지가 장난을 치는 줄 알고 그를 밀었다. 하지만 그는 땅바닥에 철퍼덕 쓰러졌다. 그는 그렇게 죽었다.

36시간 뒤에 약제사의 요청으로 카니베 씨가 달려왔다. 그를 해부해 보았지만, 아무것도 발견되지 않았다.

남은 재산은 72프랑 75상팀 정도 있었다. 이는 어린 보바리 양이 할머니한테 가는 차비로 쓰였다. 노부인도 그해에 죽었고, 루올 영감은 중풍에 걸려 있어서 한 친척 아주머니가 아이를 맡았다. 그녀는 가난했기에 생활비를 벌어야 한다면서 베르트를 방직 공장에 보냈다.

보바리가 죽은 뒤 세 사람의 의사가 차례로 용빌에 와서 개업했지만, 아무도 성공하지 못했다. 그들은 오메가 들들 볶는 것을 참지 못했다. 그에게는 엄청나게 많은 단골이 있었다. 당국은 그에게 호감을 느끼고 있었고, 여론은 그를 옹호했다.

그는 결국 레지옹 도뇌르 훈장을 받았다.

마담 보바리

Madame Bovary
A Tale of
Provincial Life

작품 해설 및 작가 연보

『마담 보바리(Madame Bovary)』 작품 해설

1. 작가의 생애

프랑스 사실주의 소설의 선구자로 불리는 작가 귀스타브 플로베르(Gustave Flaubert, 1821~1880)는 1821년 12월 12일, 루앙에서 태어났다. 외과 의사였던 아버지의 영향으로 그는 일찍이 냉철하고 예리한 관찰력을 가지게 되었고, 아버지와 상반되는 감성적인 어머니의 영향으로 동시에 감성적인 성향도 지니게 되었다. 이러한 그의 성향은 훗날 그의 작품에 지대한 영향을 미치게 된다.

1831년에는 그의 유년기의 첫 작품 『학생 공책의 세 페이지 혹은 귀스타브 플로베르 선집 (Trois pages d'un cahier d'ecolier ou oeuvres choisies de Gustave Flaubert)』을 습작하고, 1837년에는 루앙의 잡지 〈르 콜리브리(Le Colibri)〉를 창간한다. 1841년에는 파리의 법과 대학에 입학하지만, 신경 발작 증세를 보여 중도에 학업을 그만둔 뒤 글쓰기에 전념한다.

아버지가 세상을 뜨자, 그는 루앙 근교의 한적한 저택에서 혼자가 된 어머니와 함께 머물며 창작에 몰두한다. 그는 그곳에서 거의 나오지 않고 가끔씩 여행하거나 친구들을 만나며 거의 은둔자처럼 지낸다. 그가 머물던 곳은 센강이 흐르는 고즈넉한 곳이었다. 그는 자연의 품 안에서 작품을 구상하고 집필한다.

1856년에는 6년여에 걸쳐 집필한 『마담 보바리(Madame Bovary)』가 완결되어 〈르뷔 드 파리(Revue de Paris)〉에 연재된다. 하지만 그는 『마담 보바리』의 비윤리적인 파격성 때문에 기소되었다가 무혐의 처분을 받게 된다. 1862년에 『살람보(Salammbô)』를 출간하고, 1869년에 『감정 교육(L'Education sentimentale)』을 집필한다. 하지만 『살람보』와 『감정 교육』은 세간의 혹평을 받았고, 희곡 「후보자」(1874) 역시 그에게 쓰라린 실패를 안겨 준다. 1874년에는 『성(聖) 앙투안의 유혹(La Tentation de saint Antoine)』을 출간하고 1877년에 『세 가지 이야기(Trois Contes)』를 완성하는데, 이 작품은 대중적으로 큰 성공을 거둔다. 그러다가 1880년 5월 8일, 그는 미완성 작품 「부바르와 페퀴셰(Bouvard et Pecuchet)」를 남기고 뇌일혈로 생을 마감한다. 사후에 플로베르는 재평가되어 위대한 명성을 얻게 된다.

2. 작품 내용 살펴보기

보수적인 노르망디 농부의 딸인 엠마 루올은 미모와 재능을 두루 갖춘 아가씨다. 그녀는 어린 시절 수녀원의 기숙 학교에서 생활하며 엄격한 교육을 받으며 성장한다. 반복되는 집안일과 시골 생활에 염증이 난 엠마는 따분한 시골에서 벗어나고 싶어 한다. 샤를 보바리는 그런 그녀에게 열렬한 구애를 펼친다. 루앙 근처 작은 시골 마을의 의사였던 그는 나이 많은 과부와 결혼한 후 상처(喪妻)한 상태였다. 엠마는 샤를의 사랑을 받아들여 그와 결혼한다. 이렇게 엠마는 두 번째 보바리 부인이 된다.

샤를이 하는 말은 밋밋한 길처럼 평범했다. 그의 말은 누구나 할 수 있는 뻔한 생각이 평상복을 입고 줄지어 지나치듯 할 뿐, 감동도 웃음도 몽상도 끌어내지 못했다. 그는 루앙에 있을 때 극장에 가서 파리에서 온 배우들을 본 적이 한 번도 없다고 했다. 그는 수영할 줄 몰랐고, 검술도 알지 못했으며, 권총마저 쏠 줄 몰랐다. 어느 소설에 나오는 마술(馬術)에 관한 승마 용어의 뜻도 설명해 주지 못하는 경우도 있었다.

남자란 모름지기 모르는 것이 없고, 여러 가지 능력을 보여 주며, 격렬한 정열이나 세련된 생활 같은 온갖 신비한 세계로 여자를 안내해 주어야 한다. 하지만 이 남자는 무엇 하나 알려 주지 못했으며, 아는 것도 없고 바라는 것조차 없었다. 그는 아내가 행복하다고 착각하고 있었다. 하지만 그녀는 남편의 침착함이나 조그마한 의혹도 없는 우둔함, 그리고 그녀 자신이 그에게 안겨 주고 있는 그 행복을 이제는 원망하게 되었다.

(…)

엠마의 눈에는 이 세 가지 생활만이 하늘과 땅 사이에 떠 있었다. 그것은 숭고해서 다른 삶을 초월한 것 같았고, 이외의 세상사는 분명한 장소도 없이 존재하지 않는 것이나 마찬가지였

다. 게다가 그녀의 생각은 가까운 곳에 있는 것일수록 그 가까
운 것에서 멀어졌다. 자신을 둘러싸고 있는 시골 생활과 권태로
운 전원, 어리석은 소시민들은 모두 이 세상의 예외로 존재하고,
자신만이 어쩌다가 붙잡혀 억지로 끌려 들어가 있는 것 같다는
생각이 들었다. 반면 저 너머에는 행복과 정열의 나라가 끝도
없이 펼쳐진 것만 같았다. 그녀는 욕망에 눈이 어두워 사치와
쾌락과 마음의 기쁨을 혼동하고 있었으며, 습관의 우아함과 감
정의 섬세함을 제대로 알지 못했다.

샤를을 사랑한다고 믿었던 엠마는 낭만적이고 화려한 결
혼 생활을 꿈꾸지만, 현실은 권태롭기만 하다. 어린 시절, 책
에서 보았던 꿈같은 세상을 동경했던 그녀에게 매일 반복되
는 무미건조하고 변화 없는 일상은 참을 수 없는 공허함을 가
져다줄 뿐이다. 엠마는 샤를에게서 더 이상의 매력을 느끼지
못하고, 사교계에 첫발을 디딘 후에는 더욱 화려한 생활을 동
경하게 된다. 이렇게 그녀는 채울 수 없는 끝없는 욕망 때문
에 점점 병들어 간다.

시간이 흘러 엠마는 샤를의 아이를 임신하고 딸 베르트를
낳는다. 하지만 그녀는 딸을 유모 손에 맡긴 채 제대로 양육하
지 않는다. 극심한 우울증에 빠진 상태였기에 그녀에게는
자신이 낳은 소중한 딸마저도 위로가 되지 않았던 것이다. 주
변 환경을 바꿔야 할 필요성을 느낀 샤를은 우울증에 빠진 엠
마를 위해 정착했던 토트를 떠나 용빌이라는 큰 마을로 이사
한다. 그곳에서 엠마는 레옹이라는 서기관을 만나게 된다. 그

를 사랑하게 된 엠마는 따분한 일상 속에서 활력을 되찾는다.

하지만 그녀는 탐욕과 분노, 심한 고통과 증오로 가득 차 있었다. 주름이 똑바로 잡힌 옷은 그녀의 동요를 감추고 있었고, 정숙해 보이는 입술은 마음의 고뇌를 드러내지 않았다. 그녀는 레옹을 사랑했다. 그의 모습을 마음껏 그려 보기 위해 고독을 선택한 것이었다. 그를 생각하는 것만으로도 기쁨이 넘치고, 그의 발소리만 들어도 가슴이 뛰었다. 하지만 막상 그와 마주치면 그런 감동은 사라지고, 큰 놀라움을 느꼈다가 어느덧 그것이 슬픔을 불러일으켰다.

레옹은 절망에 빠져 그녀의 집에서 나올 때, 그녀가 일어나 그를 바라본다는 것을 알지 못했다. 그녀는 그의 일거수일투족에 주의를 기울이고 안색을 살폈다. 그를 방문하기 위한 그럴듯한 구실을 지어내기도 했다.

하지만 이미 결혼한 몸이었던 엠마는 레옹에게 더 이상 다가가지 못한다. 레옹은 처음에는 자신에게 호감을 보이다가 담담해진 엠마를 보며 자신이 착각하고 있었다고 생각하고는 파리로 떠난다. 그가 떠나자 엠마는 크게 상심하며 다시 우울해한다.

그런 그녀의 앞에 로돌프라는 귀족 재력가가 나타난다. 그는 연애 경험이 많고 바람둥이 기질을 지닌 남자였다. 그는 순식간에 엠마를 유혹해 그녀와 육체적 관계를 맺는다. 레옹을 너무도 사랑했지만 보내 줄 수밖에 없었던 엠마는 이번에도 같은 실수를 반복하고 싶지 않아서 로돌프에게 집착하며 그에게 함께 떠나자고 종용한다. 하지만 욕망에서 비롯한 로돌프의 사랑은 금세 식어 버리고 엠마에게 이내 싫증을 느낀 그는 그녀의 곁을 떠난다. 홀로 남겨진 엠마는 다시 공허함을 느낀다.

그러던 어느 날, 엠마는 루앙의 극장에서 우연히 레옹과 재회하게 된다. 이번에는 그를 절대 놓칠 수 없다고 생각한 엠마는 다시 만난 레옹과 대담한 밀회를 이어 나간다. 하지만 엠마는 그와의 데이트 비용으로 너무 많은 돈을 쓰게 되고, 상인 뢰르의 간계로 엄청난 빚까지 지게 된다. 걷잡을 수 없이 불어난 빚으로 집은 차압 상태에 이른다. 결국 엠마는 레옹과 로돌프에게 도움을 요청하지만 냉정하게 외면당한다. 다시 한 번 버림받은 엠마는 자신의 처지를 비관한다. 그러다가 약제사 오메의 집에서 보았던 독극물 비소(砒素)를 먹고 자살이라는 극단적인 선택을 한다.

잠시 후 엠마는 피를 토했다. 그러고는 입술과 손발에 경련을 일으키면서 온몸에 갈색 반점이 생겨났다. 맥박은 팽팽하게 잡아당긴 실처럼, 당장이라도 끊어질 것 같은 하프의 줄처럼 달렸다.

이윽고 엠마는 처절하게 소리를 질렀다. 그녀는 독약을 저주하고 욕하면서 어서 이 상황에서 벗어나게 해 달라고 말했다. (…) 엠마는 천천히 고개를 돌렸다. 그녀는 신부의 옷에 걸려 있는 보랏빛 영대를 보고는 기쁨의 미소를 지었다. 아마도 마음의

평정을 찾으면서 지난날 그녀가 처음으로 느꼈던 신비적 충동
들의 잃어버린 쾌감과 더불어 이제 새로 시작하려는 영생의 비
전을 다시 발견하고 있는 것인지도 몰랐다. (…) 엠마는 꿈속에
서 깨어난 사람처럼 주위를 둘러보았다. 그녀는 또렷하게 거울
을 가져다 달라고 말했다. 그녀는 잠시 거울을 들여다 보더니
굵은 눈물방울을 뚝뚝 흘렸다. 그러고는 한숨을 크게 내쉬고 머
리를 젖히며 다시 베개 위로 쓰러졌다. 이내 엠마가 숨을 헐떡
이기 시작했다. 혀는 이제 완전히 입 밖으로 나오고, 두 눈은 빙
빙 돌면서 꺼져 가는 램프의 불꽃처럼 빛을 잃어 가고 있었다.
몸에서 영혼이 빠져 나가기 위해 몸부림치듯 가쁜 숨결로 말미
암아 늑골이 무섭게 흔들렸다. 차차 속도가 빨라지는 그 움직임
이 없었더라면 이미 죽었다고 생각될 지경이었다. (…) 일순간
엠마는 전기가 통하는 시체처럼 벌떡 일어났다. 머리카락은 헝
클어져 있었고, 눈은 고정한 채 입을 크게 벌리고 있었다. (…)
그녀는 부르짖고는 웃기 시작했다. 마치 거지의 추악한 얼굴이
무시무시한 괴물처럼 영원한 암흑 속에서 솟아오르는 것이 보
이는 듯, 소름이 끼치도록 미친 것처럼 절망적인 웃음소리를 냈
다.

비소를 입에 털어 넣고 고통에 신음하는 엠마의 모습을 묘
사한 이 장면은 플로베르 특유의 사실적이면서도 생생한 표
현이 돋보이는 부분이다. 그는 온몸에 독소가 퍼져 몸부림치
는 엠마의 작은 몸짓, 숨결 하나도 놓치지 않으려는 듯 집요
하고 예리한 시선으로 그녀의 모습을 그려 냈다.

샤를은 사랑하는 아내의 죽음을 받아들일 수 없었지만, 홀로 남겨진 딸을 극진한 사랑으로 보살피며 엠마가 진 빚을 조금씩 갚아 나간다. 하지만 그의 형편으로는 도무지 갚을 길이 없었다. 설상가상으로 그는 엠마와 레옹, 로돌프가 주고받은 편지들을 확인하게 된다. 하지만 샤를은 그녀를 비난하기보다는 그만큼 그녀가 많은 사람의 사랑을 받았던 좋은 사람이었다고 생각한다. 사랑하는 아내에 대한 그리움은 더욱 커져만 가고 감당할 수 없는 현실에 좌절했던 그는 결국 엠마의 뒤를 따라 목숨을 끊는다. 돌봐 줄 사람 하나 없이 홀로 남겨진 베르트는 친척 아주머니 손에 맡겨지고, 형편이 어려웠던 그녀는 베르트를 방직 공장에 보낸다.

한편, 생전에 누구보다 성실하고 재능이 있었던 의사 샤를이 세상을 떠난 뒤 용빌에는 세 명의 의사가 차례로 찾아와 개업하지만 그들은 모두 실패하고 만다. 엠마에게 큰 부채를 안겨 주며 그녀를 죽음으로 몰아넣었던 교활한 상인 뢰르는 큰돈을 벌고, 이해관계에 밝은 약제사 오메 역시 수많은 단골을 확보하고 당국의 훈장까지 받으며 승승장구한다. 이렇듯이 작품은 씁쓸한 결말로 마무리된다.

3. 마치며

엠마는 진정으로 자신을 아꼈던 샤를의 사랑과 주어진 현실에 만족하지 못한 채 가지지 못한 것에 대한 욕망으로 괴로워한다. 성실하고 재능 있는 의사였던 샤를은 우직한 남편과

자상한 아버지로 살아갔지만, 결국 사랑하는 딸을 남겨 둔 채 비극적인 죽음을 맞이한다. 반면 간교하고 속물적인 상인 뤼르와 약제사 오메는 경제적인 부를 거머쥐며 물질적으로 풍족하게 살아간다.

앞서 언급했듯, 엠마가 죽음을 선택한 가장 큰 이유는 채워지지 않는 욕망의 허영심 때문이었으며, 그 바탕에는 '돈'이라는 물질적 조건이 큰 자리를 차지하고 있었다. 물론 보바리 부부는 생계를 걱정할 만큼 어려운 형편은 아니었지만, 중산층이라는 애매한 사회적 위치는 화려하고 거대한 욕망을 품고 있었던 엠마에게는 턱없이 부족한 것이었다.

플로베르는 『마담 보바리』에서 자신뿐만 아니라 그녀를 사랑하는 사람마저 파멸시킨 욕망의 화신 엠마를 통해 인간의 과도한 욕망이 불러온 비극성을 잘 보여 주고 있다. 아울러 사실적인 묘사를 통해 당대 자본주의 사회의 모순적 구조를 날카롭게 통찰하며 낱낱이 해부하고 있다. 또한 이 소설은 작가로서 플로베르의 이름을 널리 알린 작품으로서 보바리즘(Bovarysme, 과거에 대한 추억이나 미래에 대한 꿈이 현재를 지배하는 정신병을 뜻함)이라는 신조어를 탄생시켰으며, 작품 내용이 부도덕하다는 이유로 기소되기도 했다. 이렇듯 플로베르의 『마담 보바리』는 문학사적인 면에서나 화제성 측면에서 독보적인 위치를 차지하고 있다.

플로베르는 작품 속에 자신을 철저히 숨기고, 오로지 객관적이고 훌륭한 문체만을 남기고자 했다. 이것이 바로 작가로서의 그의 신념이었다. 또한 그는 단어 하나, 문장 하나에도 심혈을 기울이며 짧막한 글 한 편을 쓰는 데도 오랜 시간 공을 들였다. 길지 않은 생애 때문이기도 하지만, 그가 남긴 작품 수가 유독 적었던 이유 역시 이러한 창작 태도에 기인한 것이다. 이렇듯 그는 주관적이고 낭만적인 감상을 배제하고, 객관적이고 사실적이며 정교한 묘사와 문체를 추구함으로써 사실주의 문학의 새 지평을 열었으며 동시에 완성을 이룩했다. 그는 여기서 멈추지 않고 사실주의를 한층 더 심화시켜 낭만주의, 자연주의, 구조주의 문학에 이르는 모더니즘 문학의 발전에 밑거름이 되었으며, 에밀 졸라, 기 드 모파상 등 당대 작가들에게 큰 영향을 끼쳤다.

『마담 보바리』는 오늘날에도 수많은 독자의 사랑을 받는 작품이다. 이 작품이 지닌 통속성(通俗性)은 많은 사람이 공감할 수 있는 보편적 요소로 작용한다. 또한 예리하고 정교하지만 장황하지 않은, 간결하지만 절대 무미건조하지 않은 플로베르만의 문체와 더불어 개성 있는 인물들은 이 작품에 긴 생명력을 불어넣고 있다. 이는 『마담 보바리』가 고전으로서 오랜 세월 우리 곁에 머무를 수 있는 충분한 이유가 될 것이다.

작가 연보

1821년 루앙의 시립 병원에서 출생. 아버지는 아쉴 클레오파스 플로베르이고, 어머니는 쥐스틴 카롤린 플뢰리오임.

1831년 『학생 공책의 세 페이지 혹은 귀스타브 플로베르 선집』을 씀.

1832년 루앙 왕립 학교에 입학. 『돈키호테』에 관심을 가지게 됨.

1834년 루이 부이예와 절친한 친구가 됨.

1837년 〈르 콜리부리〉 창간. 「지옥의 꿈, 정열과 미덕」을 발표함.

1838년 첫 번째 자전적 이야기 「광인의 수기」를 집필함.

1840년 대학 입학 자격시험에 합격함. 클로케 박사와 함께 피레네 및 코르시카 지방을 여행함.

1841년 파리 법과 대학에 등록함.

1842년 두 번째 자전적 이야기 「11월」을 완성함.

1844년 형 아쉴과 도빌에서 퐁 레베크로 가는 도중 신경 발작을 일으킴.

1845년 첫 번째 『감정 교육』을 완성함.

1848년 친구 뒤 캉, 부이예와 파리에서 2월 혁명의 현장을 목격함.

1849년 『성 앙투안느의 유혹』을 탈고함. 여행 중 『마담 보바리』를 착상함.

1851년 그리스, 이탈리아를 여행함. 나폴레옹의 쿠데타를 목격함.

1856년 『마담 보바리』를 발표함.

1858년 파리 사교계에 출입하며 생트 뵈브, 고티에, 페이도 등과 교류함.

1862년 부인 쉴레젱제르가 독일의 정신 병원에 입원함. 『살람보』를 출판해 성공을 거둠.

1863년 다시 사교계에 출입함. 마틸드 공작 부인과 교유해 그녀의 비호를 받음.

1864년 『감정 교육』 1부를 집필함. 콩피에뉴로 황제를 예방함.

1866년 『감정 교육』 2부를 집필함. 런던을 여행하고, 레지옹 도뇌르 기사장을 수여받음.

1869년 『감정 교육』을 탈고함. 11월, 『감정 교육』을 미셸 레비 출판사에서 출간함.

1870년 『감정 교육』이 혹평을 받음.

1873~1874년 희곡 「후보자」를 집필해 보드빌 극장에서 상영했으나 실패함.

1876년 파리에서 『수도사 성 쥘리앵 전』을 완성함. 『순박한 마음』을 집필하기 시작함. 조르주 상드의 장례식에 참석함.

1877년 단편집 『세 가지 이야기』를 출간함. 『부바르와 페퀴셰』의 집필에 매달림.

1878~1879년 건강 악화로 재정적인 어려움을 겪음.

1880년 외설적인 시를 써서 고발당한 제자 모파상을 공개적
으로 옹호함. 파리 여행을 준비하던 중 뇌일혈로 쓰러져 사
망함.

생각뿔 | 세계문학 미니북 클라우드 라이브러리

거장의 숨소리를 만나는 특별한 여행

001 | 위대한 개츠비 × F. 스콧 피츠제럴드 Francis Scott Key Fitzgerald
• 〈타임〉 선정 '현대 100대 영문 소설' • 랜덤하우스 선정 '20세기 100대 영문 소설' 2위
• BBC 선정 '반드시 읽어야 할 고전'

002 | 동물농장 × 조지 오웰 George Orwell
• 〈타임〉 선정 '현대 100대 영문 소설' • 미국 대학위원회 SAT 추천 도서 • 〈뉴스위크〉 선정 '세계 100대 명저' • BBC 선정 '지난 1,000년간 최고의 문학가' 3위

003 | 노인과 바다 × 어니스트 헤밍웨이 Ernest Hemingway
• 노벨 연구소 선정 '세계 문학 100대 작품' • 〈뉴스위크〉 선정 '세상을 움직인 100권의 책'
• 우리나라 문인이 가장 선호하는 '세계 문학 100선'

004 | 데미안 × 헤르만 헤세 Herman Hesse
• 미국 대학위원회 SAT 추천 도서 • 1946년 노벨 문학상 수상 작가 • 우리나라 문인이 가장 선호하는 '세계 문학 100선'

005 006 007 | 오만과 편견 × 제인 오스틴 Jane Austen
• 미국 대학위원회 SAT 추천 도서 • 노벨 연구소 선정 '세계 문학 100대 작품'
• BBC 선정 '지난 1,000년간 최고의 문학가' 2위

008 009 | 1984 × 조지 오웰 George Orwell
• 〈타임〉 선정 '현대 100대 영문 소설' • 〈뉴스위크〉 선정 '역대 세계 최고의 책' 2위
• BBC 선정 '지난 1,000년간 최고의 문학가' 3위

010 | 이방인 × 알베르 카뮈 Albert Camus
• 미국 대학위원회 SAT 추천 도서 • 1957년 노벨 문학상 수상 작가 • 노벨 연구소 선정 '세계 문학 100대 작품' • 우리나라 문인이 가장 선호하는 '세계 문학 100선'

*** | 도리언 그레이의 초상 1~2 × 오스카 와일드 Oscar Wilde
- 미국 대학위원회 SAT 추천 도서
- 〈동아일보〉 선정 '우리나라 명사들의 추천 도서'

*** | 로미오와 줄리엣 × 윌리엄 셰익스피어 William Shakespeare
- 미국 대학위원회 SAT 추천 도서
- 서울대학교 선정 '동서 고전 200선'

*** | 에드거 앨런 포 단편선 × 에드거 앨런 포 Edgar Allan Poe
- 미국 대학위원회 SAT 추천 도서 • 노벨 연구소 선정 '세계 문학 100대 작품'

*** | 예언자 × 칼릴 지브란 Kahlil Gibran
- 성경 다음으로 많이 읽힌 책

*** | 적과 흑 1~2 × 스탕달 Stendhal
- 국립중앙도서관 선정 '청소년 권장 도서'

*** | 폭풍의 언덕 × 에밀리 브론테 Emily Bronte
- 미국 대학위원회 SAT 추천 도서 • BBC 선정 '반드시 읽어야 할 고전'
- 〈옵서버〉 선정 '인류 역사상 가장 훌륭한 책'
- 국립중앙도서관 선정 '청소년 권장 도서'

*** | 독일인의 사랑 × 프리드리히 막스 뮐러 Friedrich Max Müller
- 한국출판문화산업진흥원 선정 '대학 신입생 추천 도서'

*** | 이상한 나라의 앨리스 × 루이스 캐럴 Lewis Carroll
- BBC 선정 '영국인이 즐겨 읽은 책 100선' • 영국 최고 아동 도서 50선

*** | 두 도시 이야기 × 찰스 디킨스 Charles John Huffam Dickens
- 미국 대학위원회 SAT 추천 도서 • 미국 하버드대학교 선정 '신입생 추천 도서'

*** | 오페라의 유령 × 가스통 르루 Gaston Leroux
- 세계 4대 뮤지컬인 〈오페라의 유령〉 원작

*** | **월든 × 헨리 데이비드 소로** Henry David Thoreau
- 미국 대학위원회 SAT 추천 도서

*** | **킬리만자로의 눈 × 어니스트 헤밍웨이** Ernest Hemingway
- 1954년 노벨 문학상 수상 작가

*** | **오즈의 마법사 × 라이먼 프랭크 바움** L. Frank Baum
- 미국 대학위원회 SAT 추천 도서
- 연세대학교 선정 '필독 도서'

*** | **레 미제라블 1~5 × 빅토르 위고** Victor Marie Hugo
- 세계 4대 뮤지컬인 〈레 미제라블〉 원작 • WTO 북클럽 추천 도서

*** | **파우스트 1~2 × 요한 볼프강 폰 괴테** Johann Wolfgang von Goethe
- 미국 대학위원회 SAT 추천 도서 • 서울대학교 선정 '권장 도서 100선'
- 국립중앙도서관 선정 '청소년 권장 도서'

*** | **바냐 아저씨 × 안톤 체호프** Anton Pavlovich Chekhov
- 서울대학교 선정 '동서 고전 100선'

*** | **바람이 분다 × 호리 다쓰오** Tatsuo Hori
- 애니메이션 〈바람이 분다〉 원작

*** | **세 가지 질문 × 레프 니콜라예비치 톨스토이** Leo Nikolayevich Tolstoy
- 영어권 문학가들이 뽑은 '가장 좋아하는 작가'

*** | **맥베스 × 윌리엄 셰익스피어** William Shakespeare
- 미국 대학위원회 SAT 추천 도서
- 서울대학교 선정 '권장 도서 100선'
- 연세대학교 선정 '필독 도서 200선'
- 국립중앙도서관 선정 '청소년 권장 도서'

*** | **외투·코 × 니콜라이 바실리예비치 고골** Nikolai Vasilievich Gogol
- 러시아 단편 소설의 모태가 된 작품

*** | 리어왕 × 윌리엄 셰익스피어 William Shakespeare
- 미국 대학위원회 SAT 추천 도서
- 〈뉴스위크〉 선정 '세계 100대 명저'
- 〈가디언〉 선정 '권장 도서'

*** | 좁은 문 × 앙드레 지드 Andr-Paul-Guillaume Gide
- 1947년 노벨 문학상 수상 작가

*** | 벚꽃 동산 × 안톤 체호프 Anton Pavlovich Chekhov
- 세계 3대 단편 소설 작가의 극작품 • 1888년 푸시킨상 수상 작가

*** | 벤자민 버튼의 시간은 거꾸로 간다 × F. 스콧 피츠제럴드 Francis Scott Key Fitzgerald
- 영화 〈벤자민 버튼의 시간은 거꾸로 간다〉 원작

*** | 눈의 여왕 × 한스 크리스티안 안데르센 Hans Christian Andersen
- 노벨 연구소 선정 '세계 문학 100대 작품' • 세계를 움직인 100권의 책

*** | 개를 데리고 다니는 여인 × 안톤 체호프 Anton Pavlovich Chekhov
- 노벨 연구소 선정 '세계 문학 100대 작품' • 서울대학교 선정 '고전 200선'
- 1888년 푸시킨상 수상 작가

*** | 이솝 이야기 × 이솝 Aesop
- 서울 독서교육연구회 권장 도서 • 어린이 독서위원회 권장 도서

*** | 무기여 잘 있거라 × 어니스트 헤밍웨이 Ernest Hemingway
- 1954년 노벨 문학상 수상 작가

*** | 네 개의 서명 × 아서 코난 도일 Arthur Conan Doyle
- BBC 드라마 〈셜록〉 원작

*** | 배스커빌가의 개 × 아서 코난 도일 Arthur Conan Doyle
- BBC 드라마 〈셜록〉 원작

*** | 미녀와 야수 × 쟌 마리 르 프랭스 드 보몽 Jeanne-Marie Leprince de Beaumont
- 애니메이션 〈미녀와 야수〉 원작

*** | 공포의 계곡 × 아서 코난 도일 Arthur Conan Doyle
- BBC 드라마 〈셜록〉 원작

*** | 주홍색 연구 × 아서 코난 도일 Arthur Conan Doyle
- BBC 드라마 〈셜록〉 원작

*** | 제인 에어 1~2 × 샬럿 브론테 Charlotte Bronte
- 〈옵서버〉 선정 '인류 역사상 가장 훌륭한 책' • 〈가디언〉 선정 '세계 100대 최고의 책'
- BBC 선정 '반드시 읽어야 할 고전' • 미국 대학위원회 SAT 추천 도서

*** | 피아노 치는 여자 × 엘프리데 옐리네크 Elfriede Jelinek
- 2004년 노벨 문학상 수상 작가

*** | 왼손잡이 × 니콜라이 레스코프 Nikolai Semyonovich Leskov
- 러시아 사람들이 가장 좋아하는 소설

*** | 마음 × 나쓰메 소세키 Natsume Sosek
- 서울대학교 선정 '권장 도서 100선'

*** | 실낙원 1~2 × 존 밀턴 John Milton
- 단테의 『신곡』과 함께 '최고의 기독교 서사시'로 꼽히는 작품

*** | 복낙원 × 존 밀턴 John Milton
- 기독교 서사시 『실낙원』의 속편

*** | 테스 1~2 × 토머스 하디 Thomas Hardy
- 미국 대학위원회 SAT 추천 도서 • BBC 선정 '영국인이 사랑한 도서 100선'
- 서울대학교 선정 '고등학생 권장 도서 100선'

*** | 어머니 이야기 × 한스 크리스티안 안데르센 Hans Christian Andersen
- 1846년 덴마크 단네브로 훈장 수상 작가

*** | 야간 비행 × 앙투안 드 생텍쥐페리 Antoine Marie Roger De Saint Exupery
- 1931년 페미나 문학상 수상 작가

*** | 톰 소여의 모험 × 마크 트웨인 Mark Twain
- 1876년 출간 이후 절판된 적이 없는 스테디셀러

*** | 포로기 × 오오카 쇼헤이 Shohei Ooka
- 제1회 요코미쓰 리이치상 수상 작가

*** | 인공호흡 × 리카르도 피글리아 Ricardo Piglia
- 1997년 플라네타상 수상 작가
- 아르헨티나 작가 선정 '아르헨티나 역사상 가장 위대한 10대 소설'

*** | 정글북 × 조지프 러디어드 키플링 Joseph Rudyard Kipling
- 1907년 노벨 문학상 최연소 수상 작가
- 애니메이션, 영화 〈정글북〉 원작

*** | 신곡―연옥 × 단테 알리기에리 Alighieri Dante
- 미국 대학위원회 SAT 추천 도서
- 〈뉴스위크〉 선정 '세계 100대 명저'
- 서울대학교 선정 '권장 도서 100선'
- 국립중앙도서관 선정 '고전 100선'

*** | 황금 물고기 × J.M.G. 르 클레지오 Jean-Marie-Gustave Le Clezio
- 2008년 노벨 문학상 수상 작가

*** | 판탈레온과 특별봉사대 × 마리오 바르가스 요사 Mario Vargas Llosa
- 〈포린 폴리시〉 선정 '가장 영향력 있는 지식인 100인'
- 1994년 세르반테스상 수상 작가

*** | 잠자는 숲속의 공주 × 샤를 페로 Charles Perrault
- 애니메이션 〈잠자는 숲속의 공주〉 원작

*** | 나귀 가죽 × 오노레 드 발자크 Honore de Balzac
- 작가의 '철학 연구'의 첫 번째 자리에 배치된 작품

*** | 노예 12년 × 솔로몬 노섭 Solomon Northup
- 영화 〈노예 12년〉 원작

*** | 둔황 × 이노우에 야스시 Yasushi Inoue
- 1960년 제1회 마이니치예술대상 수상작
- 1976년 일본 문화 훈장 수상 작가

*** | 어느 어릿광대의 견해 × 하인리히 뵐 Heinrich Boll
- 1972년 노벨 문학상 수상 작가

*** | 웃는 남자 1~3 × 빅토르 위고 Victor Marie Hugo
- 영화, 뮤지컬 〈웃는 남자〉 원작
- 한국간행물윤리위원회 선정 '청소년 권장 도서'

*** | 휴먼 스테인 × 필립 로스 Philip Roth
- 1997년 퓰리처상 소설 부문 수상 작가

*** | 바보들을 위한 학교 × 사샤 소콜로프 Sasha Sokolov
- 1996년 푸시킨 메달 수상 작가

*** | 톰 아저씨의 오두막 1~2 × 해리엇 비처 스토 Harriet Beecher Stowe
- 미국 최초의 밀리언셀러 소설

*** | 아버지와 아들 × 이반 세르게예비치 뚜르게네프 Ivan Sergeevich Turgenev
- 미국 대학위원회 SAT 추천 도서
- 서울대학교 선정 '동서 고전 200선'
- 우리나라 문인이 가장 선호하는 '세계 문학 100선'

*** | 베니스의 상인 × 윌리엄 셰익스피어 William Shakespeare
- BBC 선정 '지난 1,000년간 최고의 문학가' 1위

*** | 해부학자×페데리코 안다아시 Federico Andahazi
- 16세기에 실존한 해부학자 마테오 콜룸보를 다룬 소설

*** | 긴 이별을 위한 짧은 편지×페터 한트케 Peter Handke
- 1979년 카프카상 수상 작가

*** | 호텔 뒤락×애니타 브루크너 Anita Brookner
- 1984년 부커상 수상 작가 • 1990년 대영제국 커맨더 훈장 수상 작가

*** | 잔해×쥘리앵 그린 Julien Green
- 1970년 아카데미 프랑세즈 문학 대상 수상 작가

*** | 절망×블라디미르 나보코프 Vladimir Nabokov
- 1931년 독일의 살인 사건을 다룬 소설

*** | 더버빌가의 테스×토머스 하디 Thomas Hardy
- 1910년 공로 훈장 수상 작가

*** | 몰락하는 자×토마스 베른하르트 Thomas Bernhard
- 1983년 프레미오 몬델로상 수상 작가

*** | 한밤의 아이들 1~2×살만 루슈디 Salman Rushdie
- 문학사상 최초로 부커상 3회 수상 작품

생각뿔 세계문학 미니북 클라우드 라이브러리는 계속 출간됩니다.
*** 근간 목록은 발간 순에 따라 변경될 수 있습니다.

옮긴이 | 이재호

연세대학교를 졸업했다. 출판사에서 다년간 외서 기획자 및 편집장으로 일했다. 현재는 단행본 편집과 번역 업무를 병행하고 있다. 옮긴 책으로는 『사양』, 『인형의 집』, 『프랑켄슈타인』, 『체호프 단편선』 등이 있다.

옮긴이 | 이한준

한림대학교에서 언론정보학을 전공했다. 대중과 괴리되지 않는 어휘로 옮기기 위해 노력하고, 부전공으로 공부한 사회학을 토대로 사회적 소수자를 배려하는 번역을 위해 공을 들였다. 옮긴 책으로는 『사양』, 『인형의 집』, 『도리언 그레이의 초상』 등이 있다.

해설 | 엄인정

국민대학교 국어국문학과를 졸업하고 동 대학원에서 국어교육학을 전공했다. 현재 단행본 편집과 영한 번역 업무를 병행하며 프리랜서로 활동 중이다. 옮긴 책으로는 『데미안』, 『톨스토이 단편선』, 『오만과 편견』, 『카프카 단편선』, 『그리스인 조르바』 등이 있다.

마담 보바리 2

1판 1쇄 발행 2019년 3월 15일

지은이 귀스타브 플로베르
옮긴이 이재호, 이한준
해설 엄인정
펴낸이 생각투성이
편집 안주영, 임수현
디자인 생각을 머금은 유니콘
마케팅 김사랑

발행처 생각뿔
주소 서울시 서초구 반포동 66-1 코웰빌딩 102호
등록번호 제233-94-00104호
전화 02-536-3295
팩스 02-536-3296
커뮤니티 www.facebook.com/tubook2018 (페이스북)
e-mail tubook@naver.com
ISBN 979-11-89503-54-3 (04860)
　　　979-11-964400-8-4 (세트)

생각뿔은 '생각(Thinking)'과 '뿔(Unicorn)'의 합성어입니다.
신화 속 유니콘의 신성함과 메마르지 않는 창의성을 추구합니다.